蒙妮卡日記

平路

目次

Contents

序

不時地，碰到滿臉熱誠的讀者，帶點羞澀地告訴我：「我還是最喜歡你的短篇小說。」

聽到這樣說，我心裡會回聲一般的附和，「不只你，其實，我也一樣。」

對我這作者，《蒙妮卡日記》每一篇都是精釀。寫作四十年，這裡是四十年的萃選。希望每篇都好看，讓人拿起書來就放不下。

趣味是初衷，對作者而言，亦是為什麼繼續寫，寫了四十年的理由。四十年如一日，自己讀小說也同樣為了趣味，而趣味對於我，是以黏住手指的強度而定。颱風夜就著燭光，露營時就著營帳內的瓦斯燈，旅行中脫班誤點，還好背包裡有小說，在機場席地躺下，繼續翻頁，不知不覺中，天色已經大亮。

包括在沙灘，炙熱的陽光灑在頭頂上，隨時轉換心境，應合著海浪聲，帶來清涼的也是小說。

短篇小說尤其重趣味，而它的趣味所以雋永，在於精巧與濃縮。翻開它，就像在解碼電腦的某個壓縮檔，等待它展開，腦內啡不自覺源源湧入。偶爾手裡拿著一杯佐餐酒，我總在等待那奇蹟一瞬，味蕾出現另一種奇妙滋味。莓果？白桃？或是巧克力？而閱讀短篇的過程也這樣充滿驚奇，事前無跡可尋，那瞬間的多重變奏，就這麼不期而至。曾經有長長一些年，國外最好看的短篇小說，刊登在《紐約客》、《花花公子》、《浮華世界》這類綜合雜誌（當年我寫的短篇小說，譬如〈在巨星的年代裡〉刊在《當代》雜誌，而〈百齡箋〉，刊在《新新聞》雜誌……）我個人贊同約翰齊佛所認定的，他覺得短篇小說的讀者，包括了在牙醫診所裡等候叫號的病人，或是長途飛行，不想看機艙電影消磨時間的乘客。除了約翰齊佛，無論是孟若、瑞蒙卡佛、卡爾維諾、馬奎茲、阿言德、葛林，都是我這閱讀享樂派的首選。太好看而捨不得不看是閱讀的理由，即使藏有什麼微言大義，那一定是藏在趣味中……不自覺才叫做發人深省。

此刻，距離《蒙妮卡日記》出版已經十一年，慶祝它有機會重新問世，每篇小說後面，我新加一頁註記，回溯書寫當時的心情。校閱這本精選中的精選，更加確認自己創造的是趣味，而讀者反向操作，不能放下這本書的理由（希望）也是解碼的趣味。趣味是自己的初衷，同時也記起這些年來，我無論從事怎麼樣的文體，趣味始終不減！寫這篇新版序的時候，想著當年在燈下刪來改去，進到書中角色的心裡，努力潛入心裡的伏流暗湧；也時時在她（或他）的故事裡嵌入我本身的心境。由於寫作，我不止過了一個人的人生，跟著我的角色們，參與他們各種奇趣人生。

新版《蒙妮卡日記》換上一件新衣服，祝願這本書超越時間，在任何情境下與它相遇，都讓您內心澎湃，帶來交換靈魂的趣味。

二〇二二年七月

卷前語

正為自己這本短篇小說集校稿，心裡想著，以後，還會再寫短篇？我自己並不確定，還會有更精緻的作品嗎？

望著自己的作品，存下來的就這些了。字裡行間，總是毛線一樣的織了又拆、拆了又織。短篇小說是個濃縮版，希望在緊湊的篇幅裡帶給讀者意料之外的一些什麼（什麼呢？……同情？反思？以及益智的快樂？）盡可能把複雜的意思包藏在最精簡的文字裡面。

祕訣就在於「濃縮」，恰恰是短篇小說的精神！有限的字數之間，織了又拆、拆了又織，作者本身著魔的程度彷彿《蒙妮卡日記》中的主人翁，也是福克納在訪談錄裡的名言：driven by demons，而作者的困難在於，怎麼讓讀者在接收到的時候若有所感？怎麼樣藉一個故事，呈現出眾生相裡最多角度的折射面？

本書一共十五篇小說。分三輯。每一輯五篇。

第一輯的主人翁恰巧都是女性，她們的性別自有寓意，隱晦的心思、寂寞的宿命，從卑微的小人物到尊貴的第一夫人，作者、讀者與這些人物之間，如果隔的是一塊天花板（像《微雨魂魄》中樓上樓下的女人），希望讀者在閱讀的時候，正好像作者寫的時候，一凝神，竟望見了天花板上一朵朵變幻的水漬。

第二輯收的小說之中多析理，也多一些作者本身所關懷的社會現狀，小說同時也反映了某種焦慮吧，誰說杞人只是在憂天？誰說情深必然墜落？回看起來，隱含的焦慮或者成了真實（像《臺灣奇蹟》中的美國），或者愈來愈可能是這世界的前景。

第三輯的篇幅最短小、也最有遊戲性（玩一玩《愛情二重奏》的數學命題？），作者在這一端濃縮、精煉，讀者在遠距一端應該可以一一解碼。閱讀的樂趣，正在於那延遲的、懸疑的、也可能充滿歧義的想像空間。

把自己最好的，包括自己對文字的迷戀，也包括自己關於短篇小說的見解與想像，封存在這本集子裡。

以後，還會再有嗎？

我愈來愈不是那樣確定了，包括「濃縮」、「精煉」這些字，一切都化成影像而匆匆過眼的時代，這些字，還是原來的意思嗎？

二〇一一年一月

蒙妮卡日記

第 一 輯

凱莉與我

接到電話，訂的包包到了。鴕鳥皮，三十二吋。

線索是我想出來的：一件想要的東西，一個不確定的日期，與即將出現的結果。

這分鐘，站在電扶梯上，就要轉上名店街那一層。經年累月，我在這個商場晃蕩了不少時間。我戴寬邊帽，帽緣低垂，眼影漫漶出來的小煙燻妝。影劇圈留下來的習慣，我可不希望人家一眼認出我。

如果眼光在我臉上多停一陣，我還是忍不住地想知道，別人會不會記了起來？當年，我在銀幕上露過臉。

高跟鞋在購物廊慢慢敲，星期六下午，這裡真像個遊樂場。一家一家逛過來：訂晚禮服的 Escada、買皮褲的 Chloe……女人過剩的精力都可以消耗進去，看多少衣服也不會增加一磅肉。不像蛋糕店，望著望著就坐進去吃了一塊。

我盯住櫥窗裡的皮包，這一季，壞品味好像會傳染：ＬＶ簡直在開玩笑，村上隆的漫畫接在黑白點狗皮上。Celine 是桃紅配翠綠，熱帶的椰子樹畫在皮包外面。Gucci 的新皮包吊兩個銅環，像怒睜的圓眼睛。至於 Dior，側邊圍上幾串俗俗的銀鎖鍊。他們在比賽，誰設計出這一季最醜陋的皮包？

✦ ✦ ✦

進這家 Hermes 的店，推門之前，我還是遲疑了一下，就是今天？

終於等到我訂的那個凱莉包。棕色鴕鳥皮，三十二吋。昨天傍晚接到電話，貨在店裡，趕快來取。這家名品店的規矩，一兩天不出現，立刻就有其他買主等著遞補。

女人在選絲巾，旁邊站著準備掏卡的男人。我偷眼盯住那個凱子，甚至在心裡計時，看男人歷時多久掏出信用卡。從接過簽單到握住筆桿到簽下名字到把小碟推出去，我在替女人悄悄算。滴滴答滴滴答，超過半分鐘，代表男人與金錢之間有一種緊張關係。

愈有錢愈吝嗇，這是後來我才明白的道理。像我老公，吃餐飯逐條檢查帳單；加個小帳更要停半晌，給多了他肉痛。

女人拚命買，也為對付這種小氣鬼！鄺太對週刊記者說，每次嘔氣她就去添個名牌包包，到後來，整層樓用來裝還不夠。在香港，有錢男人多，鄺太這樣的復仇天使不少呢。

那時候，剛嫁過來，以為自己不會像她們，老公外遇的事也要忍，事後還僥倖地說：「沒帶回家就好。」

像何莉莉，大牌到了影后等級，外面的女人要進門，她還不是照樣忍下去。這幾年她想通了，在上海做餐廳，聽說，招牌菜叫「胭脂紅妝」。到頭來，管你怎麼風光一時，端上桌，不過是饕客嘴裡的一道菜。

雜誌找她專訪，她怨自己命苦。外人聽到，怕是很難能明瞭她心事。嫁給富豪的女人也會命苦？

記者再問下去，她說得挺有意境：「夫妻的感情，就像琴上的一條弦。」她接著嘆：「我這輩子最大的遺憾，是琴弦有時候太緊，有時候又太鬆。不鬆不緊剛剛好的時候，又碰不上一個會撫琴的人。」

不能不認這個命，名女人嫁人不容易，趁早死了魚水相歡的心。這裡賭王的四姨太，她下海下得最徹底，連鎖經營「澳門茶餐廳」。何先生多大的家業，不如她自己賺到手踏實。

打開 Hermes 的橘色禮盒，我心跳得飛快。這個皮包，算是我送給自己的禮物！確實值得慶祝，我孤注一擲，過了今天，一口氣就撈到所有的錢。

✦ ✦ ✦

還是回來說凱莉，記不記得她那些風靡眾生的相片？希區考克的電影裡，她好冷，心思細密的女主角，一個字不吐露，心底卻悄悄計畫了許多時。隨便哪一個角度拍她，都有說不出的冷豔氣質。聽說，後來息影的她喜歡向 Hermes 總店訂製皮包，這款皮包就以她為名，叫做「凱莉包」。

等的就是「凱莉」，鴕鳥皮再鑲上鑽石，精品中的至尊！從來不擺進櫥窗，買主露面，才戴上白手套，由後面捧出來，慎重得好像頒奧斯卡大獎。有意思的是他們接單的方式，「凱莉」只讓人訂購，每一個都需要等，等多長時間全憑機運。事前，絕不告訴你何時會到貨，甚至長達幾年，吊足了顧客的胃口。

無論你名媛貴婦，店員一視同仁，記下名字與電話，皮包到了通知你。我們這種女人，反正習慣了，總是在等。嫁有錢人的必要條件，就是要耐心等下去。

等著男人玩夠了回家；或者，等到男人下決心離婚；要不然，在另一個女人香閨裡暴斃也是結束的辦法。到那時候，所有的等待都有了報償，盈虧出現最後的結算方式。

當年我會嫁他，也因為年齡老大不小，影劇圈總是紅不起來。公司嫌我架子大，說我自恃學歷高，還怪我臉上木木的沒有戲。我是孤僻的性子，到現在，都不習慣跟人攪和。臺灣嫁過來的女明星一堆，聽說她們常聚會，飲茶打麻將算鐵板神數，說穿了就是殺時間。與同病相憐的女人閒聊，我寧可躲進護膚沙龍。女人就是愛談怎麼防老：雷射、激光、脈衝光、膠原蛋白、肉毒桿菌針劑，哪種效果最看得見？我寧可躲著，彼此照鏡子一樣，難道比比誰的臉皺得更快？

有時候，蒸汽間內都躲不掉，大毛巾包著頭還是聽得見。耳朵裡都是名人的八卦。一個聲音說：「Maggie 最慘，雙眼皮開完後，一隻大一隻小，」另一個聲音問道：「為什麼她不去寫律師信，告醫生 malpractice？」

我在心裡冷笑，哪個 Maggie？搞不好誤會了，以為說的是張曼玉。有公眾形象的人，被誤會也不能聲張？難道讓別人看笑話不成？

✦ ✦ ✦

早已經算好，來的路上再複習一次。等下要記牢，過了淺水灣道的路標，右邊是酒店入口，接著就會望見那處峭壁。腳擺在油門上，一個大轉彎猛踩到底。開我的紅色保時捷，快到失速也沒有用，四面都衝不出去！香港是一個環海的小島。

聽說，她駕車也經常超速吃罰單。她對人說，王國太小，像被圍起來的孤島。

那天，自己一個人坐在赤柱灘頭，映著紅通通的落日，我突然間悟出謎底。原來她跟我一樣，都要找個出口，必須手腳乾淨，不能夠留下任何破綻。

所以我與凱莉，中間有一條祕密的連線。但什麼人會想到？我把深意藏在一個皮包裡面！那家精品店，英文名字叫 Hermes，意思就是傳達訊息的信差。

今早坐進阿倫的小食肆，瞪著櫃裡那隻的烤金豬，一時衝動想跟他說，明天以後，不會見我像往常一樣。那時刻，站在櫃臺收錢，阿倫正光火：「髮乳立得亮亮，還少給幾文。」他啐的是剛走出去的中環白領人。看見我，他換了語氣：「等下你那碗蟹粥，少許蔥薑入粥先，辟腥。」走進他的店，地上只要有汙水，「陳太，小心點。」阿倫總不忘提我一句。

小芬嫁到美國的城鎮。她說悶久了，連對送信的郵差也開始產生性幻想，小芬在越洋電話裡跟我說：「一片住宅區，連個人跡都沒。郵差是唯一，每天準時出現的年輕男人。」

我固定見到的是這個粥店阿倫。阿倫刀起刀落，他在剁粥底用的豬骨，「湯底再落幾粒白果。你們大戶人家，放乾瑤柱更清甜。」只要看見我，沒話也要過來搭幾句。脫下圍裙，他肌腱鼓鼓地，臂膀上黏著油漬。

想當年，小芬算是洗盡鉛華，如願嫁給了初戀對象。但小芬同樣覺得後悔。她在電話裡說，早知道啊，死賴著都不退，明明是鑽石樣的發光體，埋沒在美國這個大沙漠真不甘心。

嫁了人，接下去就是心慌慌地等著老。有時候，走在購物商場自己數，幾個男人還回頭多看我一眼？這件事需要時時佐證：好在還有傻傻的騎術教練、色色的洗牙醫生，都繼續對我獻殷勤。但我清楚知道方寸，這件事不容走錯一步！繼母總在電話裡哭窮，她說幾檔股票都被套牢了；還有我爸，出門打麻將會跟人誇口，女兒按月孝敬，你看，腰包裡這一大疊。「外帶？——西洋菜蜜？還是檸檬可樂？」回過神，我的選擇無多，人生已經沒有退路。

讓我寒透心的是老公，他從沒當我自己人。每個月按時領零用錢，省下來才准我匯回娘家，絕不放心把一筆錢存入我帳戶。住在一起之後，我才知道上海人在錢上面多精。他出門賭馬前要看天氣，掐準了幾號馬在溼地上跑得最快，他說，這叫「遇雨則發」。他總在估哪種貨幣保值、哪裡房地產應該放掉，連我幾樣珠寶，他也當作投資項目來處理。

兩個人面對面坐在餐桌上，像在吃鰣魚，好端端喉嚨會卡進去一根刺。「儂幫它把商標穿在身上，而且穿得那麼合時。按理說，誰該付錢給誰？」他慢悠悠地，一個髒字不吐，他在損人，怪我那件衣服買得不值。

當然，我戴在身上的珠寶，也不真的歸我管，平時都鎖進他書房保險箱。保良局的慈善晚會，他上臺的時候我站起身，他要我被人看見，渾身閃閃地像在亮相。

參加這一類公開活動，象徵社會地位，他用這種場合拉關係。娶我，安靜地擺在一旁，也代表男人的大手筆。

住在對海的房子，我偶爾會記起以前，那時候，最神奇的東西叫做萬花筒。萬花筒貼著眼睛，我呆呆地望進去，裡面有眩目的圖樣，輪轉的星星、月亮、太陽。

後來，打開萬花筒，掉出來一些破碎的紙片。

當年家裡窮，全家人擠一張床。那時候，夢想自己住大房子裡，好多個房間，一個個房間走進去，走也走不完。我總替每個房間想出不同的裝潢，家具也要用心揀，我還在紙上畫設計圖。

婚後住進這海景豪宅，才知道房間多毫無意義，都是展示用的樣品屋。我漸漸能夠分辨，飄浮在空房子裡的塵絲，它們不同的形狀，這一綹與那一綹落地的速度有分別。

所以那個凱莉，圖的也是個表面。他們在坎城相遇，在婚前，兩人從來沒單獨在一起。他們是胡亂湊對的陌生人。

王子需要一朵名花，為小國招徠觀光。她的演藝生涯不進則退，后冠做了最好的加持。婚事也算是銀貨兩訖，一對璧人各有所圖。

✦ ✦ ✦

「今天你臉色差。」算錢的時候，阿倫說。

阿倫說，明天街市買豬肝，挑塊「油潤」來幫我補氣血。「『油潤』做粥料，煲起來都會起沙。」阿倫又加一句。

有幾次，早晨沒化妝就走進他食肆。脫下太陽眼鏡，很怕被人當場撞見，眼泡腫得核桃一樣。嗨，一旦進過影劇圈，坐在陌生人中間，還會覺得打了燈，有個特寫鏡頭正對準這邊。

完全沒人看自己一眼，似乎又少了一點意思。

聽人說，嫁進皇室幾年，那個凱莉還悄悄地去試鏡，始終沒死那條心。或者，婚姻裡有讓她喘不過氣的理由。說不定，她還在眷戀水銀燈底下那種光芒。口頭說不在意，都是假的。我也在猜，萬一新聞做得大，會不會調出來我當年的劇照？車子連續翻滾，接著摔下懸崖，動作還真像電影畫面。我們這一行，總習慣用別人的眼睛看自己。

在車上，我拿出小鏡子來補妝。我在想臉上的裂縫，一道血痕掛下來，掛到嘴脣邊上，像不像對著後視鏡搽歪了的口紅？

停紅燈的時候我反覆塗，讓脣蜜格外閃亮。

我清楚他們做新聞的格調。富商、懸崖、煞車失靈……八卦週刊上，連我最後這張臉都會描寫得活靈活現。

✦ ✦ ✦

今天的海風有涼意，游泳的人少，海邊公路上只有稀落的車輛。看起來，時機很對，如果一切照劇本發展，事情將順利進行。每個弟弟一份，我爸最大的一筆，這次，爸終於有了保用一輩子的錢。

出門前，我把保單又拿出來，受益人的名字再檢查一遍。我爸我大弟我二弟我小弟。封好那份契約，重新鎖回抽屜。

一勞永逸，再也沒有後續的麻煩。

跑車在公路上疾駛，近海岸有幾艘彩色帆船，經過的地方揚起浪，扯出一條由深而淺的白線。

左轉淺水灣道，沙灘過了有幾處斷崖，接著就是那個大轉彎。我計算過許多次，車頭偏向路邊的鳳凰木，方向盤打到底，這時候猛踩油門，就會筆直地衝下去。

整件事，包括這巧妙的結尾，只留下了一點點線索。

身邊放著剛到手的凱莉，我有自己做記號的方式。……在我等到凱莉包包的下午，陽光正好，山路有一點崎嶇。

在里維拉，一條她開車開了千次萬次的路，峭壁、岩岸、藍綠色的海水，跟我回家的路一模一樣。

〈凱莉與我〉寫作在二〇〇五前後，那階段我在香港工作，算是這本書裡唯一富含香港元素的短篇。

當年，我住在香港島南區，租的小公寓座落在大潭道。由淺水灣道稍微偏轉，公路經過沙灘，經過幾處斷崖，接著就是那個大迴彎。我計算過許多次，方向盤不能打到底，車頭要直直朝向路邊那株鳳凰木，否則，一個不小心，就有可能在迴彎處掉進太平洋。在香港工作長達七年，上下班，走了幾千次的那條路，正是這篇小說的場景。

旅遊時去過蒙地卡羅，峭壁、岩岸、藍綠色的海水，當然還有賭場以及無敵海景，瞇起眼睛，跟我回家的路有幾分相似。

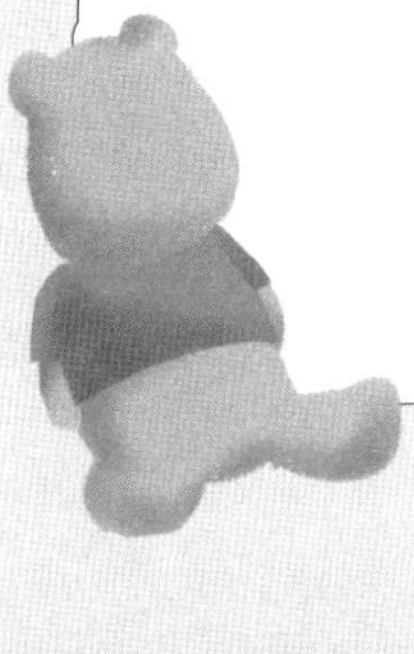

這個問話的男人其實還算客氣。

欣如看著男人的襯衫領口，鬆領帶的時候就看見了，一圈油漬漬的黃印子。男人額頭上方，幾顆汗珠正在往下滑。看他這麼緊張，菸灰缸裡一堆菸蒂。欣如真想伸手幫他揩汗。男人沒話找話講：「小姐，你不像欸。」不像？怎麼樣才像？你們預計是怎麼樣的案子。欣如有個衝動想鬆口：喉嚨裡癢癢的，真想告訴他，我好心提醒，你們方向搞錯了。

「小姐，渴不渴？」端過來一杯茶。

對稱呼自己「小姐」的人有說不出的好感，幾乎就要衝口而出了，剛才說了一堆買衣服的事。別以為不相干，買衣服其實是重點。欣如最怕冒失鬼。叫她一聲「太太」，欣如立刻沉下臉，東西不買了，拿起皮包走人。

腦袋嗡嗡地，記者不知道怎樣自由發揮？欣如想著報紙上聳動的標題。

✦ ✦ ✦

欣如的頭在痛。那間屋子裡撞擊的聲音，鄰居說是聽見了。

如果躺在妮妮床上，她就會翻過身，臉埋進印著溫尼熊的枕頭套裡。床邊是翻倒過來的垃圾筒，地下散亂著剪碎的紙片。床底下有飲料罐、黏滿灰絮的頭髮，還有亮晶晶的珠子。珠子各種大小，那是扯斷的首飾？掉下來的掛簾？

小女孩的祕密基地，想要攻占我的那塊地方？休想，她心裡的聲音說，不能夠讓你們得逞！

✦ ✦ ✦

「警界啊，始終直線思考。整天搞那種烏龍，急巴巴發布破案的消息。」欣如講得很正經，她開始反守為攻，教訓對面的男人。她個性有這樣一面，困難的時刻挺過去，外面世界就會恢復原狀。

趕緊喝口茶。她需要的是保持冷靜，茶葉在喉嚨裡差點嗆到。

欣如偏著頭吐出茶葉，男人鬢角一排滾圓的汗珠，哪一顆會先掉到眼鏡架上？

她慶幸自己還有這個能力：慌亂一陣，很快就會恢復鎮定。早年有一次，人家介紹她去相親。原先很緊張，等到呼吸平穩了，平視著男方，她慢騰騰地開口：「你那一行，讓我想想，有沒有認得的人。」冷靜救了她。成敗不會放在心上，她是對現實人生有把握的女性。

注意力拉回到現在，「報上會看見『逆倫慘案』，人家『逆向』嘛，那，我的就是反過來，報上會寫『順倫慘案』。」掰得很幽默，對方沒有露出一點笑意。欣如告訴自己小心點，報上看到過，辦案的人會惱羞成怒。剛才瞄一眼桌上的卷宗，一頁粉紅紙張在卷宗裡冒出頭，比裝訂在一起的都大一點。說不定正是醫院轉過來的驗傷單。寫什麼她猜不出來，大概寫著這個女人抵死反抗，他們趕時間進去蒐證，造成欣如肩膀一塊瘀青。

事實正是如此，他們硬要推門進去，強行進到那個房間裡。她眼睛盯著桌上的卷宗，卷宗裡有現場照片。說不定把垃圾筒翻倒過來，撿出來一團團字紙。他們在屋子裡說不定找到了其他物證。

欣如伸開握著的拳頭，手腕內側有一道抓痕，凝血之後的暗紅顏色。

妮妮的房間裡，她曾經做了許多事。

✦ ✦ ✦

同樓層的鄰居都說聽見聲音，聽見鋼琴聲。

一樓安親班的老師發誓，她聽見過熟極的曲子，〈獻給愛麗絲〉，公寓的天井傳下來，老是彈錯幾個音。彈琴的手掌沒張開，大概跨得不夠寬。一遍遍地練，碰到彈錯的地方又重來。直到前個星期，一下子變安靜了，公寓裡再沒聽到鋼琴聲。

欣如說家裡沒有鋼琴。指著照片裡那個房間，你看，這麼小，坪數不夠，沒有擺鋼琴的地方。

鋼琴，喔，鋼琴是個謎。欣如揉著太陽穴，白花油沒放進皮包裡。小包面紙也沒帶，眼窩裡一定還有眼屎。匆忙叫她打包隨身用品，她把衣服丟進手提箱裡，透早出門，東西一定帶不周全。專車把她送過來，坐進沒有窗戶的小房間。

剛才幾個人輪番上陣，「屋子裡有點怪。」說是要麻煩她回答幾個問題，「那，鋼琴呢？」她臉掛下來：你們自己看，哪裡有鋼琴？他們一邊問她一邊嚇唬，告訴她判了刑也可以減刑。欣如豈是容易上當的人？整個上午坐在木板凳上，桌腳掛著一隻手銬，雖然沒有銬住她，咖啡也沒給她喝一口，半天才端來一杯茶。她打個呵欠，這樣問，一百年不會問出答案。

「告訴你們同事，這件事不能用常理解釋。」她說。

✦ ✦ ✦

欣如討厭醫院，她討厭掛號表格，那是另一種逼供的方式：年齡、職業、血型、收入、教育程度、就醫原因、遺傳重症、慢性病史、藥物過敏記錄，緊急送醫記錄，有沒有吃避孕藥？有沒有可能懷孕？然後是緊急聯絡電話、你的重要關係人，也就是意外死亡之後再來幫你填這些表的人，不需要回答的問題列一張很長的清單。「告密的亂講，這類問題我拒絕回答。」瞪著眼前問話的人，她想，怪誰？怪都怪地震停電的那個月，沒買泡麵會餓死，也不該進那間雜貨店，讓老闆有了包打聽的機會。

直覺是對的，只要開口就容易洩露祕密。她早就應該嚴防公寓裡的鄰居，五樓那個家庭主婦很可疑，送完孩子沒事做，滴溜溜的賊眼專門探人隱私。三樓的夫婦也不正常，跟她差不多時間出門，見了面居然對她上下打量。欣如最擔心「噹」地一聲，電梯停在那個樓層，她一定趕緊把眼睛垂下。有人天生不怕碰釘子，有一次，太太用肩膀撞撞旁邊的丈夫，算是介紹：「我們家老公，在監理所上班。」「你們家呢？哪裡上班？」她只好說：「我在私人公司。」「我」特別小聲，聲音輕的幾乎聽不見。嗨，結婚的人自以為是誰，握著盤問別人的特權，憑什麼，公然查她的戶口。

欣如最恨串門子，一個人在家裡多開心。燈泡傳遞六十瓦的熱度，她索性關了床前的檯燈。妮妮的梳妝臺鑲著金邊，側面有一個可以翻轉的鏡面，這一套是仿歐家具。乳白色的油漆，讓她想到童話故事的城堡。她手裡摸著，漆得很平滑。不像小時候的桌面，教室每張桌子都被刀片割得一條一條。

抽屜裡有她幫妮妮準備的文具，凱蒂貓的信紙、橡皮與鉛筆、造型像一朵小花的迴紋針、幾本黃色的黏貼便條，還有各種尺寸的美工刀。當年桌子像水溝，木頭被刀片畫開，寫鉛筆字要墊板。那時候鉛筆盒附一方小鏡子。當年在無聊的課堂上，頭湊近鏡子，欣如拿著刀片修眉形。

那時候欣如幾歲？跟妮妮差不多的年齡。

坐在梳妝臺前旋轉凳子上，冷氣機轟隆隆地響，別人家傳來鍋鏟的聲音。欣如把攏到耳朵後面的頭髮鬆下來，左右轉動脖子，髮絲邋呀邋的，磨蹭著睡衣領口的花邊。從小女孩時候，欣如一直相信頭髮的魔力，拔一根頭髮，拴在娃娃上，要人死，那個人就活不成。欣如最愛讀魔法的童話，公主常被困在城堡裡，長頭髮從城堡窗子垂下去，王子順著頭髮爬上來，從此才解開公主身上的咒語。

休想，她對著鏡子說，我偏不要把頭髮垂下去。我說不，妮妮不會答應，不准任何人進這間屋子。

✦ ✦ ✦

那家雜貨店告的密，對吧？

你問我怎麼知道，我猜，我猜得出來。老闆夫妻向來就惹人厭。那時候去買泡麵，包打聽夫婦就對我的生活狀況有興趣。後來，不知道他們從哪裡聽說？反正不是我自己講的。你的孩子大了，外埠去讀書。喔喔，我還沒有來得及搖頭或點頭，老闆娘已經自顧自接下去：我們聽過，臺中有一個很好的女子中學。叫什麼來著？

趁老闆娘還沒有想出名字，她點點頭：「你說對了，就是那一家。」

下次再去店裡，夫妻倆竟然替她想出了解釋：「住校，不常回來。難怪見不著你女兒。」

隔幾個月，到店裡買東西，老闆娘更有把握了。這回幫她一年一年算，前年你搬來，女兒升高一，去年升高二，明年應該考大學。

亮著燈，你女兒回來準備考試？開夜車？好用功，回來還做功課。你女兒房間昨天整晚亮著燈。她偏過頭，不相信自己的耳朵，怎麼知道妮妮的屋子是哪一間？連她家房子的隔間都清清楚楚？她家廚房是後陽臺改的，對著一個天井，朝向別人家的廚房沒錯。妮妮房間接連著後陽臺，也就是說，那個房間的窗子開在廚房裡。這對夫妻生著千里眼，要不怎麼看得見？難道……望遠鏡正對準她家，校正焦距，穿過後陽臺改建的廚房，看見她坐在妮妮床上？

她回到家，確定每扇窗子都關緊。廚房裡找出烤東西用的錫箔紙卷。不透光那一種。錫箔剪下來一大片，一方一方黏在玻璃上。

你說怎麼辦，怎麼對付這種包打聽？剛才你那個同事嘴巴賤。指著卷宗夾著的相片，他問我：「做什麼的，屋裡開計程車啊，窗子還貼了反光紙。」

椅子嘰嘎嘰嘎地，上一個問話的人坐沒坐相，穿制服的警察還會搖晃屁股。她的反制辦法是一句話不說。童年時光又回來了，她不出聲，繼續把頭蒙在被子裡。挨得久一點，等到父親開始擔心，就會繞著前後院子叫喚她的名字。

餓著肚子，房間好黑，大人會不會真的忘了她？欣如閉著眼睛，很有定力地等下去。

✦ ✦ ✦

對面的男人用原子筆敲桌面，「差點忘了，鼠籠，」原子筆繼續敲，「鄰居看到鼠籠。」

後來人員挨家探訪，你的一個鄰居想起來，回收的大垃圾箱裡，看見過砸爛的鼠籠。他做的筆錄有寫：鐵絲翹出來，怪異的景象。比漢他病毒流行要早幾個月，跟後來大家棄養寵物鼠的風氣無關。鄰居說，過眼就不會忘記，好像有人伸手，毀了鼠籠，還不過癮，要把鐵絲一根根抽出來。

噁心的絨毛，還有一些細的頭髮，黏在鐵絲上。那人很確定沒有看見老鼠，死的活的都沒有見到。

✦ ✦ ✦

一瞬間她想起什麼，看不清楚的畫面，自己有沒有做？「不用套我的話，我知道自己在做什麼。」欣如下意識摸著頭髮，不會那麼做吧。她想到偶爾清醒的片刻。自覺，不自覺的，她有某種習慣的動作，像是撿起來別人掉落在電梯裡的頭髮，綁在洋娃娃脖子上。

會不會是另一個人，拿起籠子往牆上砸，失手殺了妮妮？

她說有一次，自己無聊地翻報紙，拿起筆，填寫報紙上的心理測驗。性幻想的對象是男人、還是女人。報上寫著，測驗結果告訴你本身不知道的真相。譬如自己明明是女人，但在春夢的情境中，卻是另一個女人仰面躺著，自己在對另一個女人做那件事。那麼，你可能是隱性的「同志」，即使你看起來是個異性戀。

「問題有技巧，比你們高多了。你猜，結果是什麼？」她看著做筆錄的男人。

闔上報紙，她說，後來我想通了，每個女人都不滿意自己，倒不是性傾向的問題，其實是很平常的願望，希望自己做另一個女人，覺得另一個女人才更像自己。不只我欸，她說，我們女人習慣跟自己玩這種遊戲，廣告看板上細跟涼鞋的女人，腰圍才二十四。穿進她的衣服裡，穿得上的話，多麼好。

「你還可以，不算胖。」問話的男人應著。

她說你錯了，我需要減肥。連著幾個月，我去那種健身俱樂部。「踏在腳踏車上，拚命騎，低下頭，衝一段上坡路，儀器的數字往上跳。心臟跳出來才過癮。」事後在水療池裡，呃，呃，你要聽好了，讓我告訴你A片看不到的鏡頭：你想得到嗎？女人脫了衣服總有些畸形。後來我看她們拿吹風機吹頭髮，浴巾滑到大腿上，即使胸部很大，比例不對，看起來也並不性感。頭髮乾了，女人戴上胸罩，套頭穿上身的衣服，接著拉後面的拉鍊，胸一挺一挺，胸線顯出來了。我也跟著鬆一口氣，順眼多了。

所以都是靠衣服。衣服，女人需要衣服變魔術，撐起來包起來藏起來，至少比減肥容易些。去店裡買買就好了。當然也有肉痛的經驗。告訴你，我的腰上有一道疤。那次是裙子拉不上來，拉鍊不夠力，往上拉扯，愈急愈慌亂。吸一口氣，往上猛地一拉，大叫一聲，拉鍊剛好夾到肉。

後來還是買回家。我會做針線。刀片割開縫線，釦子往外移動位置，有時候把兩邊的布放一點出來。反正我不穿出門。你知道，買來的新衣服都放在家裡，妮妮房間有面大鏡子，我穿給自己看。

衣服店，她繼續往下說：「班尼頓」？還有「西西里」？義大利牌子。我們女人喜歡試衣服，想要又怕受傷害。拉開簾子走出去，短短幾步路，站在穿衣鏡前需要勇氣。你不知道差多遠，理想的形象與實際的自己。

聽著啊，我在告訴你重要的線索。買衣服沒興趣的女人，你聽我說，就是徹底放棄的女人。

現在他們年輕人流行用英文：DKNY，MORGAN，OLIVE des OLIVE，還有一個牌子叫 COLOUR 18，讓人自卑的一家店。要命的是那個「18」，是不是超過十八歲就不准進，走進去人家都看我，我也覺得渾身不對勁，好在我有一個理由，正當的理由，剛好替我解了圍！

✦ ✦ ✦

嗨，你搽不搽生髮油？我不用伸長脖子，已經看得見你頭上一圈反光的頭皮。

除非植髮，頭頂沒什麼指望了。你做警界這行太辛苦。昨晚沒睡好？現在是我最有興趣的話題。趕緊振作精神，我們現在跟線索愈來愈靠近。

聽過嗎？你一定沒聽過。有個最可愛的品牌叫做 MONIQUE，碎碎花的小 T 恤，胸前一排皺褶花邊，印著英文的 MONIQUE，嗨，你們男人，就是對女人的衣服牌子缺乏知識。

這家品牌有賣七分褲，今年的流行。「我的年齡不行，腰要細，屁股不能太大，」當時她正在往上拉拉鍊，腰中間擠出來一截。她向站在背後的店員說，我穿不上，呼吸提臀還是差一點。女兒可就恰恰好。

那個品牌都是淺紫、淡藍、鵝黃、蘋果綠的顏色，全套的粉彩系統。她跟送過來發票的店員說：「適合你們的年齡層。」

後來欣如跟著電扶梯上去，上到「婦人裝」那一層。你一定沒逛過，抬起眼睛都讓人害怕。寬鬆的腰身，鬆垮垮用別針吊在模特兒身上。背後胖嘟嘟鼓著一團布。可憐，沒有專用的模特兒。婦人部門是二等貨色，有尊嚴的設計師大概都不肯遷就。

婦人裝，欸，做中年婦人多麼容易受挫折，布料不對，花樣也不對，團花、織錦都不合時，做棉襖差不多，做壽衣更適合。幾年前我繼母還沒出事、我父親還沒住進安養院，我父親每年都在飯店裡做生日。人家送來那些匾額相框，貝殼黏出來的「松鶴延年」。松樹底下的老壽星駝著背，鐘樓怪人一樣，活受罪。那樣的延年益壽不要也罷，你聽我說，不騙你，絕不是值得誇耀的生活品質。

✦ ✦ ✦

「蒙妮卡，」她抬起頭：「這個名字有沒有，嗯，讓你想起來什麼？」半中不西，沾一些洋味道。才聽完就忘了？你一定不專心，蒙——妮——卡，中翻英，就是剛才我說的衣服品牌。記不記得？

「蒙妮卡，」她對男人重複一次：「像洋娃娃的名字，也叫『妮妮』。」

當時她抓著電扶梯的手在冒汗。這輩子的樓梯下多了，她想，可不能夠繼續往下沉淪。什麼藏青、墨綠，顏色的名字都死氣沉沉，好像棺材釘子上面的鐵鏽。

「還好我有女兒。」一腳踏在電扶梯上，欣如小聲跟自己說，慶幸自己運氣好，因為妮妮，她從走錯的樓層逃出來。

蒙妮，妮卡，蒙——妮——卡，欣如不住地用筆在紙上寫這三個字。她模糊記得少女時候，言情小說女主角叫蒙尼妲。蒙尼妲兩隻大大的眼睛，嬌滴滴的聲音。當時趴在桌上做功課，膝蓋上的抽屜拉開一半。書桌抽屜裡，放著租書店裡租來的小說。

後來，斜靠在妮妮的枕頭上，多少個黃昏，她瞇著眼睛盹著了。一恍神睜開眼睛，她模糊看見別人後陽臺的燈光，還有燈光裡的人影。女人把衣服從洗衣槽拉出來，仰起臉，一隻隻男人的襪子夾在鐵圈上。那家隔壁又是改建戶，利用陽臺的空間把廚房推出去。抽風機接著鋁窗，陽臺上的主婦做炒菜的動作，偶爾還有香味飄進來。她吸吸鼻子，宮保雞丁，受不了花椒在熱油裡爆炒的味道。

從床上坐起來，關上窗子，她把檯燈打開。玻璃貼了錫箔紙，屋裡的光線特別柔和。書架上找了找，抽出一本羅曼史系列。她抱著枕頭，把睡袍的兩襟拉在一起，胸前是眼睛閉上一半的兔寶寶。妮妮的絨毛拖鞋趿拉在腳上，這是她一個人過週末的方式。

✦ ✦ ✦

說起蒙妮卡，她會加一句，我們妮妮。有人問起，她很熟練地說，妮妮，小女孩的意思。給她起名字，只希望她是平凡的小女孩。

欣如從小就是好媽媽的材料：幫娃娃換尿布，替娃娃換衣服，還會給娃娃梳辮子。娃娃戴圓圓的圍兜，手臂上拴一個塑膠奶瓶，洗臉刷牙上幼稚園吃點心，她自己跟自己扮家家酒。

娃娃吊在半空，兩條手臂在盪鞦韆。有時候不小心，忘了娃娃有脫臼的毛病。握住一條塑膠胳臂，她稍稍往上推，很熟練地裝回去。用一根髮夾，她掀動一張一闔的眼皮，食指戳一戳，她知道怎麼樣把透明眼珠挖出來。娃娃壓在身底下，她在試肩膀的力道，怎麼讓娃娃在一瞬間窒息。

父親從公事包拿出娃娃。她沒有辦法忘記，繼母在瞬息間陰沉下來的臉色。

✦
✦
✦

你在試探我，你們這種職業的人，總是乘虛而入。我當然聽說過「嬰靈」。我擔心你問案問到睡著了，你卻抓機會，突破別人的心防啊？

我相不相信「嬰靈」？報上看過。這種怪力亂神，不要嚇我。我看過一些書，書上說，我們女人從小到大，都是被嚇著長大的。

聽人家說，母親照相，「嬰靈」會讓底片感光。墮胎掉的孩子會站在母親後面，緊跟不放是不是？

泡在浴缸裡，她想要深深吸口氣，把頭沉下去，沒在水面底下。憑意志力，不讓自己的頭浮出水面。如果就要沒氣了，這秒鐘有一隻小手，像漂在水面上的救生圈，在這時刻，如果有一隻手緊緊牽住自己。

有一個小女兒，在千鈞一髮時候抓住自己。那是什麼樣的感覺？

從空中伸下來兩隻柔軟的小手，妮妮要她抱抱。胖胖的手背，上面幾枚圓圓的小窩，她在卡片上看過，臉上有酒渦的天使。這一刻天使在浴缸上空，剛才她把頭沉下水面，不想再上來，不再吸氣了。而守護她的天使，穿雲而出，伸出圓滾滾的小手臂，救生圈一樣牽住自己。

她瞄一眼男人。我盡量配合，說的夠多了。浴缸裡，沒穿衣服，泡在水裡的時間不告訴你。

坐直身子，她又正經起來：「你不知道，我們公寓沒有管理員，閒雜人多，遲早會出事。」經過一樓布告欄，我停下腳來看，真的母女連心啊，四樓的早報被偷走了，門戶不安全，這，這，這怎麼得了？為了女兒，嘆口氣，嗨喲，下次在這裡貼大字報，對許多事她本來有強烈的意見：公寓門口放管區的巡邏箱、巷子死角加裝路燈、電梯裡應該安置警報系統。我在積極地參與市政。你想得到嗎？做母親才算一種身分，找到一個受人尊敬的位置。比起來，單身女人算什麼？只能夠漂浮在浴缸裡，那是失重的狀態。

✦ ✦ ✦

遊戲什麼時候開始的？

回家前，模糊地覺得有人在家裡等她。

明明沒人約她，週末黃昏，她按熄辦公桌上的檯燈，拿起公事包，再關掉天花板上的日光燈。看看已經走空了的辦公室，她跟自己說：「早點回家，不要讓蒙妮卡放學後家裡沒人。」

回憶的深處，恐怕要靠催眠才找得到路，找得到其中消失的脈絡。

繼母坐在客廳裡，記得的事情剩下一點點。

過來摸摸她，隨便問幾句話也好。親生母親會不會把女兒叫住？她走過電視機前面，繼母抬一下眼睛，繼續看連續劇。她的制服外套破了洞，手肘部位磨穿了，繼母裝作沒有看見。

意思是說給她父親聽。客廳裡大聲問：「開學啦，缺不缺衣服？」她大聲回答：不，需，要。

夢裡想起一些什麼，醒來卻又忘了。後來電視上播出催眠秀，藝人在螢光幕上哭紅了眼睛，淚光閃閃地說，前一瞬真的回到童年，真的真的。她拿起話筒，想打

call-in 電話，她要在電話裡問一問那個催眠師，剛才她從床上坐起來，枕頭上都是妮妮的氣味。一瞬間似乎沒搞清楚，自己想要找到的是母親？還是女兒？

印象裡有模糊的影子：好像是個短頭髮的婦人，抱著幼小的自己，婦人披著羊毛毯，椅子上坐著，把嬰兒攬在臂彎裡。那個婦人是誰？欣如告訴自己，說不定母親節的卡片看多了，畫面一再重映的結果。

欣如記得繼母的衣服，有一條翠綠的蓬蓬圓裙，還有一件火辣辣的紅花洋裝，晾在竹竿正中央。畸形的是幾件胸罩。棉的質地，一圈一圈的針車線，側邊一大排鈕扣，鈕扣歪歪扭扭，與往下滴水的束腹一起掛在竹竿上。在夢裡，竹竿上的胸罩在滴水，欣如胸部好像也在稍微地鼓漲。她記得手上是一把剪刀，不是用來剪頭髮，她要剪碎竿子上的漂亮衣服。不，不是剪刀，欣如手裡握著一把染血的刀子……

✦ ✦ ✦

你知道嗎？奇怪的夢，有時候好像真的一樣。

公寓裡反正多一間房間，後來，她在那裡布置妮妮的房間。衣櫃裡掛起一件一件衣服，為妮妮千挑萬選買來的衣服。

衣服之外還添了各種配件。項鍊、髮夾、皮包、圍巾……鑲著假碎鑽的手鐲，Anna Sui 的口紅戒指，把唇膏藏在戒指裡，那是今年最新的流行。我跟店員講的都是實話：都是買給女兒的，不是買給我自己。

店員過來，她拿起一件細肩帶的小背心，「你看怎麼樣？」女兒在段考，沒空來試穿，我幫她帶回家。不合適的話，你們可以退換吧，不用退錢，換另一件也可以。我女兒啊，半大不小，這種年齡最難弄。嘀嘀咕咕地講，店員很有興趣地在聽。這道理原來那麼簡單：有一個女兒，就可以把母親放在很舒適的位置上。

她在彩粧部門試用指甲油，每支不同的顏色，瓶子裡沉澱著金粉銀粉的一種。IPSA，這是什麼廠牌？還有 chic choc，像巧克力糖一樣的眼影，吃糖一樣地抹在嘴唇上。店員過來解釋，欣如的嘴裡咕噥著：「你們年輕人，這麼多新玩意。」「看不出來年齡？說笑，怎麼可能？」「不行不行，我女兒當然。新產品啊？我幫她買。」一個人坐接駁公車，欣如在百貨公司逛了一個下午。

「隨她穿不穿，我還是先買回家，試試運氣。」她說得順極了。

說你命好，說你女兒命也很好。售貨小姐為媽咪而感動、又為女兒而感動，終於都在為女兒有這樣一位好媽咪而感動著。媽咪不合身，女兒可以拿去穿。其實是反過來，就算女兒合身，媽咪也可以拿去穿。

跟你說過，整件事都是時裝店開始的。

更年輕時候，逛到嬰兒用品的部門，小圍兜、小湯匙、小撲滿，欣如捨不得放下手裡的東西。店員走過來，她會突然羞紅了臉，結巴地說，我，我，我給同事，我選禮物。

盯著問案的人，她反問道：「有沒有一個小男孩，正在跟你玩遊戲？」

哪部電影裡說的？每個女人心裡頭都有一個小女孩。她看著妮妮跑出來，小女孩穿一件可愛的褶裙，她不敢穿，沒人買給她穿，那種她從小沒機會穿的漂亮衣服。還有一款大翻領的水手裝，她看著就喜歡，〈夏天裡過海洋〉，那是妮妮會唱的歌。

✦ ✦ ✦

坐在床上，梳妝臺是奶油白。牆壁刷成淡粉，窗櫺的木頭配家具的顏色。家具都是黃金鑲邊，香草蛋糕一樣，還有一點檸檬黃來襯底。

選的家具比平常用的小一號。房間門上掛著女兒的名字。一塊木頭刻成娃娃形狀。花邊圍裙上英文字母串起來，跳著舞的 M-O-N-I-Q-U-E。

壁櫥上擺著妮妮的玩具。有一格是玩具熊，排隊排得很整齊。她對每一隻熊都充滿最獨特的感情。戴帽子的熊、穿背心的熊，工裝褲的牛仔熊，扮成英國皇家侍衛的上班熊，腳底下有一塊補釘的大黑熊。

她用手摸過去：扁鼻子的熊、尖嘴巴的熊、長手長腳的那種熊、露出橘紅舌頭的溫尼熊，掛著一個黑眼圈的胖貓熊，還有那種怎麼放都好看的趴趴熊，軟軟趴在地下。

圓耳朵有各種長度。眼睛是鈕扣做的，灰褐、淺黃、茶晶、靛紫，兩個小小的同心圓，透明或半透明的質地，一粒鈕扣裡也有各種表情。

小時候不敢想的玩具，繼母不會買給她。現在她一樣一樣買回來，堆進女兒房間裡。

她只有一個衣服舊舊的洋娃娃。

那天父親叫住她，從公事包裡摸啊摸的，摸出來這個禮物。「同事出國回來，放在桌上。」父親訥訥地，很不自然。她不敢多看洋娃娃，倒是緊盯著繼母的臉色。她們同時競爭父親的愛，兩個只能夠選一個，多麼特別的遊戲。

用手去摳，玩具熊的眼珠子在搖晃。她坐在妮妮床上，手指摳進去，她悄悄用力，一定要把那顆鈕扣摳出來。

✦ ✦ ✦

相信有神，就有了神，她自己也會好奇起來，世界上到底有沒有蒙妮卡？

生命這件事，有時候也像信仰一樣，心誠則靈。

她伸出食指，撫弄老鼠耳朵中間平坦的地方。之前，她其實害怕碰觸有呼吸有脈搏的小動物。為著妮妮她才走進寵物店。她猜想妮妮一個人在家會寂寞。順著老鼠頸子往後摸，為了女兒，什麼都敢試看看。

四隻爪子搓動著，沿她的手腕內側正往上爬。老闆把小鼠放回到她手掌上，麻癢癢的感覺。「第一次養寵物，這個最簡單。」等到老闆把小鼠拿開，她還愣愣看著自己手腕內側的青色血管。後來，她捧回家一個鐵籠子，裡面有給老鼠運動的風火輪。

放在妮妮房間的窗臺上，下班把籠子打開。她換水換飼料，順便讓小鼠出來走走。

那天下大雨，她忘記關窗子。黃金鼠死了，就這樣死了。外面颳進來溼空氣，陽臺上留著水漬，老鼠僵死在籠子裡。生命那麼脆弱，老鼠死了，教她怎麼跟妮妮交代？欣如用手指去觸摸死體，皮毛上還有餘溫。她把黃金鼠放在手心裡。過幾分鐘，她發覺自己用臉頰去搓磨依然柔軟的肚子。死了，第一次，她敢這麼靠近，鼻子貼著皮毛，她嗅到小鼠的氣息。

她做了什麼？小女孩睜開眼，天啊，她做了想也不敢想的事。她喘著氣，抽屜的美工刀怎麼在她手裡？

✦ ✦ ✦

跟男人要好的時候，她會聽見微細的聲音：「不要像你母親。」她聽見繼母在跟父親咬耳朵：「跟她母親一樣，遲早被野男人拐跑。」

父親跟繼母在客廳裡講話，聽到她進來，突然沒有動靜。其實她看著他們的嘴形，就猜得出兩人剛才說什麼。她自覺有一種睿智，少女時候就有的睿智，那是超乎年齡的機敏體質。遇到男人，欣如很快就看透了關係裡一定有不能夠相處的什麼。

欣如知道同事怎麼在背後說她。同事說她是奇怪的女人，年頭到年尾沒什麼約會，沒見她穿過一件亮眼的衣服。她早跟老闆講明白，下班不陪客戶應酬。週末不加班，週休的時間屬於自己。

偶爾公車站遇見看得順眼的男人，她特意站得遠一點。多少年養成的習慣，那件事後她加倍小心：這城市很骯髒，隨處是稀爛的泥漿，一腳踩不穩，陷進去就拔不出腳。

有一段時間，她預感奇怪的事正在發生。把手掌輕輕壓在肚子上，她直覺地知道不對勁。清晨起來胸部會覺得腫痛，喉嚨裡有壓迫感。她摸著自己還很平坦的肚子，觸電似的，小腹底部竟然有抽緊的收縮。

她對問案的人說，你們男人欸，一個德行。遇到這種事，有肩膀的男人不多。想要喝的只是牛奶，不必把母牛牽回家。我們老闆在辦公室裡說的。老闆是過來人，告誡男同事玩玩就好，千萬別動真感情，尤其要當心，別碰上死纏爛打的單身女人。唉，天下的男人都是一樣的。我記不清那個男人的臉孔。哪個男人都一樣，聽清楚了嗎？

一點也不羅曼蒂克，那一陣大概寂寞地發瘋，跟你說沒關係，從頭到尾都是我自己的決定。我從手術房出來，男人已經哭紅了眼睛。我還要伸出沒掛點滴的另一隻手臂，拍拍男人的肩膀：「沒人逼我啦。」

那時候，她愣愣看著點滴瓶子，自己做了什麼，再也沒辦法挽回了。

從醫院回家，男人躺在她身邊，身子湊過來，居然要那件事。感覺到還在淌血的傷口，她轉過臉去背對他。後來回想起來，比起進醫院做手術，那晚上還要更難捱一些。

整晚上她眼淚流不停。後來欣如才弄明白，身體裡面荷爾蒙變化太快的緣故。第二天，她板著臉跟男人說，滾，從此不要讓我見到。

✦ ✦ ✦

嬰兒在那裡踢她的肚皮，如果有一個女兒，長得像母親。她看著鏡子，小嬰兒又長大了一點點。鏡子的霧氣散了，女兒的眉眼漸漸清楚起來。

她寧願女兒跟著自己。總比跟著父親要好。她憐惜地想著沒見過面的小女孩。那麼早夭折的胚胎，小手小腳還沒機會成形。不知道胚胎有多少感覺？會不會冷？會不會餓？會不會感覺到媽媽不要她？還是什麼都不知道，只是幾個等著分裂的細胞而已。

想著肚子裡的一隻小蝌蚪，從兩棲到爬蟲，還沒有機會重現億萬年來哺乳動物的生活史。但是她有一種直覺，確定胚胎是女的，只有女兒才讓她有機會傾訴心事。

頭髮披散下來，她直直看著鏡子。當時也是同樣的光景。先是打開妮妮的檯燈，梳妝臺前望著鏡子發愣，然後她踢掉腳上的拖鞋，趴在印著溫尼熊的床罩上。接下去罩單上，竟然看見一根灰白的頭髮。光影在溫尼熊身上移動，那是時間走過的腳步。

妮妮也會老！坐在鏡子前，她用手掩住嘴巴，比看見自己會老……更不能夠忍受。

回想起來，這是一個原因：她突然煩躁起來，想要結束煩死人的一切。

黑暗給了她勇氣，握著拳頭上下地搗。死了的小鼠塞進水槽，熱水沖著，筷子搗啊搗的，確定小鼠已經沖進下水道。

✦ ✦ ✦

她指著擺在卷宗上的現場照片，你們用「拍立得」？效果不好，拍不出顏色。

這樣看，看不清楚窗簾上綴著五彩的小蝴蝶結，後來窗簾褪色，蝴蝶結在背景裡漸漸顯不出來。毛毯變舊了，就連玩具熊的鈕子眼睛都不再放光芒。買的時候可是全新的。你們男人知不知道？新買來的衣服都有一股好聞的味道，就算始終沒人穿，時間久了，放在櫥子裡仍然會沾上一股霉味。

她說，給我一支菸，我受夠了這些。我對氣味敏感，自從老鼠死了我就心神不寧。我的鼻子很靈敏，你們桌子底下一定曾經死過一隻老鼠。

我只是煩了，煩不煩嘛，你們替我想想，為什麼要殺人？只要我想繼續下去，大可以想出一千個理由。大可以說女兒出國、做了小留學生，不會回來了。妮妮？妮妮？蒙妮卡哪裡去了？長大了、長大了嘛，小女孩長大了，哪個女孩不會長大？可是為什麼蒙妮卡一定要長大？

她記得自己坐在地下，滿地剪下來的髮絲。玩具熊附送的原廠大海報撕成一片一片。

地下有血跡，她記得自己坐在一攤血水裡。

「死了。」死了死了，我女兒死了。欣如重複說那兩個字。事後她回想起來，老闆重重放下手裡的東西，老闆娘的笑容僵在臉上。

✦ ✦ ✦

不告訴他們，倒可以告訴你，屋子裡真的沒有血案。怎麼說，你都一定不會相信，真的是這麼單純的理由，就是那一對包打聽夫婦。

「太太今天要什麼？」跟定了我，他們陰魂不散。

剛才我說過，我討厭別人叫我「太太」。

「妮妮不喝，」當時我搖頭，裝得不動聲色：「你們家常賣過期牛奶？我家妮妮嘴刁，喝得出來。水果也不吃你賣的這種。」愈說愈大聲，恨不得店裡的顧客都聽見：「上次，你幫我秤。妮妮說，你賣給我們快爛的東西。」

「妮妮不吃，丟了可惜，都是我在吃。」有女兒真好，還可以借小孩的嘴巴教訓別人。說著又有點不忍心，欣如指指腳上的鞋子：「鞋也一樣，妮妮長太快，我只好撿來穿。」

「女兒腳那麼大，一定很高？」

又講多了，多給包打聽一次打聽的機會。

長多高了？快要上大學的女兒？女兒要上什麼大學？老實說她從來沒有想過。老闆娘認真地掐著指頭算，前年你搬來，妮妮高一，去年高二，今年應該準備考大學。

心裡想的是那個小女孩，伸出手臂叫她媽咪，坐在床上要媽咪抱抱。管她什麼女兒的大學生活，她一概不想參與。接下去，女兒交男朋友，她一概沒有意見。然後女兒結婚，生孩子，難道還要她做主婚人、要她當外婆？好可怕，這樣折騰，欣如比原來更老了。

「念什麼科系？」

他們逼人太甚，愈來愈具體，逼她回答實際的問題。她說：「死了。」說出這兩個字的時候，她臉上沒有哀戚的表情。

不好玩。她玩不下去，她想要早點結束。怪只怪說得太輕率，並不知道「死了」兩個字的嚴重性。

都是一時衝動，就像她當時，也是突然間的意念：那天在衣服店裡，沒什麼理由，「女兒」就脫口而出。她跟站在旁邊的店員說，給我女兒選的。

「死了」，死了死了死了，說出那兩個字，遊戲就結束了。欣如沒多看包打聽夫妻的表情，她快步走到馬路上。

誰說她不傷心？後來，她忿忿地想，你們怎麼知道呢？

日子過得糊塗了，她記不清楚，又跟多少人說過女兒死了？

其中有一個多事的人？鄰居在背後說長道短？說不定還藉故到我家裡來打探消息。鼻頭貼近著門板聞一聞，聽說這個女人的女兒死了，好端端一個人不見了，說不見就不見，聽說是要考大學的高中生，早就預感這女人會出事，遲早出事，一向怪怪的誰也不理。門板底下有沒有傳出來惡臭？不尋常的怪事，搞不好我們公寓裡已經出了血案。

聽見小孩在嚎叫？欸，對了，好像有人拉著小孩的頭髮在撞擊牆壁？……有人憋不住，給管區打一個電話，於是她變成偵訊的對象。

「你女兒呢？哪裡去了？」語氣一點都不友善：「你把女兒弄到什麼地方去

了？」

扶住受傷的臂膀，她坐在地下。手臂好疼啊，那些人推我一把的結果。門被撞開來，我擋不住他們。原諒媽咪不夠力氣，他們坐在你的床罩上。他們髒手伸過來，從床上抓起你的玩具熊。妮妮不要怕，媽咪在這裡。她撿起掉在地下的塑膠胳臂，輕輕推一下，又是四肢齊全的洋娃娃。

後來恢復了鎮靜，她說自己也能夠理解：你們也是公事公辦。有人報警，只好去對照失蹤人口。接了這種線報，自然就要挨家挨戶打聽。前一陣發生什麼事？有沒有男人在我家裡出入？誤會啦，以為我是殺人魔王，躲在暗巷的公寓裡。男人加孩子，這次碰上了冷血殺手。沒有屍首，沒有罪證，地板上沒有血，剪碎了的新衣服並不能夠證明什麼，現場沒有一點血跡反應。整件事都是誤會一場。

說不定三樓的鄰居有神經病，密告我把人剁成肉塊，帶著血藏在冰箱裡。要不然，為什麼你們闖進我家，一句話沒說，朝向擺冰箱的地方直走過來。

她瞥一眼擺在桌上的卷宗，看看你們的故事怎麼編得下去！她記得電影裡看過的鏡頭，從現在開始我閉上嘴，律師到了才開口說話。

她想著還是小女孩時候，頭蒙著被子，藏在自己屋裡，不出一點聲音，故意讓大人急不過，然後等父親來找她。屋裡愈來愈黑了，她小聲安慰妮妮，不要怕，你是媽咪疼愛的乖女兒。

不要怕，出來吧，妮妮不要怕他們。她想等下啊，接班問供的人推門進來之前，她要從包包挑出一件，胸前有個大蝴蝶結，那一件粉紅色的連身裙。換好衣服，她就要趴在桌上，鼻涕眼淚地抽泣著。然後，有人會彎下腰安慰她。這時候，張開白紗的蝴蝶翅膀，她要殭屍一樣跳起來說：「誰說我死了？我就是蒙妮卡，你看我，我把媽媽殺死了。」

這是本書書名《蒙妮卡日記》的同名短篇，這篇小說牽動我的心，我甚至不忍心重讀；或者說，讀著我會心痛；這也是為什麼以篇名做為書名的原因。

我猜，它反映我自己身為母親的焦慮。

在養育女兒的過程中，經常有莫名的心虛：女兒在成長，角色是母親的我似乎不該承認，不知道該怎麼樣承認：心裡仍然住著個小女孩，小女孩遲遲不肯長大，在心底，會不會她從來沒有越過少女這個階段？

更讓我困惑的是：藉著養育女兒，是不是在重溫自己的童年？在彌補童年的缺憾嗎？如果為本身做心理分析：「想要尋找的，究竟是母親還是女兒？」

寫作〈蒙妮卡日記〉那段時間，真實情境亦成為這篇小說的靈感。

譬如說，當時我在家裡布置女兒房間，「窗簾上綴著五彩的小蝴蝶結」，正是我為女兒臥房窗簾做的選擇。

創作，總有些神祕的源頭。不是嗎？

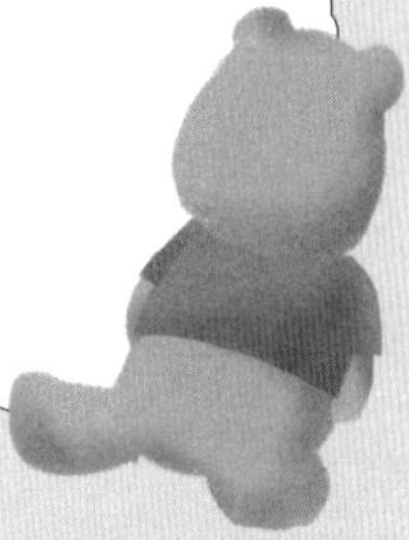

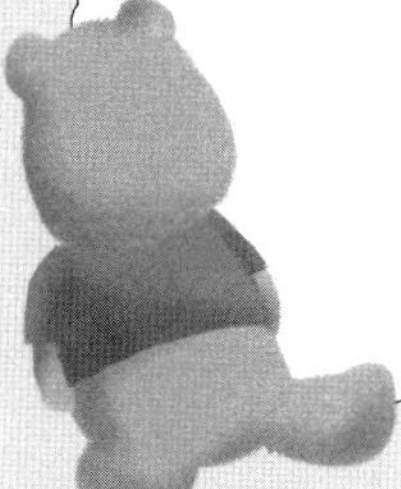

微雨魂魄

1

我從來沒講過與自己有關的故事，感覺好奇怪喲，真不知道從哪裡開始講起。最麻煩的是已經知道真實的結尾，這時候不只故事了，更與我日後的人生關連在一起。又因為倒敘的緣故，不知道要怎麼開始說，說到結尾的地方才能夠說得清楚。

讓我試試從最不可思議的地方開始講起——

那一天，很湊巧地（跟什麼湊在一起？），我會坐在床上往上看，看見一塊奇異的汙漬，礙眼地落在天花板上。汙漬的邊緣有點泛黃，看起來就是漏水的痕跡，我直覺地想到上面有管線在漏水。

事情就是從那片水漬開始的，不小心抬了一下頭，我看了一下天花板。你知道，太少運動的緣故，我的脖子很容易僵硬，應該說整個頸椎都很僵硬，我只能夠把頭稍稍向後仰。就在脖子上的肌肉緊了一緊的時刻，因為動作瞬時止住，我看見了那片水漬。

一片橢圓形的水漬，直覺是漏水了。漏水了？七層的公寓，但是我家在六樓並不在頂樓，那麼，水是從哪裡漏出來的？我直勾勾地瞪著那片天花板，愣了半天。

等到我感覺頸椎的痛楚，回過神來，我想到繼續漏下去是個問題，好像哪裡有一個水龍頭，要趕緊把它關上。

這個奇怪的開頭能不能夠讓你聽下去？還沒有惹起你的興趣的話，嗯，讓我再試試，乾脆再找一個開頭。

另一個開頭，就要從另一天講起——

有一陣子，我的浴室裡瀰漫著菸味，淡淡的菸味，其實是有點好聞的菸味，好像從一種女性香菸裡跑出來的。那時候，我坐在馬桶上，浴室並沒有出口，明明沒有出口，卻傳過來菸味。

想著樓上那位女子正拿著菸，或者正坐在另一個馬桶上抽菸，當時是我，喔，很無聊的想像。

但是並沒有通風口啊……

儘管當時這樣想，卻是等到與河豚見面的時刻才對他說：

「你說上面的那個女人，抽菸？」

只有河豚見過樓上住的女人，有一次熱水變小了，需要檢查管線，他幫我上去拜託人家給個方便。

「抽菸？」

「不記得了，」根本沒放在心上。

當時，檢查管線的那一天，他可是神祕兮兮地說，很可疑欸，看起來她是男人的情婦，大概過去了，他再加一句，「過去」是別人的情婦，是別人「過去」的情婦。

「為什麼『過去』了呢？」我記得當時想問，卻沒問出聲音。

必定是不那麼年輕、不那麼好看了的答案。總之在他心眼裡，不好看的女人就是沒人要的女人。

「別人過去的情婦欸！」

我明明還記得的，記得河豚說那番話時的表情。沒隔幾天，他已經忘得乾乾淨淨。

「談別人做什麼？」說著，身子壓了過來。這種時候，河豚讓我想著他從頭到尾只關心一件事，一件可以證明自己的事。

我就是愛說一些沒頭沒腦的話。河豚從來不放在心上。

那時候，我只知道樓上住了一個女人，沒有碰見過她，我也沒有特殊的好奇。我是說，沒有好奇到讓我特意去碰見她，或者好奇到讓我去發現到底她抽不抽菸之類的事。

即使曾經在電梯裡碰見過，我也沒辦法分辨那就是她。

後來，知道不可能再碰見她之後，我每次站在樓梯口等電梯，都會幻想她也站在七樓等電梯。牆壁上狹長的方塊上先是出現了——7，叮咚一聲，甬道裡傳過來的聲音告訴我，電梯正停在七樓，然後電梯往下移動，接著又叮咚一聲，電梯門打開，就這樣停在我的面前。

電梯門打開了，沒有人從電梯裡走出來。剛才那個閃著螢光的7——真是神祕的數字。

我講到哪裡去了？說不定你也有類似的經驗。講自己的事與講別人的事畢竟不同：我現在有點慌、有點亂，簡直亂了章法，我還是趕緊回到那片水漬。

那片水漬，一直是事情的關鍵。

我說，那時候我直勾勾地望著我家的天花板，水漬正在持續地不斷地長大。我說，我感覺哪裡有一個水龍頭，滴滴答答地漏水，我要趕緊把它關上。立即的想法是一秒鐘也不能等，趕緊把它關上，但是到哪裡去把它關上？我愣愣地瞪著天花板上那塊水漬，它在愈長愈大。那一剎間，坐不住了，我想到樓上必然有一個水龍頭。忘記關上？鄰居盹著了？我家的天花板正在愈泡愈溼，我得要到樓上去敲敲門。

那時候，想的只是怎麼把水龍頭關上。

三分鐘以後，我站在七樓鄰居門外，摁電鈴。

一次一次地摁，直到確定了七樓鄰居家裡沒有人。

回到自己家裡，我怏怏地坐在地上，眼看著天花板上的水漬……時時刻刻在長大的水漬……一點辦法也沒有。

那一個晚上是星期六。每逢週末，河豚都早早回他自己家裡。「孩子們在家。」他說，理所應當，沒什麼商量的餘地。

直到星期天清晨，我又去摁七樓的電鈴。

裡面沒有聲音，我想著水龍頭還沒有關上，水流了一地，還在繼續不斷地往外流。

到黃昏，再上去摁了一陣門鈴。鄰居依然不在家。

回到自己房裡，看著那片水漬，我憋不住了。從抽屜裡找出一本小冊子，上個月為了抗爭一家餐飲店要包租一樓的店面，大樓住戶成立委員會時候編印的通訊錄。我試著撥鄰居家的電話。

我心裡想，找不到人，答錄機裡留個請緊急聯絡的訊息也好。

電話響了好幾聲，竟然有人接起電話。接電話的是個帶點遲疑的女聲。

「喂——什麼事嗎？」

我急不過地告訴她我家天花板上愈來愈大的水漬，急著說就是從妳家漏下來的，找了一天一夜都沒找到人。「我站在外面一直敲門，妳在哪裡？趕快把妳家的水龍頭關起來呀！」

「可是——可是，她不在。」

「不在？什麼時候回來？趕快把水龍頭關起來嘛！」

話筒那邊沒有聲音。

我又急起來。「那妳是誰？妳在哪裡？妳有沒有鑰匙？我家天花板可在愈漏愈大欸，妳趕快過來，把水龍頭關起來再說！」我愈來愈急，帶點命令的語氣。

話筒那邊，簡短地：「我姊姊不在。」

「通訊錄上，為什麼印著妳這裡的電話？她什麼時候回來？到哪裡去了？正在漏，妳先過來想想辦法好不好？」連珠炮一般講著，我很不耐煩。

「她到底什麼時候回來？」

逼急了，對方一口氣說：「我姊姊她過世了。」

好像突然被黃蜂螫到，我停在那裡。

那個黃昏，聽一個陌生女人說出另一個陌生女人的死訊，我呆住，腦袋一片空白。忘了打那個電話的目的，也忘了自己天花板上的水漬正在愈變愈大。

總不能夠讓一個死人來關水龍頭吧！

後來掛上電話，突然意識到有什麼東西在空氣中浮動著。我趿拉著拖鞋，抓了幾百塊錢放進口袋，匆忙走到大街上。

你有沒有那樣的經驗？——從自己的家裡逃出來，因為裡面闃無人息，一點人的氣息都沒有……

站在騎樓底下，看著攤子上的客人用手指頭比畫著點菜，面前500 c.c.的杯緣沾著脣膏印，嘴巴張開啃著雞腿，一綹頭髮剛好掉進麵碗裡，我才鬆了口氣，告訴自己，這只是平常的一個黃昏。

2

「半夜？——半夜欸！」同事們想要嚇我。

「你真的沒叫出來？水印子愈來愈像一個腎的形狀。」同事笑著說，一面眨著壞壞的眼睛。

他們警告要我小心，要我想想什麼人在用抽水馬桶。

那是我告訴他們我家天花板上發生的事之後。同事用說笑話的語氣說，接下去，小心妳家天花板會出現腎的形狀。

當時要不是太無聊了，我才懶得跟人扯。我們那個部門叫做「研發室」。一人一張辦公桌，坐著的多是些像我一樣放棄升遷希望的人、要不就是從權力鬥爭退下來休息的敗將。

在他們面前，我閒閒地聊起自己家裡發生的事，語氣裡略去了其中神經質的部分。

「什麼人坐在抽水馬桶上？」七嘴八舌地，「搞不好，你鄰居得了腎臟方面的病症。」

他們趁機想要嚇我。

「你們，少來——」我故作輕鬆地笑笑。

他們猜錯了，全猜錯了。在這件事之前，我害怕的從來不是半夜。一天之中，最心慌的一段時間是黃昏。陽臺看出去，對面一家一戶公寓裡亮起了燈，日光燈管是白色的，普通燈泡是淡黃色的，電視螢幕是閃爍的強光。我可以猜到窗簾後面正鬧嚷嚷地：冷氣機的聲音，配著桌上的飯菜，有人拿著筷子，絮絮叨叨告訴家人一天發生的事。

我斜靠在自己家的沙發上，惶惶的一顆心啊，一下子變得很空。黃昏時候，我經常餓著肚子在等河豚。

上次，為了河豚說他會在晚餐時分出現，老早就想好要燒一桌的菜。我煎了一條白鯧，前兩天以為河豚會留下來吃飯，本來買了黃豆豉，要做豆酥，豆豉放在塑膠袋裡就起了霉，後來魚只好用煎的。做了一道木樨肉，食譜上寫著木樨是桂花的別稱，意思是炒散的雞蛋像桂花蕊一樣的香與黃。切了一盤藕片，加上一小碟蔥緣，卻不知道什麼時候下鍋好。

自己懶得開飯，男人過來，意味著可以吃飯了。熱呼呼的食物帶來即時的幸福感。有時候我也會自己問自己，是真的想念這個男人？還是說，他的到來帶給我肚腹的滿足？

等到河豚出現，看著桌上涼掉的菜，他只有一句話：「你怎麼不先吃？」

我又講到哪裡去了，講到河豚就亂了套。我剛才說到水漬、天花板上的水漬，當時我故意用誇張的語氣對同事說，我聽到抽水馬桶的聲音，半夜的時候。先是沖水，然後就是滴水的聲音。

一滴滴的水，漏在我的天花板上。我很怕單調的滴水聲。

「更漏」，為什麼叫「更漏」？——以前的人夜裡聽打更的聲音，會不會就是這樣？

後來，躺在河豚旁邊，我多麼想跟河豚說，小時候，一個人對著發霉的牆壁，所有的日子好像都在下雨。

住的地方經常會淹水，我坐在床上，床的四個腳底下墊著磚頭。我眼睜睜看著：瓢子、鍋子、舀水的勺子漂在水裡，眼看就要淹上來。

四面都是水的感覺總讓我透不過氣。水退了之後，牆壁生出霉斑，一塊塊黑黑黃黃，牆角下一堆堆淤泥，壓得我沒有辦法呼吸。

3

那是幾天後的傍晚時分。買回來的幾瓶礦泉水擱在床頭櫃上，我抬起頭，又看見天花板上褐黃色的印子。

我決定再打個電話給樓上鄰居的妹妹。佯作無心地，順便問起她姊姊得了什麼病。

後來回想，電話那邊停了幾秒，才說是得了癌症。什麼癌沒說，聲音頓了一頓，她妹妹說：「很痛的呢！」

電話筒這一邊，好像心電感應，我瞬時感覺到一陣刺痛。

「可是在漏水欸！」接下去，我訥訥地說。

問題需要解決。「快點把它關上，天花板會漏壞的。」我鼓足了勇氣說出來。

「又不是哪裡下大雨、在做大水，怎麼會漏水？」她妹妹顯然還沒搞清楚。不是啦，我再一次解釋，不是你姊姊的天花板，是我家的天花板，漏水的地方可能在夾層裡。

她妹妹想出了一個辦法，建議我到門外鞋櫃去拿藏在那裡的鑰匙，「這樣是最快的了。嗨呀，要煮飯又要看店，怎麼走得開？」

跟我在電話裡繼續說，她妹妹有一搭沒一搭地告訴我她每天晚上有多少事要做。丈夫一大家人，要帶姪女去補習、要接婆婆看病，白天要照管印製名片的店，明天要送會錢到林口。好好的管線怎麼會漏水呢？嗨呀，上次開死亡證明也是這樣，一個一個圖章蓋下去，很浪費時間……

這麼重要的事，最重要的事也不寫清楚。房子將來不知道要怎麼辦，貸款不知道要不要繳下去，大概租給人吧，不然繳不出利息銀行會來查封，誰知道還有多大的麻煩，她妹妹滿肚子委屈。

「這一兩個月剛好忙，沒時間，也不知道房子將來要怎樣，就沒過去整理。」

原來鑰匙一直放在那裡，沒人動過。她姊姊生前常把備用的鑰匙藏在鞋櫃裡。

「你走進去關，趕快把水龍頭關起來好了。」

我說不好吧，她說反正她姊姊屋內沒什麼值錢東西。這似乎是我們暫時同意的解決辦法。

總算有了結論。掛上電話，卻覺得脖子又僵硬起來。夾電話的那邊，接著一陣陣刺痛，再不能左右轉動。

扶著脖子下樓梯。招到一輛計程車。像是被看不見的手掐住了，簡直彎不下身坐進計程車。

其實我試過各種止痛方法。黏滑的、溼潤的，塗了藥膏的、抹了香油的手掌，在我的背上拍拍打打。撮痧、刮痧、挑痧、杜仲、川斷、仙靈牌、巴戟天……我試過各種方法。

一雙一雙手重重壓在我的背上，自己的脊椎骨似乎分開又合起，合起又分開。內衣解開了，我的胸部平貼床板，趴在刑臺上面。

「會痛嗎？」老師傅過來托起我的下巴，準備扭轉我的脖子。

「會——痛！」汗珠流下來，呻吟的聲音，我嘴裡咿咿喔喔……沿著頸椎一路下來，背也好痛啊……多麼渴望一隻手，凌空飛過來的一隻手，一個肘彎也可以，一根手指也可以，重重地壓在痛點上，我想要乞求。

「還怕痛啊？幾歲啦？小姐你今年貴庚？」老師傅問我。

怎麼說呢？怎麼說其實不是年齡，而是其他令人不安的跡象。坐在浴盆裡，我看見乳房承受著地心吸力，一天天往下垂掛。乳暈與乳頭交接處現出灰濛濛的顏色，不再是少女的淺粉，也不是激情之後的猩紅。

不要用力氣，別用力，「你扎過耳洞？」叫痛的時候，老師傅慢條斯理地問。

練氣功的助理把我揹在背上，頭朝上，肩膀對著肩膀，大喝一聲，我雙腳著地。感覺上是從空中拋下來，硬生生被放在那裡。

「痛？——現在還會痛？」老師傅問我。

轉動著漸漸活絡起來的脖子，我吞嚥紙杯子裡的溫開水。這一瞬，才看到杯底也有黃黃的印子。

4

「我的鄰居死了。」這麼簡單的一句話，我不知道為什麼不能對著河豚說出來，何況還是他見過一面的人。

他見過，我沒見過，更不願意向他說出口了。

明明有說的機會，也可以趁說的時候央求河豚陪我一起上樓，上到七樓去關水龍頭，我就是沒有說出口。

有一次，別人的機車把我撞倒在地上，額頭滲出血絲，我扶著頸子半天爬不起來。有人好心報警，救護車送進急診室。同樣很為難，我想不出來應該通知誰。

我知道河豚家的規矩，夜晚從來不接電話。

警察做筆錄的時候，對方那邊湧進了好多幫腔的人，大聲小聲在責備我，像是我用兩條腿走路，反而把行駛在馬路上的機車撞倒了一樣。

誰教我總是自己一個人？

警察好心建議我，傷口包紮後再去外科掛個號，照幾張超音波，以防日後出現腦震盪什麼的，現在不留下證據，怕肇事的車主將來不認帳。

我是很害怕唷，真有什麼嚴重的問題，萬一醫生說撞出來腫瘤腫塊之類的東西，誰會坐在那裡跟我一塊聽？

那天回家，天已經快亮了，我在浴缸裡放了滿滿的水，泡進水裡我就在想，如果割開手腕，河豚知道消息會不會趕來？河豚家夜晚從來不接電話。萬一我在最後關頭後悔了，手腕上都是鮮紅的血，又要打電話給誰？

第二天早晨，可以跟河豚通電話了。想了想，竟然在電話裡沒說，從頭到尾沒跟河豚說我被車撞了的事。

我們之間總有點生分，我隨時都記得，他是別人的丈夫。

在我還會逼河豚在兩個女人間做出選擇的時日，逼急了，河豚會回我一句：「人家又沒做錯事。」「人家」，已經變成那個女人的專有名詞，好像圈起一處專門擁有的禁地。同時屬於那個女人的名詞，還有「她」，我們只要在談話中提起「她」，就是指她，他的老婆。這個「她」不再屬於別人。

我的噩夢就是他老婆的領地逐漸擴大，我的範圍反倒逐漸縮小。我可以想像河豚與她的談話中，絕不會有我這個女人的存在——

她不斷在攻城掠地，好像天花板上水漬正在逐漸擴大……

我們倆去過的地方、我們倆一同做過的事，在河豚口裡，減去了我，必須以另一種方式出現。與河豚一齊去的地方，變成他向她發誓，發誓沒啊、沒去過啊、發誓沒跟任何人去過的地方；明明是我與河豚一同做過的事，變成他與不相干的別人一同做過的事。

躺在自己睡的雙人床上，望著天花板上蝌蚪狀的水紋，那塊汙漬正在不斷地擴大。

我聽過人家說，不放心的老婆會拿個量杯測量精液，深怕漏掉了一滴，漏掉的每一滴都是罪證。多麼無聊的老婆。老婆無聊，情婦就不無聊嗎？而我正是無聊的情婦。就像我時時發瘋一樣地怔忡著，與我做完愛之後，河豚回到家，會不會又抱著老婆，把對我做過的事，從頭到尾再做一遍。

說不定更熱情了？我悶悶地想。

當河豚在我身邊的時候，我很認真地問，他老婆在床上是怎麼樣的？她好不好？她到底好在哪裡？為什麼——是她？不是我呢？

若是事前問他，他一定不耐煩地說，專心一點好不好，少囉唆啦！若是事後問他，他一定睏意濃重地說，我要睡了，什麼事，偏要急在這個時候說？

5

還是讓我告訴你與那片水漬最相關的事。

後來，把鑰匙握在手裡，我感覺自己猛烈的心跳。

那是第二天早晨。上班之前，我走樓梯上樓。

我轉動鑰匙，鄰居的門推開一條縫，鼻子立刻嗅到一股特殊的氣息：窗簾很厚，許久沒有開窗，屋頂上傳來燥燥的熱，又有某種乾燥花的烘香。我的眼睛忍不住好奇地逡巡，深棕色的皮沙發，大件的家具。光線很黯淡，我斜著身子過去，差點碰翻了茶几。茶几上菸灰缸裡，一塊潮黑的菸蒂印子。

真的聞到過菸味？我的鄰居在樓上抽菸？我有點頭暈。

我望著她家方格子的地磚，水潑在上面，應該會成為塊狀的圖案。我的手心發汗，牆壁在搖晃（乾燥花的香氣讓我發昏？）一塊塊地磚不規則地扭動起來，算不清楚我家天花板的水漬對應在她家地磚的哪個方位。

我快步走進浴室，緊張地蹲下，在牆角落前後搜尋。浴室每一處水龍頭，我都用力把它扭緊。

出來之前，我回頭看最後一眼。穿過臥室半掩的屋門，突然明白她那張雙人床，正巧擺在我的床上方的位置。

6

你有沒有聽過半夜裡貓叫春的聲音？發自野貓體腔內的聲音，帶著一種金屬的鏗鏘，衝擊著人的耳膜。

睡在自己床上，我想著水漬漸漸在長大，在床上蜷曲著身子，記起坐在機車後面的日子，我也這麼蜷曲著身子，緊緊貼住那個男生的背脊。各種形狀的雨滴，菱形的、扇形的、扭成麻花的，在擋風板上滑動，癢癢麻麻地，好像皮膚上爬滿各式各樣的小蟲……

四處遊走的水漬，還有他愈爬愈高的那隻手，毛毛蟲一樣在我大腿內側造成一種騷亂。

水漬正在長大，正沿著天花板往下流。牆壁溼了，地面開始積水，四面湧上來的水讓我昏暈。我害怕在噩夢中掙扎，大片的陰影覆蓋著我，沒有人理解，那種四面都是水的……快要滅頂的絕望。

好不容易醒轉來，奮力張開眼睛的一瞬，旁邊空無一人，只有茫茫的黑暗，我的悲哀便也茫茫地湧上來。

睜開眼睛的時候，如果河豚睡在我的身旁多好呀，我想，自己要的一直是這個，身旁有人呼吸。伸出手，他會轉身過來，握住我的。好想握住一個男人的手，感覺到他的體溫，像溺水時緊緊抱住一個救生圈。

如果哪裡傳來滴水的聲音，我爬起身，要小心不要踩到另一個身體，才能夠下床去把水龍頭關起來。

赤著腳，翻山一樣跨過另一個熱呼呼的身體，想來也是一種莫大的幸福。

還可以用慵懶的聲音跟他說，你聽啊，聽啊怎麼的，貓的叫聲好淒慘。一邊用腳尖勾勾他的腳背，起來啊，起來看看好不好？

怕的是只有一個人睡在床上，睜開眼的這一瞬，電話鈴聲響了起來。電話不停地響，別人家的電話一聲聲地響，一聲一聲……不是打給我的電話鈴聲。

就像我在星期天下午，明知道這是河豚全家出遊的時刻，明知道他們家裡沒有人，我坐在電話機前，撥他家的號碼，只因為要聽鈴聲在空屋子裡一遍一遍地響。

我在做什麼？我到底要做什麼？

有幾次僥倖找到他，河豚接起來，聲音怪怪的，好像搭錯了線。

接電話的時候，說不定正好他坐在客廳裡，不時要問一句兒子的功課。我跟他對話的中間，他還要耐著性子，回答幾句老婆問他晚上飯菜的意見吧。

他的老婆，佯裝不在意地，放下鍋鏟很注意地在聽。

自從跟我在一起，多少有些歉疚的緣故，他對自己老婆是不是更細聲細氣？

後來，過了好久之後，我總算學會了克制自己，克制自己不打電話到河豚家裡找他。除了怕他老婆起疑，更怕接不上線的荒疏之感，總不能讓自己比原先的寂寞更加寂寞。

7

說到河豚又離了題，我要說的是跟天花板上水漬有關的事情。

果然沒多久，我又止不住自己上樓的腳步。

為的還是那片水漬——

好像傷口在潰爛，抬頭就會看見，我擔心哪裡在滴水，水龍頭的總閘口還沒找到，那塊黃黃的印子繼續在長大。這次是半夜，公寓周遭的聲音都靜下來了，我站在鄰居的門前。

鞋櫃最角落，從一隻鞋裡摸出鑰匙，手中好像感覺到女人腳心的熱度。

一雙雙擺得整整齊齊，她穿六號，比我小一號，多數半高跟，粗粗的鞋跟，每雙都是相似的樣式。黑的、白的、褐黃的，有幾雙換過底，全部是女鞋，沒有男人的，一雙也沒有，我恍惚想著河豚擺在我家門前的鞋子。河豚那雙朝一邊塌陷的鞋子，顯出明顯的腳型。外側的鞋跟比內側磨損程度多一點，微微地外八字，那是我多麼熟悉的男人的腳。

女朋友到我家，就這樣站在我家門前，臨走時候女朋友體恤地說：「拿我老公的一雙鞋放在你家門口好了。有小偷，一定也嚇走了。」

我不知道說什麼。難道說謝謝？彷彿是一種好大的恩惠，女朋友她好大的度量，居然肯把丈夫的舊鞋子借給我，不，施捨給我。獨身女人，只好拿別人丈夫的鞋子放在門口！

後來我就打主意借一雙河豚的鞋子嚇唬小偷。他的鞋子從此擺在我家門外，擺在電梯口那一塊地方，只是暫時屬於那裡，倒是從來沒想過把他的鞋子收進我自己的鞋櫃。

手裡拿著鑰匙，我想到哪裡去了？

我上樓，為的是水漬。不只是水漬，我告訴自己，也為了半夜突然響起來的電話鈴聲。睡在床上，一聲接一聲的電話鈴聲，很清楚地從七樓上傳下來。滴鈴鈴滴鈴鈴，聽了讓人心慌慌地。

一個人鋪床，一個人疊被，一個人坐在飯桌前，再把桌上自己的那副碗筷放到水槽裡。那天水淹起來的時候，電線桿倒了，停電了，媽媽也是一個人坐在茫茫無邊的黑暗裡。

手裡握著鄰居家的鑰匙，我想起自己周而復始的噩夢，一次一次地夢見天花板泡在水裡，泡得掉了下來，樓層之間裂了一個大洞。於是我就可以看見了，看見樓上那個女人，看見她生活的全部，像我一樣的，空洞的、蟲蛀的、生出霉斑的生活……

我在她家門前張大眼睛，門打開了，我就清清楚楚看見。

8

後來回想起來，就是要把電話拔下來的念頭（哪裡有一個小小的插座？），我才會朝她床邊一步步靠近。

白色蕾絲的縷花床罩，並列的兩個枕頭，那是一張雙人床。然後直勾勾一個照面，我目不轉睛瞪著床頭櫃上的相框。

手臂挽著女人，很親熱的姿態，相框裡的男人我認出來了，廣播界的名嘴，座談、演講，最近又在電視上主持對談性的節目。

真的碰上了名人欸，獨自在一間空屋子裡，我還是忍不住驚呼出聲。

是名人，也是婚姻愛情問題的專家。印象裡，不久以前，他妻子還對著媒體記者盛讚這位新好男人的體貼。

顯然他生命中另有一個女人……

顯然那個在相框裡甜笑著的女人，就是我鄰居。後來我打開她的書桌抽屜，絲絨布面的相簿裡又發現了四五張，不同的背景，同一處風景區，一模一樣的笑容，鄰居依偎在那位婚姻專家身邊。

這是怎麼回事？

醜聞嗎？女主角已經死了。

窗簾透進來影綽綽的光線，我這一霎間想到扭絞在一起的兩個身體，突然記起一部煽情的電影，就在這樣一張床上，男主角與女主角在百葉窗透出的光影裡緊緊相纏。

淹水的那個晚上，我一夜沒有回家。雨點打在賓館的玻璃上，外面經過的車燈溼溼地泡在水中。我把媽媽一個人留在黑暗裡，只有媽媽留在那裡。霓虹燈招牌閃爍著，閃爍在他刮得青青的面頰上，騎機車的男生弄痛了我……他的手指在我裡面。他熟練的手指，一次次伸向我裡面。爸爸把傷心的媽媽留在家裡，爸爸與別的女人怎麼做那件事？……我只是想要知道……兩個人怎麼像闔上的書頁一般親密交融。

四周充滿乾燥花涼涼的甜香，混雜著男人特殊的體味，人死了，氣味還殘留在勾花的罩單上，喔，我的頭發昏，明明是大熱天，滿頭的汗卻覺得冷。

後來從七樓回到自己六樓的公寓，我還不停地抖著，只好把自己裹進棉被裡，試著用一臺電熱器來怯除寒氣。

9

我猶豫著要不要把自己這一陣的怪誕行徑告訴河豚。怎麼說呢？我說，後來，我又上去了好幾次。河豚一定會說，幫幫忙，誰啊？她是誰？沒有其他事情要做？你實在是個無聊的女人。

有時候，好一陣子沒看見河豚，他劈頭就問我一句：「最近在做什麼？」我立刻就心虛起來，好像知道自己的答案是——什麼都沒有做。

半天看我沒回應，河豚搖搖頭：「你們單身女人，實在唉。」

我想起少女時候聽過的悲慘故事，一個女孩子，是處女，什麼都沒發生之前就死了，什麼都沒有發生，沒有情人，沒有丈夫，沒有小孩，還沒有經過性的歡愉。

什麼都沒有發生……

那時候，看著自己的掌紋，生命線那麼短短淺淺的一條，眼眶裡會裝滿淚水。快結束了？什麼都來不及做。就因為擔心這樣，所以急著讓不應該發生的事情在那天晚上發生？

那個淹水的晚上，像往常一樣，媽媽一個人坐在黑漆漆的屋裡，我說要回家卻沒有回家。後來別人告訴我說，鄰居推門進來的時候，地上的水還沒有退盡，一顆一顆白色藥丸，漂在一層稀泥上面。

那一段時間，看著自己的掌紋，生命線還是那麼不著痕跡的一條。我握起拳頭，有什麼像水一樣從指縫裡流走了。

我的故事說到哪裡去了？哪裡有水龍頭不停地在漏水？日子已經奇怪到這樣了？怎麼跟河豚說呢？怎麼跟他說在死人的屋子裡找水龍頭，怎麼說我還找到鄰居一頁一頁的札記。河豚只會不以為然地咕噥，你呀，你愈來愈不專心，死人啊你，做那件事愈來愈像一塊死肉。

「更年期早來了不成？」河豚還惡狠狠地加多一句。反正在河豚心裡，不好看的女人就是沒人要的女人，更年期的女人就是工廠倒閉的女人。

辦完在他心上唯一重要的事，河豚平躺著，鼻音很重的說：「你再不過來，我就要睡著了。」睡著了又怎麼樣呢，我坐在馬桶上懨懨地想，我又不是你老婆。

等他睡著了，我挨在床旁邊躺下。

躺在我旁邊的男人，皮膚有點鬆垂，褲襠那邊有點起皺，倒像黃黃的尿漬。褪下西褲，河豚穿一條洗得很舊的內褲，棉布的質料，屁股後面鬆垂地拖著，好像包著夜尿失禁的尿布。

誰教河豚老早就攪拌進婚姻裡：那麼多年，吃油膩膩的飯菜，梳油膩膩的髮油，從口袋裡掏出一小疊油膩膩的鈔票，小心翼翼地付帳。儘管他一個人在我面前，河豚站立的背景裡總有個老婆，灰濛濛的畫面，最近更邋遢一些。反正我不認識年輕時候的他，我找不回來年輕時候的他。

河豚的身體也變了形，上次挺著一個肚子過來找我，說起他剛吃了麵。我不小心問什麼樣的一碗麵，他說是碗剩麵，他老婆順便把昨天的菜汁也一股腦放進麵碗裡。河豚一邊說，我一邊覺得看見了碗裡的浮油，剩菜碗裡的一層油。我好像看見他坐在那裡，三口兩口地往喉嚨裡倒。怕妻子起疑吧，唏哩呼嚕倒得更起勁啦，油冷了，在他肚子裡凝固成白白的脂肪。

胃裡脹脹的，我想著漂在泥水裡的白色藥丸，一時好想吐出來。

我以為忘記了，其實隨時都記得的，他是別人的丈夫。

望著他舊舊黃黃的內褲，我帶點悲哀地轉過臉去，或許不是悲哀，那也是暗自慶幸，不必有太多機會與他過夜。這樣家居的景象，專屬於他的老婆。

我並不如我所想的一般，羨慕，不，妒忌，不，發瘋一般地妒忌著他的老婆。對於一個什麼都要撿進來的、什麼都必須照單全收的老婆，有什麼可羨慕的？但是她的模樣到底怎麼樣？他跟她到底過得好不好？這些年來，我反反覆覆地想，到底自己要不要知道？比原來知道的更多知道一點點？

多一些好呢？還是少一些好呢？

而我媽媽，她會說些什麼？……最後的晚上她一個人坐在那裡。她在嘆氣嗎？這個孩子怎麼跟媽媽一樣地傻。

河豚始終不明白吧，為什麼我總是想著別人，或許想著別人讓我多了一點激情。我覺得心慌，我覺得口渴，雨霧從窗外瀰漫進來，溼溼的水氣讓我想著壓在男人底下的女人身體，河豚跟他妻子是怎麼睡覺的？妻子柔軟的身體給過他什麼樣的安慰？

他妻子裹在睡袍裡的身體是怎麼樣的？

我隨時隨地處在這樣的矛盾當中，我羨慕嗎？我真的不羨慕嗎？我真的不想多知道一點嗎？

10

這次是白天，我又進去她的房間。

陽光透過窗簾照進來，我看得很清楚，電話拔下來了，每一個水龍頭都已經扭到不能再緊，沒有任何地方正在漏水。

抽屜裡散亂放著些紙片，有的夾在筆記本裡。她很會寫欸，有的看起來是剛認識那個人時候寫的，她對那一位在她生命中新出現的男人充滿憧憬。

念國中就聽過一種說法，午夜十二點正的時候，一個人，打死也要一個人，對著鏡子削蘋果，未來的白馬王子就會出現在鏡子裡。

好奇死了，好玩透頂了，我還是從來不敢做這種實驗。

因為尿急，靠近洗手間裡的鏡子，都會把眼睛閉起來。靠近水盆的時候，眼睛已經瞇成一條縫，到了現在，每次在午夜對著鏡子，我還是趕快把眼睛閉起來。

有一天我睜開眼睛，原來不是鏡子，是他的聲音，十二點鐘時候在收音機裡響起。

幸福？

什麼年代？竟然有人那麼地天真。我不敢相信，她以為遇到一個男人就會帶來

躺在自己床上，最喜歡聽到他的電話。每次在床上，眼皮還沒睜開來，聽見電話鈴聲，很奇怪的第六感，從電話鈴聲就知道是他的電話，不是夢，我跟自己說，他一定會讓電話鈴聲響個不停，他知道我最喜歡賴床，一定體貼地讓電話鈴多響幾聲，所以我可以醒來。

電話放在枕頭邊，聽見帶一點鼻音的聲音傳過來，愛死了。愛死他了。跟收音

機裡聽到的聲音不同。電話筒裡，他故意用感冒的鼻音跟我說：「還沒醒啊，快中午啦！」然後他告訴我他現在有一點空檔，快快跳下床，冷水濺在臉上，幾點幾分，在哪裡跟我見面。

每次掛上電話，真的不是夢呢，真的又可以很快見到他。

當然也有矛盾的時候。下面這一段，她大概寫到後來寫不下去，不停在紙上重重畫著叉叉：

朋友從美國回來，約老朋友見面。怎麼辦？她們的話題真的，真真真的，讓我傷心透頂了。

她們談起發生在周遭人家的外遇，談起破壞婚姻的第三者，咬著牙齒在說話。我附和她們，一邊在想，怎麼辦？我道歉，我對不起，不是故意的，我道歉好了啦，我怎麼辦？

除了上面這一段露出一些罪惡感，看來她不會妒忌，不像我一樣，擅會妒忌別的女人。

她不僅不會妒忌，甚至心胸十分寬大。

躺在他的大腿上。我的手向上伸，摸到他脖子的喉結，我說，就是最喜歡你收音機裡的聲音，男性男性的，好聽透頂了。

後來我撒嬌地問他，你到底喜歡我哪一點？

他就開始胡扯，聽起來一點也不可信，給的答案居然是——笨的哩，因為笨嘛，所以，放在家裡很放心。

「家」，他說起這個字，我今天愛死他了。

我又給他一堆形容詞，各種形容女人的形容詞，「美麗」啊、「高」啊、「優雅」啊、「性感」啊……要他選一個，用在我身上、用來形容我。選了半天，他選的形容詞居然是：「滑稽」！

滑稽就滑稽吧，他無論說什麼，我都最最高興。這樣的確定，就是愛情了。

直到後來，是病了？筆記後半本其中一頁，彷彿有不祥的氣息。

我跟他說我排第一名的美夢：前方有一片沙灘，海水拍打著，我躺在他身邊，才懶得把眼睛睜開，不用睜開眼睛，我確定他就在我身邊。陽光是明亮的，一點也不刺眼，現在閉起眼睛，我都能夠感覺第一名的夢，夢裡有陽光做的金葉子打到我身上。

第一名陪我到生命盡頭……或者世界盡頭。

七樓她的桌前，我望著窗外，一片落花掉了下去。後來她一個人安靜地死了，世界沒有任何改變，陽臺上一朵軟枝黃蟬飄落下去。

11

我不知道後來為什麼要打這個電話，我對自己的解釋是，因為前一天聽到廣播。前一天，轉臺轉到他的節目，那位婚姻愛情專家在電臺說：

「我認識過不同的女人，不同的女人有不同的個性，搔著癢處就對了。西諺說的，一個人的玫瑰花，可能是另一個人的毒藥。我就認識過一個女人，她最喜歡被稱讚的形容詞不是性感，不是美麗，不是可愛，而是『你好滑稽喲！』」

情人節的特別節目，我簡直不敢相信自己的耳朵，他在做節目，這麼平常地對聽眾說出兩人的祕密，這個祕密應該屬於她向他撒嬌的、他們的兩人世界。

在他眼裡，我的鄰居原來只是他認識過的「一個女人」。

當年撒嬌的對話應該是這樣子的，他問她，你喜歡我用什麼樣的形容詞來形容你？

他每次說出一個形容詞，她就輕輕地搖一搖頭。不是這個，也不是那個。說到「滑稽」，她才猛地點頭。

握住電話筒，好滑稽的感覺。誰讓我打這個電話，難道我想證實什麼？我記得她札記裡的蛛絲馬跡：

今天在做什麼樣的準備？我在準備我們最後的旅程。

我像一位妻子一樣的準備，在心裡選中一個地方。以前一定不信，「不信，活該！」你會說。我才知道像妻子一樣的裝行李，原來是幸福透頂的女人。

我的鄰居究竟在想些什麼？他們去了什麼地方？

那時候，坐在我鄰居的書桌前，讀到她準備跟男人出去旅行的一段，我莫名地有些羨慕。我想起與河豚一起四年，我提了不知多少次，他就是挪不出時間，與我一齊旅行。

平常，他事情忙。到了週末，河豚又要陪家人。每次我抱怨的時候，他都皺著眉頭對我說：「事情要及早安排。」

及早安排，幾乎已經是我們之間心照不宣的默契了，事實是他沒辦法即興地做任何事，他的老婆會不准，不准就是不准。

他的老婆總會及早安排全家出遊之類的活動，說不定這句話正是他老婆說給他聽的：「事情都要及早安排。」

水壺呀、野餐呀、零食呀，一家大小吵吵嚷嚷地。晴朗的星期天早上，我睡在床上，卻可以想像河豚家裡的景象。

「最後的旅程」，她說「最後」，她一再地用這兩個字，是病到最後的心境嗎？翻她的抽屜，在她最底下的抽屜，找出這樣一封信。沒寄的信裡，她又寫著「最後」。

> 這是我寫給你的最後的信。到最後，也只有用這種方法，才能夠讓你明白我的心意。
>
> 謝謝你。都是因為你，我才開始在紙上寫出自己的心聲。你在廣播節目裡對聽眾說的話呢，那時候我只是你的忠實聽眾，還沒有機會認識你，人人在ＦＭ聽到你說的話，你說，聽眾朋友記得寫下來，寫下來是重要的，你說，聽完我的

節目，下一分鐘，聽眾朋友就去找一枝筆，拿著筆寫下來，傳真到電臺給我，聽眾朋友們，說給我聽，有我在這裡會聽見呢！

你那時說過，用你最最好聽的嗓音說過，只要在這世界上還有一個人可以告訴，就夠了。你一字一字地說，「死都無妨了。」

你不只聽見了我的心聲，後來我夠幸運啊，還有你這個人可以全心去愛，真真的幸運透頂。

讀到這裡，有人聽見了。對不起，只能夠用這種——

信沒有寫完就停住筆。

電話撥通了，「喂，」的一聲，有人聽見了，他聽著電話這端的女性聲音，以為又是聽眾打進去的。

「不是剛才節目談的話題，那麼，你是我的讀者，對，我有一系列的專欄，你喜歡，」果然他講電話的聲音與收音機裡不同，「謝謝你喜歡，很多人都這麼說，哦，我寫的哪一篇？」

「我常在想，我生命中的女主角，會不會啊，在都市的哪個角落，有一天讓我遇上了。」換了一種口氣，他用收音機裡磁性的聲音對我說。

「所以，你的女主角？她啊，會不會……」我很想說，會不會在城市的哪個角落為你暗自傷心。

「你說什麼？」隔著電話，我聽出他有點意外。而我很想說的是，會不會為你們這種人糊裡糊塗結束了性命。

值得嗎？我想說，為有家的男人結束生命……

等到電話那端沒有了聲音，我的眼淚才順著臉頰一行行掛下來。

12

在我腦海裡，時時看見自己倒在血泊裡，有動作的，筆直地倒下去。那是手上最後一張王牌。

手裡握著王牌，隨時可以對這個世界說：

「我都要死了，你還要怎麼樣？」

一個人睡覺，每次風吹草動，心裡有點毛毛的時候，我就會記起一個朋友對我說過的話。

她說，她自己怕鬼，每次聽見古怪聲音，只能夠拉過棉被，頭蒙在棉被裡，不敢看外面的世界。後來，她想通了，隨時可以祭出一個法寶。她想，要是鬼來了，她就蹦出棉被跟鬼說：

「嚇死了我，我就變鬼，跟你一樣，那你還有什麼可怕？」

把死亡放在口袋，隨時拿出來亮一亮，就是我可以祭出來的法寶。

「你到底要怎麼安排我？」因為最近的心境吧，我決定跟河豚攤牌。

望著河豚躲閃的眼神，我在暗影中絕望地想，最後時刻，那個男人不在鄰居的身旁，男人正待在自己妻子身旁，來不及見她最後一面。

一個人，一盞燈，對著眼前的一張紙。就要跌到另一邊去了，沒有人拉住她，沒有一個人伸出援手。

緊接著的是最難捱的時刻。

睡在床上，我想不到一件、任何一件我想要去做的事情。

桌上有一大瓶礦泉水，我已經吞了一把。我要把剩下的藥丸吞下去。迷迷糊糊漂在黑暗裡，胳臂斜伸過去，摸索到床頭櫃上的水瓶。這個分秒，正待把手上一捧藥倒進口裡，床頭的電話突然響了起來。

一片死寂的夜晚，一聲接一聲，會吵醒整棟樓的鄰居吧。聲音不在我的床頭，是在天花板上，明明她家的電話插頭都拔下來了。鈴聲卻是從七樓傳下來的。

我的床正上方，七樓的電話在這一秒鐘響了起來。

不值得、不值得的，一聲聲地，聽著傳過來的電話鈴聲，我的神智一點點地回來了。……膠囊散在地上，我想到教科書裡讀過，畫一片葉子，延長一個生命……若是當時走上樓去，與她說些什麼，她的命運會不會不一樣？

我的手握著媽媽的手，結果會不會也就不一樣了？

那時候家裡淹水，瓢子、鍋子、勺子……都漂在水裡，我蹲在地上，先把漂走的勺子撿回來，才能夠把地下的積水舀出去。

像我小時候那樣，爸爸頭不回地走出去了，我蹲在地上，幫媽媽撿滿地的玻璃碎片。

電話鈴一直一直響。我緩緩側過頸子，確定是七樓傳下來的。有人在那裡？有人聽見了？……兩個寂寞的女人，怎麼都不能夠失去開啟彼此那扇門的鑰匙！

捱過那個晚上，接下去就容易多了。接下去，我與河豚分手，這一次不再猶豫，單身女人住在都市巷弄裡，總不能夠讓自己比原來的寂寞更加寂寞。

日子一天天過下去，然後，日子就岔接到我這個時刻的真實人生。每天黃昏，下班的時候，我還是會習慣地抬頭望一眼，看看七樓有沒有燈光？等等看——有沒有新的房客搬進七樓？

可惜這不是好萊塢電影，如果人生像電影，我就可以信口說個驚奇的收場，希望那是讓觀眾滿意的結局。像是有一天，打開大門，新搬來的房客從樓上走下來，帥呆了的男人，掛著酷酷的笑容，就是他了。我新搬來的鄰居就是我的 Mr. Right。

偏偏這是現實人生，戲劇化的情節只有一次。

自從那天晚上，鄰居的電話再也沒有響過；接下去，脖子痠痛起來，我還是得要去老師傅那裡整骨……故事說到這裡，已經岔接回我正常的日子。我後來做的只是站在梯子上，拿著刷子把天花板油漆好，看不見一點水漬。

曾有一些年，我住在東區巷弄裡，一棟老公寓的六樓。黃昏時間，我經常站在玻璃窗後面，望著對面公寓裡剪紙似的人影。三房兩廳，很容易分辨出裡面不同的燈具。日光燈是慘白的，燈泡有柔和的燈暈，加上燈罩更傳輸溫暖，男主人回家了嗎？我想像餐桌上的飯菜，猜測那家人過怎麼樣的生活。

自己這間公寓新裝修過，天花板卻有水漬，淺淺的米黃，蝌蚪一樣的形狀。有時候，似乎聽見上面的電話鈴聲，許久沒人去接聽。有時候，從樓上飄下來陣陣菸味。

後來我才知道，樓上沒有人住，七樓是空屋，已經空了好一陣子。

某一個夜晚，瞪著我自己房間的屋頂，恍神嗎？望見了四處漫漶的水漬……

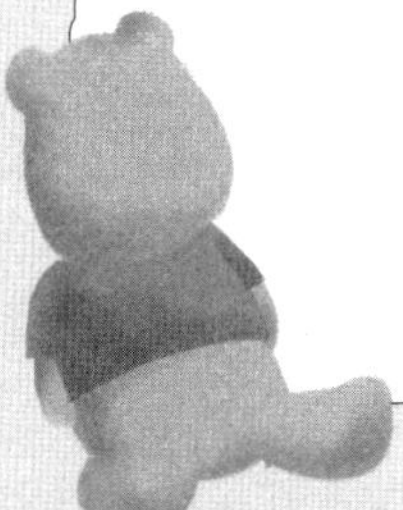

婚期

我的一個疑問是：什麼人，擅自抄襲我腦海裡的意念？

我的另一個疑問是：當意念強烈起來，憑腦海裡的意象，算不算犯罪？

我在現場周遭徘徊，要找一個答案。直到你拉起我的手臂，把我帶到這裡來。

1

小時候，你一定玩過火。

你一定試過那種滋味：火柴在手指上愈來愈短，神經末梢傳來灼燒的感覺，痛痛的、麻麻辣辣的，你要趕緊丟掉，但在一瞬間，又捨不得看著火光熄滅。

中元普渡的時節，你見過蜷曲在火光裡的金紙：焦黑鑲著豔紅的邊，跟著妖嬈的火舌，在鐵盆中翻滾。我蹲在那裡，覺得地面上燥熱起來。直到臉燻得紅通通地，腳麻了，我還在翻找，找那些沒有化為灰燼的金紙。

「南無阿彌多佛夜，哆他伽多夜……」彷彿幽冥與人世的對話，往生咒的念誦聲中，紙人放進火裡。「阿彌唎哆，毗迦蘭帝，阿彌唎哆，毗迦蘭帝……」燒成灰，我想也是一個了結的辦法——了結人世間算不清的恩怨吧。

2

你太認真了，辦個案子居然費盡苦心，想知道我的過去——我苦笑地看著你手裡我的舊作，一個叫作〈愛情屋〉的極短篇。

你數數複印的頁碼，一份收進檔案夾，一份放在我面前。

我自己寫過的文字，在這裡讀到反而陌生起來。

簡單的故事，男人對著一棟自己設計的房子在自言自語。他回想過去，頗為內疚的樣子。因為，「他們住的環境一直不理想：雙拼的公寓，擠在嘈雜的巷弄裡，摸黑爬三層髒兮兮的樓梯，屋子小，建材太舊了，」

他為什麼自責，也關係著本身的職業：

「……營造公司做職員的他，近幾年，替客戶畫了不少幅設計圖，監督工人拼製成了好幾幢樣品屋，薪水雖然還可以，他沒辦法送給妻子一棟親手設計的房子。」

這一次，他終於有了機會：

「……根據設計圖，新房子最別致的還是樓頂有一角菱形的天窗。晴時，光線從天窗灑向地板，亮晃晃的，彷彿錯落了幾盞水晶燈花。雨天，水珠一顆顆砸碎在玻璃上。此後漫長的歲月裡，他可以想像妻子聽著雨聲凝思的眼神。」

「他不喜歡那些俗豔的色彩，假兮兮的。為了別出心裁，他規畫的房子底層有一圈白色的迴廊。夏夜涼風習習，想像中，他的妻子可以坐在迴廊的搖椅上，水溶溶的月色，就順著她白皙的後頸流瀉下來。……」

「文字很細密。」你搖著手裡的檔案夾，不怎麼相信地望著我，想從我呆滯的表情裡發現一些什麼。當然，讓你更有興趣的是那個出人意表的結局：

「如今他抬起頭，望著依然毫無怨色的妻子，相框裡的女人正眼睜睜地——看他親手把這幢新落成的房子捧進火裡。」

我一時也覺得詫異。火？原來是葬禮上紙紮的房子？當年，我怎麼能夠預知後來的結局。

3

那可能就是我最有才氣的作品了，一篇叫作〈愛情屋〉的短小說。

年輕的時日，中文系出身的我，曾經有過一些文采。一年年辦公桌坐下來，損害的正是文采。到現在，我還是會用想像力塑造看不見的細節，譬如，站在我與母親三坪不到的房間裡，我的眼睛會把舊的壁紙剝落，然後換上織花的帷幔。微風吹拂，白緞的穗子翻飛到窗外……

我一直喜歡玩這樣的遊戲，走到一處風景美好的地方，我會痴痴地想，將來，要跟心愛的人到這裡，再在沙灘上走一次。事實上，幾年前，並沒有適切的對象，但我連環島蜜月的路線都計畫好了，金沙灣有一個小旅館，就在海的岬角，那裡是我蜜月旅行的第一站。

這樣的遊戲百玩不厭，包括向外國訂閱新娘雜誌。我花很多時間研究白紗禮服流行的趨勢，有什麼新的樣式與剪裁，彷彿就要輪到我了。有時候在想像中，我也為自己的婚禮布置場地，小小的教堂就好，雖然我不信教，但我喜歡教堂的氣氛。我看過人家婚禮上綴著玫瑰花的拱門，甬道鋪滿玫瑰花瓣，紅色玫瑰代表愛情，婚紗一路拖曳過去，那是一扇通往幸福的門扉。

音樂呢？好不好用教堂的風琴作樂器？〈We've only begun〉的曲調，迢遙的長路這才開始……多麼羅曼蒂克！

我總在思索一些服裝設計的細節：禮服的領口是心形的，為了拉抬上身的長度，造成高的錯覺，腰身要低下去，袖子要墊起來，在手肘上換成透明的鏤空紗。裙子四周嘛，多年前我已經想好用心形的皺褶作裝飾，拖著白緞子蝴蝶結。要不要戴帽子？我喜歡寬寬的帽緣，環扣上同樣的大蝴蝶結，走在音樂的節奏裡會飄飛起來；但寬闊的帽緣可能遮蓋了禮服肩線的優美剪裁……小時候看多了衣服圖樣，我對細部的設計相當有把握，也因為對細節的掌控能力，站在那扇穿衣鏡前面，不用實地走進現場，我都能夠目睹懸垂下來的蕾絲燃燒成熊熊的火柱，長長的尾紗作了助紂為虐的易燃物，那是一幅驚心的畫面！

我彷彿看見前一瞬間還沉醉在幸福光景裡的新娘，從試衣室跑出來，提著長裙倉皇地逃逸，雜沓的步履間，地下滾動著從衣服上鬆落的珠串，迎著火光映出斑斕的異彩。下個分秒，高熱中光澤褪盡，好像火葬場裡燒出來的舍利子……

無動於衷地想像災劫後的情境，我知道，我的本性中有異常殘忍的一面。

真是殘忍吧！長久以來，我期待某種了結殘局的方式。

上個月，我們住的大樓失火。半夜，有人急促地拍打我的門，我下床，門開了一條縫往外望——走廊上是奔跑的腳步。「後面出口，不要走前面」，人聲嚷嚷地。對我而言，噩夢成真，我一向的恐懼就是電梯不能搭、樓梯不能走，難題是怎麼把母親抱上輪椅，輪椅又怎麼樣下去那個生鏽的安全梯？床上的母親骨碌碌轉著眼珠，伸出細瘦的手臂，掙扎著要起來。我彎下腰，費了好大力量，扶她趴在我的背脊上。腿不能用力，她手臂緊緊地攫捉住我。背負著她，我幾乎不能喘氣，怎麼再走那道只有一人寬的安全梯？我勉強把她挪移到樓梯口，人聲已經遠了，大概都疏散到了樓底下。間歇地，我只聞到母親頭上黏膩的髮油味，感覺她身上惡濁的體熱，一種腐臭的氣息，從她口裡散發出來。火燒起來了嗎？可能已經熄滅，或者只是個無聊的玩笑。那一秒鐘，心裡突然生出邪惡的念頭：鬆開她的手，讓她掉下去呢？人們發現半身不遂的老太婆倒在血泊中，旁邊的女兒扯著喉嚨哭號（我可以裝得很像），沒有人會露出太驚異的表情——火場時常發生的不慎失足事件。

多年前，母親不也編造過同樣離奇的故事？

站在那裡，我已經知道，火足以撩撥起人們心裡最邪惡的意念；而且更關鍵地，適足以湮滅一切的罪證，留下來都是灰燼。

念頭只是一閃就閃了過去。第二天，我又照樣坐在母親對面，看她津津有味啃魚頭，從喉嚨裡發出一種奇特的響聲，再把魚刺好整以暇地吐了滿桌，等著我去收拾。整天坐在輪椅上，奇怪的事情發生了，她顯然比我更享受食物的滋味，食量比我大得多。每到吃晚飯，看她那副好胃口的樣子，我就像童年時候一樣恨她，恨她讓我成為同學的笑柄，用客人剪剩的布拼起來給我做制服……我哭著不肯上學，她拿起量布的尺，一下一下，打在我身上。

不能還手的緣故嗎？——童年感覺的疼痛，以為結了疤，其實跟著我，跟著我愈長愈大。

然後她放下筷子，咂咂嘴巴。她總是發出一個很響的飽嗝，聲音那麼大，沒有外人，我一樣替她覺得窘迫。她打嗝的聲音一年比一年響亮，她就是故意給我聽的，她能夠做的事情不多，要我不得不注意她的存在。

打個飽嗝，過兩個鐘頭，再打幾個大大的呵欠，那就是母親重要的生活內容。

我們幾乎從來不交談，更接近事實的說法是：我才不給她跟我講話的機會，這是消極的抵制。此外，我還在各種細微的地方從事我有限量的報復：譬如，我知道她多麼盼望出來透透氣，我可以推輪椅帶她到外面吃飯，但我沒有，我寧可包回去，上上下下太麻煩了，我告訴自己。我寧可每天傍晚站在自助餐攤子前，等歐巴桑打包兩盒燴飯。

「小姐，不換一換？」歐巴桑好心地問一聲。不了，我面無表情地搖搖頭，等她在盒子裡裝上半條紅燒魚與一瓢空心菜。

「你家代誌真簡單，天天共款。」歐巴桑自言自語。

我在心裡苦笑了……如果可以選擇，誰喜歡千篇一律的日子？誰又會拒斥迎向光明的生活？

第一次見到振維，我坐在咖啡館牆角的暗影當中，他從玻璃門外的光亮處向裡面走。門推開了，他的臉上還留有外面行道樹上的陽光，一剎那間，我的兩頰熱燙燙地，心跳無緣無故加快起來……

以振維的優越條件，他卻不會明瞭把一個人從黑暗中拉扯出來的價值，正好像他也不會明瞭什麼叫作徹底無望的日子！

4

多年來，規律到近乎遲滯的日子是愈陷愈深的泥沼，就這麼一步一步地陷了進去。早晨醒了，總要費好大的勁才把眼睛睜開。沒有生病，只是懨懨地缺乏生氣。還沒邁開腳步，暗黑力量已經由四面八方包裹過來。

邁不開腳步，也怪我自己，多出一些贅肉的緣故：腰身變臃腫不說，脖子也粗了，短袖的袖口失去活動的餘裕，令人驚異的是連鞋子尺碼都一年比一年大半號。

能夠逆反歲月的似乎只有我母親，中風以後，她反而神奇地停止了老化。自己推著輪椅在屋裡繞來繞去，她臉上的黑斑逐漸褪卻，顯出之前從沒有出現過的血色。

夢裡，睡在我旁邊的母親分明比我年輕，對照她自己的過去，甚至比整天坐在縫衣機後面的時日還年輕些。醒來之後我不平地想道，我，作她的女兒，分明被她逼老的。

每天夜晚，聽著她咳嗽、吐痰、清喉嚨，聽她把身體從床上挪移到輪椅上，輪椅嘎嘎地往前走，再把自己從輪椅挪移到馬桶上，然後是拉扯衛生紙的聲音、馬桶沖水的聲音、靠著手臂用力把身體挪移上輪椅的聲音（圈圈上照例會留下幾滴尿液）……我知道，單單與母親的生活糾結在一起，就足以讓我對一切事物失去了興趣，是的，我在這些年裡失去了許多：生育的能力正急遽衰減（我已經三十八歲）、各種感官正急遽鈍化，看著我以前寫過的文字，那是我寫的嗎？漸漸不再想起自己曾用文字編織故事……

心情沮喪的時候，每一天的日子都不容易……必須說服自己才能夠繼續過下去，而母親瞞著我，像個小女孩一樣咿咿呀呀唱些舊日的老歌。我進門她才陡然打住，做錯事一樣地慌忙掩住口。

母親只知道我怕噪音，我索性告訴她，從小，我就受夠了她縫衣機單調的聲音。母親抬起臉來望著我，眼色好像一頭受傷的小獸。從此，我在家的時候她盡量不弄出任何響聲，我去上班她才敢打開電視。

難道我們母女倆一直在無聲無息地比賽什麼？她若贏了，我就輸了。

母親臉上的老人斑愈來愈淡，淡得快要看不見了；照鏡子時發現，我顴骨上方出現一塊銅錢大小的黑斑。

很多個晚上，臥在床上，我知道她沒有睡，黑暗裡瞪住我，天花板上一隻伺機而動的貓。同時，我感覺到平躺著的自己正一點點地下沉、一吋吋地滅頂。

我急需一個出口，急遽的改變，似乎是我唯一可以抓住的希望。而遇到振維，以為找到了那個出口，好像在地下匍匐向前爬，突然看見隧道盡頭的那點光亮。

我猜，對幸福的人，一份心動的感覺，替他們增添的不過是額外的一些什麼；對我這樣的人，卻帶來所有的補償；生命有了令人期待的允諾。

那些時日，我卻看見母親臉上譏誚的神情，她必然發現了我的異常情況（我偶爾晚歸，其實不太晚，吃了晚餐就回來），她坐在輪椅上等我進門，臉上有一絲掩不住的陰沉笑意。母親其實一直都知道的（她為什麼知道？），像她從小對我的詛咒，當年，坐在縫衣機後面，她已經反反覆覆罵道：

「大手大腳，這個福薄的囡啊，你不會孝心到給我縫壽衣，休想我歡歡喜喜看你穿嫁衣！」

5

多年來，我一直喜歡讀購屋的廣告：一個一個小方格數過去，終於選定外型可愛的那一棟——然後設想自己住在那棟房子裡，有好幾間屋子需要布置，我會挑壁紙的花樣、窗簾的顏色，然後選家具、選桌布、選床單……我搭積木一樣地在心裡繪製家的圖樣。

想來，這也是為什麼當年會寫〈愛情屋〉那篇小說。置身想像的房子裡，我看到外面的風吹拂窗簾布，鵝黃色的泡泡紗拂過我的面孔，布不夠長，下面鑲著同樣色系的荷葉花邊。

小時候，母親的縫衣機旁就是層層疊疊的布，別人拿過來做衣服的。母親不准我的手去碰，「弄髒了怎麼賠？」坐在那裡，就用想像的——依我的意思，為那些五顏六色的布一件一件配上洋裁書的式樣。

縫衣機後面有一片牆，貼著從雜誌上剪下來的圖片，都是眉目清秀的日本女人。穿著洋裝或套裝，大大的釦子作裝飾，鎮上醫生娘身上常見的式樣，與我沒什麼關聯。唯獨一張是結婚禮服：蓬蓬裙，短到膝蓋，戴著一雙長長的長到肘部的白手套。

大概是當年流行的婚紗樣式，我最喜歡那幀圖片，常常用手指頭去摸，想像那種鏤花的布料（特別那片胸前透空的白紗），碰觸起來是什麼感覺？

「穿那款衫，你要有那款命！」母親對著發愣的我斥罵一聲。

生起悶氣，我就想像畫一根火柴，把縫衣機上那堆布料燒個精光，不知道會不會放出衝鼻的異味？好像母親常做的那樣，點個火在布邊晃晃，然後要客人鼻頭湊近嗅一嗅，告訴客人有沒有買到假的毛料！

有一回，母親告訴我，我爸是個消防隊員，死在一場大火裡。

我從來沒有認真地相信她，身分證上，父親一欄就是「不詳」兩個字。

鄰家二嫂偷偷跟我咬耳朵，俊俏的後生在店裡幫忙，頭家肚子大了他腳底抹油。跑走那天店裡無緣無故失火，沒燒起來就被熄滅，還是二嫂澆下去的第一盆水。

難道因為那把火，母親才有了「消防隊員」的說法？

二嫂的話當然比較可靠。母親有一次漏了嘴，罵我不肯學洋裁，踩縫衣機又倒輪卡住。那回母親順口道：

「像那個夭壽的，針車也會踩到針斷掉！」

母親還在想那個人嗎？除了這次漏了一點口風，再沒有任何蛛絲馬跡。

說不定，我與母親就在這些地方相似，我們都是決絕的人。男人離開她，在她心上，劈劈啪啪燒成了灰！

情愛的範疇裡，原來無有妥協的餘地——要不，燒成熊熊的大火，要不，根本燃點不起來……

碰到振維之前，我不是沒遇見過其他的男人，甚至是與我一樣憧憬婚姻的男人。總有熱心同事替我作媒，催我不要太挑剔，老大不小了，揀什麼呢？然而往往一頓飯的光景，已經發現自己失去了耐性；對那些挖鼻孔的、舐嘴巴的、刀叉會響的、刮盤子刮到精光的，以及兩片嘴唇之間黏稠的唾液沾連成細絲的男人，一旦被我看出破綻，噁心的感覺翻湧上來，我就一概敬謝不敏，絕對不會再有第二次的機會！

哎，死囝仔真是死心眼喲，像母親以前常罵我的。

振維就要在我生命中出現的時候，我做過一個夢，有個男人的影子，面孔看不清，伸出手等著我把一隻手遞上去。夢中，我意會他要一步步牽我走，我碰觸到他的手，清涼的感覺像軟軟的砂流過掌心，很少有那麼樣奇幻的夢境。

振維推門進來的那一瞬，坐在咖啡館的暗影裡，我陷入某種恍惚的情境：受到夢的影響嗎？還是寂寞得太久了？……我眼睛定定地盯住振維那張臉，在冗長的等待之後，是他，夢裡難辨眉目的那個人。

然後我們開始交往，總在下班後約會，振維一定叫餐廳裡當日的特餐。他客氣地笑，例行幾句寒暄的話（「這幾天又熱起來了」，「公司事忙，呃，總是忙。」「……」），然後從容地拿起刀叉，把食物切成小塊放在嘴裡，他垂著眼皮細細地嚼，坐在對面的我，並不存在於他的世界裡。

名為約會，我也會懷疑他只是要在下班後有一頓比較悠閒的飯。吃完了，他送我上計程車，跟我說下星期再見。

時日久了（其實是我自己在穿衣鏡前站久了），多希望他也會從我平凡的顏面上看到吸引他的什麼（我上司有一次在心情很好的時候告訴過我，我是耐看的，看多了，就會看出一種可憐的美感），我塗上新買的口紅，學著穿高跟鞋走路（包括有一次差點扭傷腳踝），幾個月相處過程中，確實想過告訴振維我心裡的感受，但我更害怕這一類的攤牌會驚嚇到他。如果他嚇得再不找我了，我便像自由落體一樣，直直墜回原先的日子……

相反過來看，如果門開了一條縫，當時他有一點點愛上我，對我來說，就是幸福了。

我相信……只要給我一段時間，共同生活的許諾之下，坐在我布置的房子裡，鋪著我精心選來的桌布，桌上是我為他親手烹調的菜色，有一天，他可能真正愛我，甚至就此離不開我。

他畢竟沒有給我那樣的機會。

6

振維始終不明白把一個人拖出泥沼的價值。

認識振維之後，我的生活充實多了，與他會面的機會不多，我卻在精巧的想像世界裡益發流連：我一次次進去百貨公司，走入寢具部門布置想像中的臥房，床罩是細碎的小花與糾結的藤蔓，我最喜歡的那一種。床單呢？我揀選的是同樣設計的碎花布，但是少了藤蔓，我在設想這樣參差的效果。

另一方面，我從來不敢去想，被兩個身體壓皺了的床單，會是怎麼個模樣？

我們見面，隔著一張餐桌，振維總是坐得很端正。不拿刀叉的時候，他的手臂緊貼著身體兩側。彷彿有一道無形的藩籬，他從來沒有僭越的勇氣。

從小，我就畏懼身體的接觸。與母親睡一張床的時候，我多害怕她的呼吸吹到我臉上，會有一種黏膩不潔的感覺。雖然這些年來，一週一次，我必須把母親抱進澡盆，看著她垂到肚臍前的乳房，失去重量地漂浮起來，她花白的陰毛，經過水溫的滋潤而怒張著。

認識振維後，我花更多的時間坐在澡盆裡，用絲瓜瓢做成的刷子搓洗自己的身體：包括凹陷的肚臍、潮溼的腋窩，還有底下陰唇一道道曲折的溝迴。我泡在水裡用蓮蓬頭沖刷，不厭其煩地刷洗乾淨，擔心有腐壞的氣味吧，一再無意識地重複同樣的動作。

有時候會問我自己，為什麼洗得那麼乾淨？我在準備什麼樣的儀式？

振維甚至沒有牽我手的意圖。

面對面坐在餐桌前，飯菜還沒端上來的時刻，振維也會有一搭沒一搭跟我說話，「今天雨真大，為什麼最近老在下雨？」他並不期待我的回答。

而我喜歡聽振維說話的嗓音，好像淙淙的雨聲，讓我可以踟躕於那間想像的房子裡，窗簾在潮溼的空氣中翻飛起來，露出織花的紗幔，水珠一顆顆砸碎在窗玻璃上……振維說了些什麼，我沒有聽清楚。我們兩人都活在自足的世界裡，他跟我說話，並不等我回答；他說話的時候，也不看我的眼睛，會碰上不小心洩漏的祕密似的——

坐在他對面，我常有暈眩的感覺。好像泡在澡盆裡，過一會悠然醒來，天花板轉了一個方向，剛剛盹著了麼？

怕他看出我的不經心，我有些慌張地趕緊坐直身子。

就是在我們常去的那家餐廳，振維語氣平淡地告訴我他的提議。他喝完湯，用餐紙揩揩面頰，不疾不徐地說：

「如果你不反對，我們不妨辦個結婚手續，了卻家人的心願，老人家也會安心。」

他在求婚嗎？跟我求婚嗎？他開始愛上我了？決定跟我共同生活？……來得那麼突兀，事前一點徵兆也沒有。我用手扶住桌子，真不敢相信，那瞬間，我的心蕩漾在模糊的喜悅裡。

他不等我回答，兀自又說道：

「不必改變既定的生活形式，你還是可以住原來的地方。結婚，」他沉吟了一下，「對現代人，經常是個必要的手續。」

一時之間，我不知道該說什麼。

半天，只想起了一件事。順著他的語氣，囁囁嚅嚅地，聽起來倒像在懇求他：

「婚紗照，呃，總要拍的？」

然後我抬起頭，看見他臉上浮現出蕭索的神色——

「作個紀念也好，你要，就拍吧。」半晌，他語氣和緩地說。

7

婚期愈近（就是訂好去法院公證的日子），我們見面的次數反而愈來愈少。振維的公司正巧在忙。除了餐廳裡見面，默默地陪我吃完一頓特餐，都是我自己在張羅婚紗的事。

這才想到在我多少次的擬想裡，看見的也只是披上新娘紗的自己，旁邊並沒有男人。

中山北路一家店裡，找到了我要的禮服式樣，居然符合想像中增刪多次的設計圖：心形領口、公主腰線、蓬蓬的裙子拖到地，四周有心形的皺褶，釘著白緞子蝴蝶結……站在鏡子前面，我左顧右盼，穿了貼身馬甲之後，腰細了一圈，人顯得苗條許多，鏡子裡……夢境成真了。

記得有一次，還沒有認識振維，我經過一家觀光酒店，借上那裡潔淨的廁所。從廁所走出來的時候，天窗的光線灑下，塗了一層淡淡的金箔，恰巧一對穿結婚禮服的新人站在那裡，臉孔微微上仰，在折射的光線裡，臉孔顯得柔和又明亮。世界上如果有一種東西叫作幸福，我相信……那，就是所謂的幸福了。

我決心把自己鑲進那一天的光亮當中。

愈是患得患失，回到家，我愈要裝得若無其事，努力不讓母親覺察到一點異樣。

同時，我始終沒有要求振維多做任何一點事情。其實，我只要他站在那裡，站在我旁邊就好，他不必做任何事的——

每天，我都會去婚紗攝影的店裡轉一轉，翻翻他們作為招徠的大照相簿，總有一些瑣細的小事要我決定。去的次數多了，我注意到那個煙囪一樣的迴旋梯。有天下午，從梯子上面走下來的時候，幾乎被比我身體要長的禮服絆倒（衣服修改到合身，那是後來的事）。剛開始試穿，踩著店裡出借的高跟鞋，我還要踮著腳，才不會踩到過長的裙襬。

每次都是我一個人，去改禮服、選鞋子、配耳環，禮服試一次，再試一次，再回來修改……好像一個人扮家家酒似的。

正式排演的日子，必須振維來到現場。回想起來，要說錯……或許做錯了這個決定。

振維準時走進棚裡，瞧見我上妝後粉白的臉，他眼望著地，還是被我看到一絲駭異的表情。

造型師替他敷粉、為他畫眉毛，他受罪似地閉上眼睛。導演要他牽起我的手，對我作出含情脈脈的樣子，看得出來，他配合得有些勉強。

午後，按照計畫是到戶外拍外景。跟著扛在肩上的攝影器材，幾個人前前後後指揮，振維顯得愈來愈不耐煩。他的眉毛挑起又放下，似乎努力在壓抑自己。那時候，我真希望他能夠回頭看我一眼，看見我懇請他的眼神。

安全島上找了一個定點，喇叭聲尖銳刺耳，照出的卻是如茵的青草地，攝影師自顧自解說這幾張保證有歐洲風味。大太陽底下，我撐一把秀氣的小傘，梳麻花大辮子；振維的臉上架了一副細框的金邊眼鏡，腰上捆綁著晶亮的布，襯衫在胸前打了密匝匝的皺褶。烈日下拍照，振維背後滲出了大塊汗漬。他本來不矮，腰部束上寬幅的布，兩條腿顯得粗短許多。

那時候，我才意會到應該替振維找個更適合的造型。

一隻手拿鏡子，讓化妝師用粉撲補妝，我還不放心地看著振維。那位攝影師正比手畫腳教他怎樣擺姿勢。

突然間，不知誰的聲音高昂起來，我趕緊放下鏡子望過去，振維臉上現出我從沒有見過的激動表情，好像在跟自己作最後的掙扎。

「太假了！」只聽到他大吼一聲，手裡撕扯著捆在腰際的布。

他甩開那截彩布，鬆掉領結，愈走愈快，很快跨越安全島的柵欄。穿過馬路，人行道上跑了起來。我眼巴巴看著他在下條街的轉角處失去蹤影。

之後，他沒有再找過我，一個電話都沒有。

過了幾天，婚紗攝影的經理告訴我，未付的餘額已經結清。

振維又託人捎來口信，很對不起我。而我當然知道，一旦這麼說，我們之間的一切就結束了，原本沒什麼穩固的基礎，這樣一來，什麼都結束了。

荒唐的尤其是，那家店把放大加框的沙龍照送到我與母親的公寓裡，擺在我睡覺的床上，大紅緞帶紮著，像是喜氣洋洋的禮物。

我沒言沒語的母親，在我上班的時候，已經瞇著眼，看清楚這一場我不必解釋的鬧劇。

其實她早就洞悉的，正如她多年前的詛咒，命，我哪裡有這款樣的好命？

望著照片上嘲弄我的笑靨，倒讓我記得多年前的往事：小時候，跟母親鬧彆扭，就把她洋裁簿上的小布塊撕下來，順手貼到另一頁去。別人的尺碼，別人的款式，母親照樣做了起來。結果，我被關在屋裡挨了一頓木尺。

「錯了，錯了，錯了……」跪在冰冷的水泥地上，不停地喃喃念著。

對著放大的婚紗照，我清楚聽到自己的聲音：錯了，就沒有挽回的機會了。

8

幸福其實相當脆弱，隨時可以化為灰燼。你說是不是？

那個往上旋轉的樓梯上，我輕輕挪移，我的動作帶起一陣風。我舉高手中的燭火，照亮了相框內一對對新人。

暗影裡，我彷彿聽見母親濁重的鼻音，那是夾雜著啐罵的夢囈。我感覺手心黏膩的汗意，她追趕到了？……四周的空氣愈來愈燥熱起來……

我想著自己，穿一件拖曳白緞帶的大蓬裙，人堆裡倉皇地奔逃。蒸騰的濃煙中，走在我身旁的你，會牽我一把？你理當牽起絆倒在地下的女人。

我燃一支火柴，把婚紗照片放進火裡。相框燒起來了，高熱變形的壓克力、往後傾倒的模特兒，以及垂掛下來的帷幔，混出一股奇異的惡臭。……儷影一雙雙燒成了焦黑的窟窿，這是我為幸福送終的方式。

你一定不相信的，理由何其薄弱：一組送錯了地方的婚紗照，也會構成縱火的動機？

但是你要知道，有一種渴望，如同仰著脖子等待光明，而那份渴望——總在四顧無人的黑夜裡益發熾烈！

婚紗顯然是我喜歡的主題之一。〈婚期〉、〈百齡箋〉與長篇小說《黑水》（聯經出版，二〇一五年），都描寫了新娘的婚紗。

象徵的是憧憬？是浪漫？還是……某種遊戲？某種徒勞？

《黑水》小說中，我曾經具體寫下那位太太的心境：「那晚上，對著梳妝鏡擦去眼影，卸除臉上的粉底。轉身正要解開束腹，躺在床上的男人已經打起鼾。」「起身，她掛好那件婚紗，對著鏡子，把纏在髮絲上的碎鑽珠花輕輕取下。」

像是小女孩扮家家酒，婚紗上鑲滿了細粒珍珠，卻是給她自己，自己一個人看的。

婚紗的場景，影藝圈中，充滿戲劇高潮的像是梅艷芳。離世那年，梅艷芳在香港紅磡連開八場告別演唱會，披著Eddie為她設計的白色婚紗向粉絲傾訴心曲。梅艷芳說的是：「每一個女性都希望有一件屬於自己的婚紗，有一個自己的婚禮，」她又說：「外在和內心是兩回事，我喜歡時髦服裝，但內心很傳統，愛情裡希望能找個人一生一世。」

找個人一生一世？還是，另一個人是配角，其實他無關緊要，婚紗的意義在於

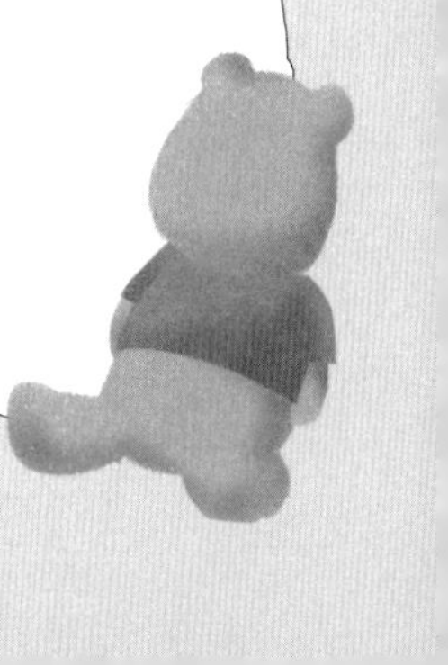

扮自己陶醉其中的家家酒？

此一矛盾的心理，婚紗界女王 Vera Wang 必然掌握得最為精準。體現在她為高端客戶訂製的婚紗上，每一件都帶一點飄渺，每一件都美得像一場夢，卻是只容許新娘一個人做的夢。

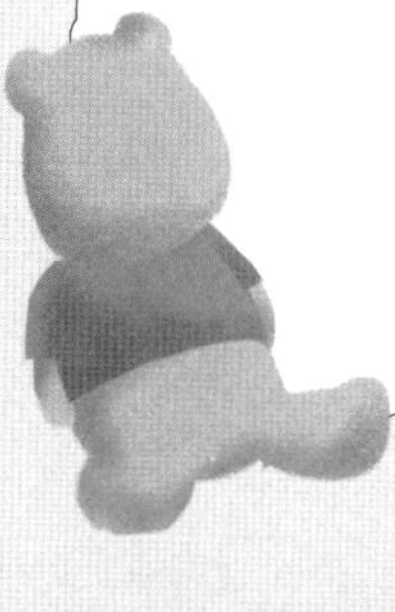

百齡箋

1

一百歲生日前幾天，玳瑁殼的眼鏡後面，老婦人作過手術的眼睛流光閃爍。她握著一枝金質的自來水筆，知道這冗長的角力已經結束，她戰勝了時間，誠然是意志力的結果，青春永駐的祕訣卻在於她努力記得過去所有的事。點點滴滴，她都寫在信上，雖然下筆愈來愈慢，她的筆跡如同多年前一樣清秀。

今天午後的第一封信，寫給育幼院第一屆畢業同學，想到他們曾經年幼失怙，她的心裡自然浮起一陣暖意，這也是她跟現實世界最真切的聯繫。老婦人寫得輕鬆自如，午睡醒來就已經在腦海裡打好底稿：

「多謝送來珍貴的生日禮物，你們對我懷著孺慕的情感，而我對你們也存著一份逾恆的關注。」

「你們要記得秉持我們育幼院的精神，尤其要感念　總統的德澤，這對於你們的前途來說，可以發生很大的潛在助力，而我對於這一點，更希望你們能夠篤行實踐、奮發向上，使這一股助力不斷滋長，去創造光明而遠大的前途。」

她看了一遍，決定在「總統」兩字上面空格裡加上一個小小的「先」字，成為「先總統」。她自己再讀一遍，非常滿意。念在嘴裡的時候，覺得似曾相識。

是不是寫過同樣的信？

這一生中，少說也寫了上千封信，當然有重複的可能。只怪太多的信要她動筆，多少不可能的事因為她寫的信而奇蹟一般地發生。一直到後來，她不諱言有些事情讓她十分寒心、十分失望，她卻不肯承認是自己的信出了問題，它們有失效的時候。

事實上，信的意義尤其在留下紀錄，證明她曾經說過。先前每一樁無可挽回的歷史錯誤之前，她都預先在信裡提出警告：

——「歷史自有公正判斷」

——「為視而不見者進一言」

——「小心，不要走上恥辱的道路」

面對這個是非混淆的世界，就像她努力挺直的背脊，夫人慣常在信裡維持義正辭嚴的姿態。

她把寫給華興孩子們的信裝進空白封套，桌上其他的信也等著她回覆，還有一疊收到壽禮的謝函要她簽名。夫人雖然終日不停在寫信，她卻仍然厭煩這些煩人的禮數，讓他們等等吧，夫人臉上浮出莫測高深的笑意。玻璃板上攤著一封早晨寫了一半的信，將是她寄出去給柯林頓總統的第四十三封信。一本緞帶紮的記事簿中有詳細的紀錄，她親手寫下寄出的日子，順便一一編號。這些年裡，她總共收到三封回信，印著美國國璽的雪白信紙，簡短而誠摯，字裡行間，她讀出了再度邀請她去白宮作客的訊息。

「親愛的柯林頓總統：

現在美國正慢慢地但是無疑地被捲入另一個世界戰爭的災難中，唯有憑藉有遠見的人民以及虔誠奉獻的能力才能夠拯救我們自己。」

「拯救我們自己。」夫人喃喃念著：ourselves，「我們自己？」夫人心思細密，許多信都是要留作研究民國史的檔案，她擔心落人口實，引起不必要的麻煩，於是把「我們自己」畫掉，改成「你們自己」。

「唯有憑藉有遠見的人民以及虔誠奉獻的能力才能夠拯救『你們』自己！」

夫人卻立即發現語氣太弱，多年來在政治核心裡打轉，夫人自有她的政治智慧，她對遣詞用字尤其敏感。那時候報紙上剛才出現「老賊」兩個字，她與外甥令侃討論了一陣，就想出了「老幹新枝」的絕妙好詞來回應：「譬如大樹雖新葉叢生，而卓然置基於地者，則賴老根老幹。」但夫人無論如何還是率性的人，活了一個世紀的女人，不必有太多顧忌，她告訴自己，何況以前一篇篇擲地有聲的演講稿，她從未掩飾本身對美國的感情：

「每次離開美國，我總不免意緒茫然。我不僅是一個前來訪問的遊客，而且我曾在這裡度過多年的少女生活，我在這裡接受了我的全部教育，美國就是我的第二故鄉。

「我會用你們的語言，不但用你們思考的語言，也會用你們口頭的語言，每次到了你們這裡，我就像見到自己家人一樣。」

她屢屢這樣講過。只要講起英文，夫人就毫無困難的回到少女時代的正直、爛漫，寫信的時候尤其真誠可信。她沉吟了半晌，決定聽從發自內心深處的聲音。

「唯有憑藉有遠見的人民以及虔誠貢獻的能力才能夠拯救『我們』自己！」

這樣折騰幾回，一個早晨也快過去了。夫人準備用鏗鏘的句子結束第一段：

「歷史將進一步證明現在仍為我們所不知道的各種邪惡事實。」

各種邪惡事實，Vicious Facts?·Sinful Deeds?·All kinds of Vile, Sinful Deeds?·夫人推敲了好一陣子，終於決定保持一點距離，夫人把上句話中的「我們」改為「美國人民」。

「歷史將進一步證明現在仍為『美國人民』所不知道的各種邪惡事實。」

第一段總是最困難。夫人喝了一口豆青色蓮花盅裡的百合湯，午後的天光裡，把那張寫了一半的信紙鋪在眼前，當下速度就快了起來：

「我無法不想到那次戰爭中的悲劇以及那些傷痛的歲月，更無法忘懷中美兩國人民並肩作戰的道德勇氣。」

夫人用詞非常準確，寫到「傷痛的歲月」這句話，一秒不差地，勾起她巡視抗日前線種下的疼痛。整整六十年前，傷的是肋骨，後來變成風溼，陰氣重的冬天，一絲絲瘦冷，脈搏似的在每個關節亂竄。夫人左手揉右手微微腫大的指關節，老了，老了，I Am An Old Hag，夫人喃喃自語，對陪伴她多年的疼痛，感覺到的反而是熟悉熨貼的滋味。

「我曾一再向您剴切申言，戰爭為人類最狂謬的事，為確保一切民族和平與繁榮，不應容許戰爭再度發生。」

寫到戰爭，夫人一貫地慷慨陳辭，她是戰爭的倖存者，除了跟自己人寫信，她在每封信中都免不了提到人生最高峰的經驗。隨著戰爭的結束，她的困厄命運就此拉開序幕。多年之後，那塊綠意盎然的小島上，在蒼涼的心境裡，她愈來愈像一個外來的借住者。她聽見人們竊竊私語的聲音，看見人們詭異而為難的臉色，七十八歲那年，她開始過遺孀的日子，年老才失勢的遺孀，還有比這個更糟的處境嗎？許多時候，對舊大陸一些殘餘的印象，是她與真實世界唯一的接觸：

「戰爭沒有失敗，數百萬同胞正在致力於長期抗爭。只要一息尚存，對上帝懷有信心，就要繼續奮鬥，無一日無一時不用來為爭取自由而奮鬥。……要以不屈不撓的精神和生命賦予的毅力，打擊敵人，消滅敵人。」

一遍又一遍，她一再地寫，由於寫的次數太多，以致她覺得思想的速度遠超過寫字的速度。柯林頓總統呀，道義上懦怯的人們拋棄了我們，我以沉重的心情敬告你，沒有人願意提醒你真正應該作什麼，每個人都懂得如何告訴你，你期待要聽的聲音。善於逢迎的小人在你面前恭維你，同時在你背後嘲笑你，我看過歷史怎麼樣翻雲覆雨，人們在措手不及的情形下已經被掃進歷史，不，套句馬克思主義的術語，被掃進了歷史的垃圾箱。這就是時間的詭計。夫人的表情神祕而悠遠，在這一刻，她突兀地記憶起丈夫生命中其餘的女人，原先掐得出水的肌膚，讓男人恣意地進出幾次，不多時就老了，真是時間的詭計。她也親眼看過時間在別的女人身上怎麼樣呈現摧枯拉朽的力量，即使同父異母的姊姊，後來也因為體態臃腫而笨重不堪。只有她，活到一百歲的時候，人們眼睛裡現出了真誠的羨慕，夫人駐顏有術，長青樹一般永不落葉（那是塑膠的聖誕樹，夫人呵呵笑著），男人或女人，老男人或老女人，再沒有人言不由衷，她終於贏得了這場競賽。但是真的贏了嗎？夫人的表情瞬息萬變，一霎時變得苦澀起來，她想到活這麼老的一個麻煩就是必須為許多人送葬，細讀一篇篇訃聞，參加一回回喪禮，如同親臨一次一次的死亡，而她每經歷一遍訣別的場面，就感到墜落的力量向下扯拉著她，再多宗教的教誨也沒有用，那是黑暗大地的呼喚，八爪魚一樣包了過來，就要滅頂了，陷進去了，就要翻覆過去。

那時候，躺在丈夫病房隔壁的床上，空氣中常有一種沙丘滑落的聲音，令夫人陷入極度的恐懼裡。後來她漸漸知道，那是時間在消逝，繼續不斷，像細沙般滑過她的指縫，一瞬也不曾停。就好像丈夫的死亡是漸進的，屍斑原只是愈長愈大的老人斑，她自己臉上也有，起先只有一小塊，浮油一樣出現在靠近眼窩的地方，然後愈長愈大。又好像她的思緒，偶爾有斷電的時候，先是孤立的事件，漸漸會分區停電。那時候，她注視丈夫茫然的眼神，知道男人的腦細胞也只是靜靜地、一個一個區域在輪流停電。

直到所有的訊號都靜止下來。

那幾年，她腦海裡出現最多次的正是斷電的場景。原本正常的曲線，一陣雜亂的上下跳動，畫面突然呈現一條白色的直線。她驚叫起來：「救人，救人啊！」燈熄了，陷入一片黑暗之中，急救的儀器在最關鍵的時刻斷了電，睡在她旁邊的醫護人員正輕輕搖撼她，她睜開眼睛，護士細聲細氣地說：

「夫人，老先生剛量過血壓，在隔壁睡得好好的。」

2

她的膝蓋一陣痠麻，小針細細地扎，多少隻螞蟻一小口一小口地咬，想到哪裡去了？不知愣了多久，她自言自語，胡亂在寫些什麼？她趕緊撕掉手裡的信紙，一片一片撕得粉碎。夫人再拿起一張背後有她名字簡寫浮水印的信紙，她要正色敬告美國總統：

「我想再次提醒你，自由世界如何贏得戰爭卻失去和平的往事。但是請不要以為歷史不會重演，你我置身二十世紀，我們都看到歷史正在一次次地重演它自己。除非二十世紀的領袖人物，像你在目前的地位上，具有非凡的道德勇氣，扭轉目前的歧路。否則，上帝所不允許的，God Forbid——下個世紀的時候，我們將會發現自己無意中闖入，不，開啟了第三次大戰。」

用「闖入」還是用「開啟」？夫人逐字逐字又在斟酌。同時，她盯住這一段的開頭，「下個世紀的時候」，下個世紀，她看得到嗎？究竟距今還有幾個年頭？

夫人惘惘地想著，其實算計也無益；她甚至弄不清楚自己剛才昏昏沉沉出神了多少時間。

對一百歲的老婦人來說，時間又算什麼呢？

上一次美國國會演說之後，晚輩孩子們幫她在紐約家裡辦了一個盛大的派對。「Happy New Year, Happy New Year.」她跟每一個人打招呼：「Yes, Everybody, Happy New Year.」她的眼睛裡顧盼生輝，祝賀每一位賓客新年快樂。人們竊竊私語，露出詭異的神情，明明不是過年的時間，以為夫人時序錯亂，但人們只是錯愕，旋即卻又懂得了，夫人愈來愈具有非凡的能力，在時間裡穿梭自如，只要她高興，她隨時——每一時刻都在過新年。夫人喜歡明晃晃的燈光、廳堂裡絮絮叨叨的聲浪，雖然她不能夠分辨在講些什麼，但她知道，自己永遠是眾所矚目的焦點。她站在半圓形的迴廊上，繼續向每一位宴會的賓客微笑，一位女客踢了踢旁邊友伴的腳，要她注意夫人臉上不祥的潮紅，「會不會是最後一個生日？」「胭脂太厚，塗歪了一邊。」一友伴小聲駁斥這種無稽的說法。夫人還是優雅地微笑，彷彿在注視某處迢遙的地方，夫人戴白紗長手套的手臂微微舉起，她要維持這個姿勢不變，像她最熟悉的那樣，等待快門此起彼落地按下。夫人在回憶裡穿梭，好奇地猜想明天報紙上又該怎麼樣繪聲繪影描寫她？

「夫人穿一件棗紅色細黑條紋旗袍，外罩黑白相間披風，胸前別著蝴蝶形翠玉，搭配翡翠耳環與手鐲……」

依據過去每一次的經驗，即使開羅會議這種改變人類共同命運的歷史盛會，報紙上的新聞總是從她的衣飾講起，一件件鉅細靡遺。

夫人也曾嬌嗔著說：

「達令，他們不會寫些別的嗎？」

記者們真的不會寫別的。夫人其實記得很清楚，在她結婚那一天，英文報紙《字林西報》用半版的篇幅描述她的禮服：

「新娘穿著一件漂亮的銀色旗袍，白色的喬其紗用一枝橙黃色的花別著，輕輕地斜披在身上，看上去非常迷人，她那美麗的桃花透孔面紗上，還戴著一個由橙黃色花蕾編成的小花冠。飾以銀線的白色軟緞拖裙從她的肩上垂下來。再配上那件長而飄垂的輕紗。她穿著銀白色的鞋和長褲，捧著一束白色和銀色緞帶繫著的淡紅色麝香石竹花和棕桐葉子。」

喔，她會背誦呢？那真是空前的盛況。

直到現在，她耳朵裡還迴盪著孟德爾松的那支婚禮進行曲。她挽住哥哥，走在紅地毯上，記得滿屋子都是晶晶亮的大燈小燈，從她低垂的眼瞼中瞧出去，隔一層婚紗，光亮在地上畫了許多個圈圈——

不是嗎？她一向喜歡光明而排斥黑暗。這些年來，她的神聖任務正是為自由世界高擎照明的火炬，她在信上一再地寫：

「光明與黑暗的分野，就是真理與邪惡的戰爭！」

只可惜人們一再誤解她，西方記者面對她的時候，始終不知道怎麼樣去描述一個有見解的——湊巧又是美麗的——女人。

夫人的思緒快速地跳躍，她的臉色陰沉不定。接下去卻沉浸在向杜魯門要錢的恥辱經驗裡，就在那樣的關鍵時，她在美國背水一戰，當她別有深意地在公開演講中說出「本人已極疲憊，要求和平與休息之心，較之要求米飯與麵包更為迫切」，第二天報紙上對她演講內容隻字未提，《紐約時報》以整個版面報導她被藝術家協會選作「全世界十大美人」之一。入選的原因是鼻子骨肉勻停，全世界第一名。

她簡直哭笑不得，人們總是忽略了事情的重點。還有後來受邀去白宮喝下午茶的一次，她記得事前悸動的心情，等好多年了，到詹森主政，終於又有機會與美國總統懇談，交換彼此對國際情勢的洞見。她可以好好發揮自己最自豪的外交長才，用幾個典雅又俏皮的雙關語，要緊的是再多撥一些實惠的美援。見到的只是詹森夫人，她已經有點洩氣，想不到第一夫人竟然像個普通家庭主婦，談的盡是細瑣的小事，說她自己多麼愛吃中國菜，不厭其煩試著煮中國菜，閒閒地請教烹調的祕訣，好像在消磨時間。夫人漸漸焦躁了起來，她才不稀罕這樣的下午茶。幸好詹森總統在最後一刻露了面，挽著她的手扯了幾句，讓夫人扳回一點顏面。

那次，就是夫人對白宮的最後一瞥。夫人的時日有限，因此她必須言無不盡，坦誠說出很快就會讓世人悔恨莫及的警語。

「容我提醒您記住約兩千年前開始流傳下來的一件大事，這裡引述一段有關的記載：當彼拉多見到他無法控制局面，反而造成大騷動時，他當眾拿水洗手，並向眾人說：流這義人的血，罪不在我，你們承當罷。」

你們承當吧，see ye to it，夫人喃喃念著，不是出語恫嚇，她心裡其實無限悲憫，她在向應該聆聽這預言的世人作見證，若人膽敢從預言上加添什麼，寫在這書上的災禍保證加在他身上，有人刪去什麼，必然先刪去他的分。夫人目光如炬，看到的是莫測的將來，地大震動，日頭變黑像毛布，滿月變紅像血，天上的星辰墜落於地，如同無花果樹被大風搖動，落下未熟的果子一樣。她的眼眶中淚光閃閃，不說它，但我們偏偏要說，多麼不得已啊，覺得自己像那弄溼了羽毛要去救火的鳥，這正是她此一刻的心情寫照。

3

晚飯之後，夫人握著筆，又在似睡似醒的光景裡假寐，夫人聽見雨點淅瀝淅瀝打在樹葉上的聲音，樹上還有葉子嗎？三月天的紐約已經暖和到下著細雨？夫人枯澀的眼睛一霎時光采起來，她喜歡空氣中潮溼的氣味，儘管她想著的臺北就是一場淒淒冷雨，她常在溼漉漉的雨夜繼續周而復始的夢境。

雨聲中也有寂寞難捱的片刻，有時候，黑暗中彷彿一隻手游了過來，摸索著她依然有感覺的敏感部位；有時候，她夢見一株以她名字命名的蘭花，伸出的雄蕊凝結著幾滴水珠，鮮豔欲流。她倏地紅了臉，無端有一種燥熱，她想起掛著蚊帳的山城歲月，壁上有蚊子的血，她仰面朝天躺著，柔軟開敞的身體，在不透風的屋子裡淌著汗，怎麼還有這些模糊而熱切的夢境？……自己一百歲了，究竟那是多麼老？她打了個冷顫，現在，連蚊子也不叮她了，她的醫生告訴過她，年老的血液成分裡有蚊子也不欲的什麼，夫人感覺到自己的膝蓋骨像石頭一樣冰涼。

更多的夜晚，她聽見丈夫的腳步聲，走一步停一下，彷彿在茫茫雨霧裡嘆息，她那個倔強的男人，知道嗎？蔣家的兒孫如同受到詛咒，死了，都死了，先前做了什麼孽？還是停棺未厝出了問題？夫人記起臺北前一陣為「移靈」的事情正吵得不可開交，一次一次地隔海向她請示。按理說，她應該攤開信紙來寫回信，給中常會一紙交辦的指令，給決策當局一個明確的回覆，但要她怎麼說？這一刻，她迷迷濛濛記起來當年丈夫前妻在豐鎬房被日本人炸死，她緊張地毋寧是丈夫當時作什麼反應。丈夫在屋裡獨坐了半晌，批下來一紙如何善後的手諭，已經看不見情緒的波動。

——鑒於時局動盪，總以入土為安。

入土為安？老婦人眼裡又出現了將信將疑的神色。她才不相信那一套，她想起風可利夫的墓園裡，一個個大理石抽屜晶瑩如玉，浮在半空中，她快要睡在他們身邊了？同一個墓室裡已經定下她的空位，躺在大姊身邊她會很安心。從小到大，她對大姊始終有一種對母親的愛，大姊才是決定她一生命運的人。自己怕黑，又怕冷，棺槨裡可以點一盞明亮的燈嗎？

當然還有更壞的可能，讓她歸葬回奉化，那才是令人震懼的景象。她記得當年進去鞠躬的祠堂，一層層牌位堆疊著，幽暗的角落結著蛛網，大門開啟處漏進來一角陽光，塵絲盤旋上揚，卻好像走入一個迷離的夢境。她驚疑地迴目四顧，而這一分秒，一位跟前跟後的族人正示好地說將來也有夫人的位子，在這裡「上香」還是「尚饗」，她聽不清楚，總之是受蔣家子孫世代供奉的意思。她一陣暈眩，趕緊抓牢丈夫的衣角，手心涔涔地冒汗，好似看見了自己的名字刻在祠堂裡一塊木牌上面。

……老婦人在這一刻晃悠悠記起了豐鎬房那兩扇黑漆大門，石板地像剛才磨洗過一樣泛著青光。後來她才明白，石板地是刷洗過，那是一種默然的下馬威。

當時她住在新建的樂亭別墅，西式的設備，家具也是西式的沙發席夢思，雖然窗子隔成一方一方地透不過氣，比起豐鎬房的陰鬱厚重，已經像另一個新穎的世界。

而她一向晚起晚睡，第一個早晨，她睜開眼睛，坐在床沿上，聽不見半點聲音。她把腳踏在新鋪的地磚上，一陣沁涼讓她覺得心慌意亂。她看見窗口的陰影蓋了下來，好像當空一抹黑雲，光亮被遮去一半，有些盤捲著的藤蔓，大概是屋瓦上掉下來的或者是花架上伸過來的。她慌張地找地下的拖鞋，突然有個她不願意碰觸的念頭，丈夫哪裡去了？

後來她才知道，丈夫早早起床，踱步到豐鎬房吃點心，大太太親自下廚，玫瑰白糖豬油餡的油炸寧波湯糰。

那女人曾經記恨她嗎？他們在南京結婚，人家說，大太太是寬厚的人，真真賢慧，這次連名分也讓了出來。

豐鎬房那邊果然送來了雞汁烤芋艿在內的五道小菜，她表示風度地過去答謝。丈夫攙著她走進前廳，昏暗的燈光裡，她剛剛落座，一眼看見褲腳底下裹粽子一樣兩隻小腳，急匆匆走過來。

黑布衫褲、黑布大襟襖，髮網鬆鬆地掛在腦後，兩隻手不停地往身上抹，好像手上還有廚房裡帶出來的油漬。

人家說，大太太管不得那麼多，丈夫一次次把女人往家裡帶，只有兒子才是大太太的命。平常數著念珠在佛堂念誦，為了保佑人在西伯利亞平安。兒子先前回家的時候，太太整天站在廚房裡做吃的。

至於她自己，一絲絲油煙味也會燻得她頭痛。而她也始終沒有生育。固然是結婚時候自己堅持的條件，想想更是意志力的結果。那種守舊的家族，給你一個兒子，同時就分配了你祠堂裡排排坐的位置。

許多年後，經國還會讓她想起那個女人的神情：肉眼泡，小眼睛眨巴眨巴地，裡面不動聲色的陰晦，悄悄覷著她看。

母子倆怎麼會生著一模一樣的一對眼睛？

那時候，她在老房子裡走動，覺得自己在跟看不見的力量拔河，把丈夫從古舊的氣息裡硬往光亮處拖。看著丈夫一大口一大口喝豐鎬房送來的老母雞湯，她就覺得自己怕要輸了、怕是輸定了。那時候，她在老房子裡沒事做的遊蕩，心裡也空盪盪的，後院埋藏了什麼？……黃色的菜花在窗格子上搖曳著，像是一片片飄過來的雲遮住了天，壓得她半天喘不過氣。天愈發暗了下來，要下雨？還是透進來的光線不足？她伸出頭去，才發現自己以為的後院只是個鑿空的天井。天井中間還用竹竿曬了幾件衣服。

對過裡推開窗子，其實探看得見這個廂房裡的動靜。她疑神疑鬼起來：對面有鬼火似的一對眼睛？寬褲腳底下還有兩隻快速挪動的小腳？她摀著嘴巴就要驚叫出聲。

過幾年，消息傳到大後方，日本人的飛機，三枚炸彈在豐鎬房的後牆炸開了。大太太本來已經逃出房外，發現鑰匙沒有帶，急急忙忙回去找，埋進倒塌的磚瓦堆裡。

直到今天，夫人都不喜歡老房子裡令人窒息的氣味，正如同她不喜歡黑暗。黑暗讓她想到空襲的年月，為了怕日本人的飛機轟炸，家家戶戶用黑布遮住窗戶——

「貴國同胞所以天真可欺，因為你們未曾在一種十分凶險的噩夢中度過了七個悠長的年歲。我們在地下室的時間幾乎與在地面上的時間相等。防空洞潮溼得令人生厭，石壁出水如汗，點滴而下。洞中因空氣不流通而發生惡臭。有些日子空襲緊接而來，沒有人有時間煮飯。月夜最為難當；侵襲的飛機接連如浪而來。極度的疲乏滲透了每個人的筋骨和神經，我們知道敵人是想藉疲勞轟炸來破壞我們的士氣，因此我們決心不服輸。」

直到現在，警報的聲音仍然頓挫她的耳膜，震動她的神經。這些年之後，曼哈頓街頭呼嘯而過的鳴笛聲，仍會讓她嚇得從床上坐起來。

「然而奇怪的是，各民主國家曾經目睹當時的種種暴行，卻能夠若無其事的仍然跟犯罪的國家，保持著友誼關係。當時姑息的意義，明示著：當侵略國武裝起來，力量足以侵略其他國家的時候，我們往日的遭遇，就可能在今天再度發生。」

她在給誰寫信？現任的美國總統，人家可是戰後才出生，年齡可以做她的孫兒，「不加分辨的樂觀」，她在說什麼？她記起來亡夫葬禮花圈上那些撲撲簌簌的菊花，「毛氏髮妻／早經仳離／姚陳二氏／本無契約」，他們的聯姻真是當年的盛事，「魔鬼的惡毒人性卻不會滅絕」，然而誰記得呢？「反擊當前道德的卑怯與不健全的思想」，到場的證人全作古了，她自己成為碩果僅存的人物，不，人瑞，「歷史自有公正判斷」，第二次世界大戰結束五十周年的盛會，她老到做了眾人爭睹的貴賓，「崇高道德律為世界所急需」，面對底下誠摯而茫然的年輕臉孔，「不如請您談談長壽的祕訣」，「您與日本的金銀婆婆比較，請問誰比誰更老？」夫人由衷地感到寂寞起來。

4

夫人剛才還在想一些漫無邊際的事：「太原大雪／戰事沉寂」，那是報紙上的標題。然後她聽到壺嘴噴出蒸氣的單音，忽緊忽慢地極有節奏。夫人不相信自己坐在搖椅上也可以這麼快就發出鼾聲……

她閉著眼，面前的事物卻又清晰可見，大花圃中間有一方玫瑰園，路兩邊種著南洋衫，另一條路種著白千層，每次坐車回來，都能夠在最短的時間內從喧囂進入寧靜。由於刻意經營的層次感，占地不大，後面卻像傍著蓊蓊鬱鬱的高山。藤架上開黃花的植物叫作軟枝黃蟬，暗赧色是花形奇巧的紫荊，底下一盆盆茉莉，向晚時分就吐露芬芳。夫人彷彿坐在士林官邸的院子裡。旁邊的搖椅空了，還在前後擺盪。夫人睜開眼睛，她在這孤寂的世界上無聲地找些什麼？

每次似睡非醒的時候，夫人自有某種神祕的體悟。夫人記起凱歌堂天花板上精緻的水晶燈、前排專用的紅絲絨座椅，「具有上帝的形象，」那是李登輝總統對她的過譽。夫人臉上浮出淡淡的笑意，作為基督徒，她並不排斥這樣的說法，人都是依上帝的形象造的。想到這裡，她決意不再厚彼薄此，當下要跟遠道送來壽禮的李總統寫一封信。二十多年孀居的日子，她十分克制自己，偶爾才會為了國家前途向現任元首陳述攸關大局的意見。

好在是主內兄弟姊妹，一剎那間靈感湧現，想到報紙上斷斷續續的憲政爭議，她以自己所熟悉的經句開頭：「人若懷裡遮火，衣服豈能不燒呢？人若在火炭上走，腳豈能不燙呢？」夫人端詳了半晌，覺得不妥，好像多了點隔岸觀火的悻悻然，自己可沒有那樣的意思。她畫掉，隨手寫下一句：「擁抱有時／擁抱無時」，寫給一位任上的總統，還是會引起不必要的誤會，夫人又換了一張信紙。

「你堅守　總裁昭示的真義，自不必害怕黑夜的驚駭，或是白日飛的箭，也不怕黑夜行的瘟疫，或是午間滅人的毒病。」夫人用《舊約．詩篇》起頭，接下去就格外語重心長。「望登輝同志繼續對黨忠誠，為黨策謀，一切以黨為先，以復興基地為起點」，復興基地——夫人想了想，好久沒聽見這熟悉的詞彙了，她放下筆，記起自己搭乘軍機來到臺北，冬天慘淡的陽光照耀著松山機場，迎接她的車輛充滿了挫敗的氣息，一路退到臺灣，已經退無死所，這是丈夫的最後一個據點。飛機引擎的噪音裡，她想著渺茫的前景不寒而慄，但她畢竟選擇來到丈夫身側。前一天她還在紐約電臺裡對全美國廣播：「我不是回到南京、重慶、上海或廣州，我不是回到我們的大陸上去，我要回到我的人民所在地的臺灣島去，臺灣是我們一切希望的堡壘，不論有無援助，我們一定打下去。」

當時，她清清喉嚨繼續說：

「我不能再向美國人民要求什麼，我在貴國停留的這幾個月中，沒有發表演說，也沒有做過呼籲。我的國家雖然亟需你們的援助，但我從未參加求援的戰爭——

我們伸著空無一切而願接受援助的雙手直立著，我們謙卑而又疲困的直立著。」

對準麥克風的時候她挑高眉毛，繃緊了面部肌肉，就是後來照片上常見的表情。在人們心裡，她擁有那份不是與生俱來的威嚴，「母親您不怒而威」，經國這麼說，說話的時候低著頭，好像不敢與她的目光相遇。夫人後來也很少開口大笑，即使丈夫說她吃生菜沙拉的習慣像一隻吃草的羊，她只是抿嘴一笑。年輕時候她聽到好笑話會笑得前仰後合，直到她感覺笑也是一種讓肌膚下墜的力量，夫人想到母親，後來乳房垂在腰際、奶頭堆疊至腹部的贅肉上，以夫人對身材的嚴格要求，那簡直自暴自棄！夫人不厭其煩地每天量一回體重，正如同她不厭其煩地在信裡一遍遍提及自己的家世。夫人挺直了腰桿，慎重無比地寫著：

「國父革命創黨，先嚴耀如公為　總理密切夥伴，掩護同志籌助經費，余家為祕密集會處所之一，因而招致清室懸賞通緝，被迫率家倉促逃避東瀛。尤憶民國十三年一全大會集會廣州，與會同志，朝氣蓬勃忠黨愛國之情溢於言表。余當時在座，曾親聆　總理昭示，組織有力政黨，以黨改造國家。」

夫人嘆了一口氣，接下去才是最重要的：

「當年國父如不創黨，則無今日之中華，臺澎依舊日本殖民地，飲水思源，發人深省。」她記起了一些什麼？她究竟要說的是什麼？那年驟然來到海島上，先是下不完的梅雨，接著夏天的陣雨來了，或者是心境的關係，又不比在重慶，那裡即使一百五十架飛機輪番轟炸，還是有指望的，十月就進入霧季。她看到車窗玻璃上模糊的光影，一串串濺起水花，此地的三輪車好像在運河裡行船，零星的招牌在雷聲中搖曳著，她的座車在三軍球場的廣場前停住，穿木屐的女人捲高了褲腳，從水窪裡踢踢拖拖地走過，這個城市原來是沼澤還是水道？城門樓上元首的照片在雨霧中溼答答地泛著潮意，而她裝在衣箱帶來的皮件，已經長了刮不掉的白霉。一場颱風過後，街道上飄浮著腐物的味道，厚厚一層汙泥在太陽曝晒下，將孵出生生不息的蚊蠅。她疲憊地閉上眼睛，睡不著的長夜，她的風溼又犯了，記憶的重量漸漸壓垮了她，她想著自己的嘴角一天天向下沉墜，在這個多颱風多地震的小島上，當年巡視前線造成的背傷、抽菸留下的鼻竇炎，以及身上又疼又癢的蕁麻疹經常困擾著她。圓山飯店翹起的屋脊，淒淒的細雨中，如同故國渺茫的夢境……

就在那時候，她為了排遣心情開始跟老師們學畫，臺灣一處處山景，都像是曾經臨摹過的長軸。她在清冷的雨夜裡展卷閱讀，寄情於暫時陷落的錦繡河山，時光變得舒緩起來。夫人再沒了強烈的情緒，外交戰場上揮灑不開，她有些說不出的落寞。信任的人才有的涉案有的遭到撤職，旁觀的外人倒看出端倪，清一色換上了太子的人馬。經國肅立在她面前畢恭畢敬的解釋，她卻是聽得意興闌珊，這些年來，她其實沒有替自己爭取過，她從來不是苦苦經營的那種人。

「余飽經憂患，志切黨國」，她要在信裡交代什麼？她腦海中，對李登輝只留下浮面的印象，一九七五年丈夫過世的時日，她不記得李擔任怎麼樣的官職。但很奇怪地，後來每次進出臺北，看李登輝站在停機坪上恭敬地迎送，大大的個子，臉上帶著僵直的笑意，夫人卻可以感覺到這個男人的頑強，如同那位主宰她多年生命的男人！

啊，她的男人守紀律、重然諾（夫人這時遲疑了一瞬，漢卿的事情除外），他是天生軍人，也只有穿起軍裝才最登樣，規律的作息始終如同住在軍校宿舍裡，「噢，達令，我們美國可不這樣子的」，那是她向新婚丈夫撒嬌用的口頭禪。水晶酒杯、威瑪王朝的磁器、巴黎進口的浴盆，比起來，她娘家的擺飾帶著夢一樣的奢華品味，開派對的夜晚，懸垂下來五顏六色的小燈，院子裡瀰漫著朦朧的浪漫氣息。當年，坐在拉都路那張雙人床上，她經常淚水漣漣。自己做對了嗎？婚後的日子怎麼那樣難挨？……日子好像陷入難解的僵局。她源源不絕的淚水，亦由於內心深沉的迷惘，婚後無意中發現先她存在的事實，丈夫向另一個女人吐露過的，竟然是無比濃烈的感情：

「披閱潔如箋，愛戀我之情，無異孺慕也」；「下午，攜潔如赴汕船次，為情魔纏絆，憐耶？惱耶？歡無已時」；還有更露骨的白話文，丈夫稱呼那個女人「我最親愛的妻」，底下署名為「熱愛你的介石」，信裡寫著：「我一天從早至午至夜，都在想念你」；「我真想假如此行你能一路陪我多麼好，附上兩張快照。請注意：我身上穿的是你給我的那件披風，那就是說：我在想念你」；「我在算日子，期待與你重聚」，「我巴不得你現在就在此地給我慰藉」；「附奉在莫斯科拍的幾張照片。你會高興看見我穿著那件披風，其意義就是我愛你」；她坐在一堆退回給男方的信中間，一封一封地搜尋，提及自己的部分，只出現在一封攻克武漢向那女人告捷的信裡：

「有一件令我驚喜的事，就是我收到宋美齡一封電報，為我的勝利致賀，並稱我為英雄，我已覆電致謝。」

難怪別人把兩家的聯姻看作政治目的，讓她氣憤難平地莫過於這表示她沒有那麼可愛，丈夫心裡真正喜歡的是另一個女人，只是為政治野心才央求她大姊作媒，包括策略性地安排那個女人暫時去外國讀書。她極在意這一類的傳言，尤其她怏怏地發現在經國心中，潔如那「上海姆媽」竟然也有不尋常的地位。

即使過了那麼多年，這樣的想法仍然讓她怒不可遏。因此她要不停地寫信，她在跟丈夫比賽寫字。自己每多寫一行字，多寄出去一封信，可就更加證據確鑿起來。丈夫謝世之後，她在一封封給別人的信裡敘述自己的傷懷：

「余每倏而悲從中來，那年返回士林，陳設依舊，令我有人去樓空之感，以往慣常之言音足音皆冥冥肅然。」

又不只是年老喪偶，而且鶼鰈情深：

「余與父親除數次負任去美，其他時日相伴近半百年歲，尤以諸多問題，有細有巨均不憚有商有量。」

她還怕經國不夠明瞭，特別舉出感同深受的實例：

「此種扣心縈懷情性，只有如汝與方媳結合四十餘年者，可能體會之。」

只要她鬆懈下來不再繼續寫信，由著別人去說長道短，她對自己的婚姻實況便沒有置喙的餘地。幸而她記得所有的事，不至於讓真相沉埋下去，她必須振作精神來寫信，「他們同心商議，彼此結盟，要抵擋你」，《舊約》上這樣寫過？「當時他們人丁有限，數目稀少，而且在那地為寄居的」，這又出自《新約》了？她耳朵重聽，皮膚的毛病讓她夜不安枕，但她公開出現的場合總是精神矍鑠，不是嗎？她一向有這樣的意志力：「你們也許要用紅墨水標誌中國部分，但我們要把這些顏色，點點滴滴，一步一步抹去的。」曾經是她阻止赤化的豪語，同樣地堅毅不屈，她立誓要用橡皮擦拭已然寫在紙上的歷史，她記起士林官邸裡一叢一叢的花木，假山後面有幾株暗綠色的闊葉植物，重疊的葉片在雨水裡沖刷過一回，碩大的新葉彷彿騰空而起，芽苞深處，環抱著最令人震顫的祕密。這瞬間，月光裡樹的枝枒頂端，又像離她住處不遠的克萊斯勒大樓，金頂的花蕾，向著至高處的穹蒼冉冉升起——「哦，答應我！」在她婚禮上，請來的美國歌手唱這首音階高到嗓音極限的曲子。

她緊緊挽住哥哥的手臂，踩在紅地毯上，踏上了怎麼樣的一條路？報紙推波助瀾地寫著：「這是近年來一次輝煌盛舉，使得南京軍隊中最強有力的領導人和新娘的哥哥宋子文博士的家庭及國民黨人創始人已故中山博士的家庭結為一體。」外人怎麼知道呢？她必須坦誠地說，盛大的婚禮過後，接著卻是至為困難的適應期。

他們沒有丁點相同的地方。關鍵或者在她，她希望自己的男人同時是強者與弱者，她要無時無刻地君臨他，她又喜歡嘗到被他君臨的滋味！

許多時候，聽著丈夫在隔鄰焦躁地踱著步子，皮靴弋登弋登地響。她只想怎麼趁對方精神鬆散的瞬間，找到虛弱的地方，一句話讓對方痛徹心肺。

總有一方先行放棄了冗長的角力——

早些時候，她就已經預知將是這樣的結局，他會老到靠她拿主意、任她發號施令，他老到如同一個無助的嬰兒。

那時候，挨在丈夫耳朵近旁跟丈夫說話，她看見的只是白茫一片的眼神。她意識到時間緊迫。她恨不得死命晃動丈夫，好像搖床邊停擺了多時的鐘一樣，努力把她的男人喚回來。

愈接近病篤，愈是靠她做所有關鍵性的決定，儘管是些任性的決定。最後一個冬天，她還可以跺著腳對醫生說：

「我不管，他如果住在醫院裡，我自己要回士林官邸過Xmas，我搬回去。」

丈夫死了，她才好像第一次走入真實的人世間。倚仗別人的禮遇過日子，她敏感地知道，人們是在敷衍她了。從那時候起，她覺得責無旁貸：「晚，猶未太晚」，她必須知無不言：「不說，但我們偏偏要說」，她在無遠弗屆的信裡做丈夫的代言人：「提防思想的摹擬之害」，這個分秒，她正鬥志昂揚地寫道：

「登輝同志熟諳黨史，當已瞭然於胸。三全大會　總裁昭示：『保障國民黨光榮歷史的基礎』，四全大會昭示：『黨內團結為禦侮圖強之基』，民國二十七年臨全大會，　總裁提示：『國民黨必須堅強團結』、『強化全黨』，十全大會昭示：『健全組織』悉皆本黨應率行之準則，如今臺灣社會正受衝擊，人民企求法制民主，持舊創新，在在需求準則。」

「如任意製造民意，淆惑視聽，則非所應為，而為國人所共棄。夫崇尚民主，慎防爾『民』我『主』，庶幾不負　總裁在天之靈。」

一邊寫，她記起許多年前就已經在演說裡替丈夫亟亟辯護：「蔣總統是世界政治家中首先揭發共產黨徒陰謀的第一人，同時也是著手反共的第一人。幾年以前，他因有反共的勇氣與毅力先獲得讚揚，現在卻被人侮蔑了。時代雖已改變，但此人並未改變」，她的語氣沉痛而冰冷，她梳成橫S髻的頭髮一絲也不亂，豎直了椅背，她正在給國家現任元首寫信。她知道，到了這個年紀，信箋更重要的意義在於：她終於獨自擁有了——再不容人曲解的丈夫！

5

夫人又一次從眠夢中醒轉的時候，她趿著拖鞋匆匆下床，心情頓時沉重起來。遠道的祝壽貴客聽說都下榻在附近酒店裡，漢卿夫婦怎麼沒有到？人們告訴了他沒有？

這瞬間夫人糊塗起來，最近經常如此，愈要弄清楚的事情愈難以確認。倒是那封重要的信始終沒有寫，她擱在心上那麼久，以致她剛才的眠夢中都喃喃念著：

「我們對不起漢卿。」

怎麼下筆？這是夫人最為躊躇的地方。儘管丈夫生前她一次又一次催促：「不是說好要起用人家？」而她在處理張學良事件上的意見，一向與丈夫格格不入，丈夫鐵青著臉要她少說話，再一抬頭，她打了個寒顫，丈夫眼裡閃著不易顯露的凶光。「難道要人家讀書思過一輩子嗎？」當時她反脣相譏。此刻她卻有更深沉的疑慮，她預感歷史論斷終將倒向不利丈夫的一邊，包括她自己在〈西安事變回憶錄〉中的文字，假以時日，也會成為後世批判丈夫的幫凶。那篇〈回憶錄〉中，自己一再為漢卿說情，如今再次思忖，她擔心爾後會給丈夫找來一連串麻煩；

「所可喜者，雙方辯論雖甚激昂，始終絕未提及金錢與權位問題。歷來叛變軍人所斤斤不能去懷之主題，此次竟未有一人置懷，由此足見彼等此舉有異於歷來之叛變。」

「余等深知此次事變確與歷來不同，事變之如此結束，在中國政治之發展史中，可謂空前所未有。」

事實上，比較自己的〈回憶錄〉與丈夫寫的〈西安半月記〉，立刻可以看出誰在那裡撒謊。〈半月記〉中處處罵張學良，〈回憶錄〉中處處為張辯護。當時就有人暗示夫人改一改，但夫人始終拗在那裡，她以為自己在對歷史負責，她可是要對得起歷史！

這正是夫人近些日子很不安的地方，她對得起誰？誰又對得起她？想想她就迷惑起來。夫人知道丈夫最在意歷史功過，她決意再寫一封信，用意是幫丈夫澄清幾件事。患難見真情，她最近是特別有所感慨——

也因為漢卿來美國的消息見報，說是要把當年的真相供大學做研究，什麼口述歷史一類的時髦玩意。夫人皺起了眉頭。夫人讀到的報紙上，眉毛彎彎的趙四挽著漢卿的手，無限溫柔地說：「跟他在一起，一切聽他的。」

夫人心裡真有說不出的滋味，其實西安事變是一個分水嶺，聽到丈夫下落不明，她記得自己多麼驚惶，表面上卻要作出鎮定的樣子，婚後第一遭，她算是有了夫妻同命的感受。她擔心那些別有圖謀的武人轟炸西安、傷了丈夫。那時候，去西安營救丈夫之前，她已經一封一封信地振筆疾書：「余復請瑞納攜一函致委員長，……余復以長函致張學良……」後來為了丈夫對漢卿做的處置，她卻不惜在〈回憶錄〉裡責怪丈夫：

「委員長之性情，每有計畫，非俟其成熟，不願告人；遇他人向其陳述意見時，或有不容異議之見，而以對其部下為尤甚。」

「彼等確有不平之情緒，而自謂其有相當的理由。一部分國人若對中央懷抱不平，中央應虛懷若谷，探索其不平之究竟，而盡力糾正之，同為國人，苟有其他途徑可尋，又何必求軍事解決也。」

回溯起來，她甚至是狠心的，她不能夠像平凡妻子在任何情況下偏袒自己的男人。這個分秒間，她放下沒寫一個字的墨水筆，記起自己怎麼樣一再漠視丈夫自尊心受到的傷害。用英文交談的場合，其實她感受到丈夫深切的不安全感，但她就是故意要去挑釁。有時候跟美國大男孩子以雙關語調調情，小試一下自己莫之能禦的吸引力。即使是開羅會議的場景，丈夫被安排在邱吉爾身邊，臉上一副尷尬的表情，她都刻意不靠過去替丈夫解圍。她瞧見丈夫一身硬挺的軍裝，雙手抓住什麼護身符一樣，緊緊握著那頂綴著青天白日國徽的軍帽，裝得彷彿他聽得懂，在場每個人又都知道他聽不懂。她自顧自嬌笑著，不時拋個媚眼，用前面鏤空的高跟鞋，踢一下羅斯福總統抖過來抖過去的那隻跛腿。

她故意裝作不知道丈夫的痛處在哪裡，或者是他們的位置，連夫妻的情感都變得複雜起來。他贊成她、她不贊成他，她是政治的、她不是政治的，但她明明沒有那麼政治！後來無數次的夢裡，她看見丈夫手腕上一道血痕，嘴脣無聲地繼續顫動，她必然用了太猛的力道，她到底使出多大的力氣？只怪那時候外面有些風風雨雨的傳言，甚至揣測老先生已經大去，那次恰好是闢謠的時機，十一屆三中全會結束，主席團代表到榮總晉見老先生。

她指揮侍衛替丈夫穿上長袍馬褂，再把病人抱到椅子上扶扶正，但是那隻肌肉萎縮的右手很容易露出破綻，一不小心就從沙發扶手上向下滑。有人七嘴八舌出主意，索性用透明膠帶將手腕固定在扶手上，大概就掉不下來了。

侍衛拿膠帶來，幾番猶豫不敢下手，倒是她急不過，自己動手紮起來，紮得很緊，深怕瘦得皮包骨的手腕還會滑動。

老先生翻翻眼皮，她看見泡在淚水中的眼眸，好像在苦苦地告饒，那必然是世界上最哀傷的一對眼睛。那瞬間，對一個久病臥床的老人，她知道是顧不得那麼多了，她也頗為詫異自己怎麼會這樣地狠心，但她某種生命的強度，總讓她在最緊要的時刻冷酷起來。那時候已經機不可失，即使最短暫的一瞥，足以使人們相信他還在那裡，「你說我是王，我為此而生」，全國人民沒有比現在更需要一張照片，一張照片就能夠支撐人民度過難關，「復活在我，生命也在我」，快要闔上眼的最後一瞥，他依舊照看人們的每一時刻，「……余日夜侍疾，禱望總統恢復健康，掌理大事，能多一年領導，國家即多一年扎實根基」，正是她那時候的心情寫照。

「如是幾近二年，不意終於捨我而去，而余本身在長期強撐堅忍，勉抑痛苦之餘，頓感身心俱乏」，晚了，完了，落幕了。萬念俱灰的心情裡，再提起歷史功過，她只想要追憶自己想要記取的部分：

「我終於得以飛到西安去到他的身邊。當叛變他的人讓我去看他時，他驚詫得以為我是一個幻影。在他稍微安定了之後，他給我看那天早晨他所讀的經句中的一節：『耶和華在地上造了一件新事，就是女子護衛男子。』」

她在護衛他嗎？她護衛過他嗎？會不會嫌晚了？還是永遠不會太晚！另一封信裡，她開始疾言厲色，她決定筆力萬鈞地寫下證言：

「一九三六年，先總統在西安被幾個與共匪祕密勾結的部下囚禁。」

丈夫是對的，她終於看出他超越同時代人的睿智：西安事變的插曲，讓丈夫平白失去剿匪的先機，否則，怎麼會有後來全盤失敗的困阨命運？她記起退守海島的丈夫一年比一年蒼老，反攻大陸的夢想一年比一年渺茫，臺灣從南到北，一處處鐵皮眷村改建成為一排一排磚房，愈來愈有長住下來的打算，眷屬們還聚在一起縫征衣嗎？夫人猛然想到早上一封信是寫給婦聯會姐妹的，她要謝謝她們一針一線合力繡的「百壽圖」。夫人的記性很好，她一個字一個字寫下組織的全名：「中華婦女反共抗俄聯合會」，抗俄，抗什麼俄？夫人當時愣了一愣，依稀記得俄國已經揚棄了共產主義。

丈夫過世後，夫人靜坐在凱歌堂的絲絨椅子上，外面風雨如晦，一遍遍，她在心裡默念聖徒保羅的下場。丈夫已經鞠躬盡瘁，人們在他死後還要繼續背棄他，一尊尊銅像從操場中央敲了下來，偷偷摸摸地徹夜運走，分明把領袖看成走投無路的流亡者：

「那位既扶病又疲憊不堪的老人，正被六名士兵押解著匆匆通過羅馬的貧民窟，走向蒂勃河，然後沿著奧斯汀路走了三英里，出了羅馬，轉向左邊，進入一個小松林中。在這個小松林中，能醫病的聖泉正潺潺流著，在那兒聖保羅被剝去衣服，遭受最後一次的鞭打，然後被綁在一棵松樹上，給砍下頭來。」

自從來到這復興基地的海島上，她記起丈夫每天睡覺前都要檢查裡裡外外的門窗，還會提醒站衛兵的崗哨，要小心防備。她聽見丈夫站在雨裡的嘆息，就在院子的那棵扁柏底下，丈夫嘆著說：

「他們要這樣判我的罪？」

就從那時候開始，夫人想起聖保羅怎麼樣孜孜不倦在寫信，給羅馬人書、給哥林多人書、給加拉太人書、給希伯來人書……世人們都充滿懷疑，這時候寫下的話，終於在後世放出耀眼的光芒。他勸勉他們、指導他們、忠告他們、教育他們、曉諭他們、鼓勵他們，不正是她鎮日在做的，她也把握時間在寫信，那裡有人生最重要的使命，以及處世不可或缺的真偽之辯。她好像宣道的使徒，世道變了，不能讓內心世界再亂了套。前一封收到壽禮的謝函中，她也對婦聯會的姐妹諄諄教誨：

「婦女做為母親，必須恢復對長大成人兒女的指導權，真理要使其不可磨滅地銘刻在青年人的頭腦之中，俾可成為他們人格中最耐久的部分，用以抵制臺灣社會的目無法紀，男女同校的越軌言行，以及一般現代化生活的誘惑。放蕩不羈若被誤以為就是自由，那真是臺灣社會最大的悲劇。」

真的是目無法紀，那怎麼會叫做自由？她聽說官邸前面的小徑放置了五顏六色的活動公廁，自己每天散步的花圃成為人們拍婚紗的地方，甚至作禮拜的凱歌堂也任由人們指指點點……正因為她不曾自私地置產，她反而失去落腳的地方。人們連她百年都等不及了，士林的正廳還有圍籬擋住，幾處賓館就更不堪聞問。夫人想像人們對她住宿的臥房也要探頭探腦，她覺得十分窘迫，好像用過的被單沒有換掉，渾身上下適時地癢了起來。另有一本本未經授權的傳記、未經批准的小說，書裡甚至模擬她的口氣、偽造她的信函、誤解她的想法，這都因為沒有了權勢。夫人愈益感覺到丈夫應該無所不在，她必須提醒國人，你們曾經多麼愛戴他，你們怎麼可以忘記呢？尤其不應該忘記讓全國陷入一片愁雲慘霧的葬禮，她再度義正辭嚴地寫著：

「千千萬萬之人身歷其境，不分你我，融協隨和，靜默無聲，神態嚴肅，循序排隊，耐心佇候，盡日漏夜，忘其累苦，只求一瞻總統遺容，致最後之敬禮。紀念館前一排民居，有自動開放門戶二十四小時予人方便，亦有自動供應茶水者。……當靈櫬奉厝慈湖，沿途民眾跪祭泣拜，如波浪之此起彼伏……喪期中市塵靜穆，極少穿花綠色衣著者，有之則受民眾路上之瞪目制裁；宵小斂跡，閭閻不警。……」

當時，她記起漢卿也站在瞻仰遺容的隊伍裡，滿臉都是哀思，「關懷之殷，情同骨肉」，那是他送的輓聯，夫人只願意記得這個上聯，下聯呢？「政見之爭，宛若寇讎」，兩個纏鬥了一輩子的老人，不是政見之爭，到頭來只剩下了意氣之爭，頑強而孤獨，誰教男人都不願意用言語表達情感。她想到丈夫每天晨起拿著一枝鋼筆手電筒，彎著腰，躡手躡腳地，輕輕轉動門把，摸黑走進盥洗室洗臉，為了不要吵到遲睡的她。她瞇著眼看見，卻又翻過身假裝睡得正香……

夫人這一刻的眼光溫柔而縹緲，信紙上泛著潤澤的水光，她寫不下去了，夫人憶起丈夫生前從榮總返回家住的幾個月，到最後，坐在官邸的陽光裡，螢光幕上是《長生殿》的劇目，一句纏綿悱惻的「愛妃啊！」她突然有個衝動，想要握住丈夫的手，「人跋涉，路崎嶇，知何日，到成都。」那時候，劇中人還有天長地久的想望。接下來，撲面而來的死亡氣息中，她才想起已經來不及告訴他，她其實需要丈夫的庇蔭，而她始終活在那樣的庇蔭裡。

夫人望著自己寫信的一雙手，隱隱然青筋浮現……誰還會那樣對待她？誰會幫她克服死亡將臨的孤寂之感？……夫人看著枯乾的一雙手又好笑起來，居然要花一百年的時間，她才終於體悟到，在這個冰冷的人世間，除了丈夫的恩寵，任何人對她的生活原來毫無裨益！

6

老夫人一百歲那天，她想到寫來寫去，她從來沒有給丈夫寫一封信

（只怕倉皇負了卿，負了卿）

她要告訴他，她比當年更需要他，幫助她克服恐懼，克服寒冷

（訣竅只是繼續呼氣、吸氣：The Trick is to Keep Breathing）

在另一個世界裡，我們相聚的日子就要來了

（其中所矜誇的，不過是勞苦愁煩，轉眼成空，我們便如飛而去）

夫人攤開信紙，介石夫君，生前沒有這樣稱呼過他，此刻聽起來格外婉轉

（什麼時候起？我會跟死人寫信了）

介石夫君，相聚的時日就在眼前

（我們度盡的年歲，好像一聲嘆息）

像我這樣的老人，這次的熱鬧過完了，下一次受重視的時候是死亡的來臨

（應付老年的方法，就是築起一面面的牆，把自己關在寂靜裡面）

但是好不好笑，時光好像又走回頭了，人家告訴她，林肯中心還有盛大的生日慶祝會

（這件事到後來，要怎麼結束呢？）

介石夫君你還記得麼？那天螢光幕上是《長生殿》，女伶頭髮綰成高高的圓

髻，水袖舞得像招魂的鬼魅，悠長清亮的唱腔道：

百年離別在須臾

一代紅顏為君盡

（不，恰恰是相反了，老夫人危顫顫笑著：哪有什麼離別？——她的百歲誕辰，正是歡慶與相聚的時日）

〈百齡箋〉小說中的人物相繼謝世而歷史翻了幾翻之後，我相信，史實與虛構之間，這趣味終將超越時空而長存。〈百齡箋〉發表後不久，以《百齡箋》（聯合文學，一九九八年）為書名出了一本短篇小說集，在自序裡我寫著：

「為什麼說故事可以換來這麼多趣味？其中充滿了隨時可以帶你走上一條岔路的歧義。

記憶不可靠？愛情更引人疑竇？記憶裡的愛情原本充滿了各式各樣的破綻……

——我愛他嗎？愛過他嗎？讓我在想像中決定要不要繼續愛他。

——哪有一定的結局？哪個又是定於一尊的解釋？一條條蘊含著可能的岔道，終於換來了最大的自由……」

在〈百齡箋〉小說裡，對小說的女主人翁，這位第一夫人，我自認描寫得淋漓盡致，而小說的趣味，亦在於它超脫各種框架（也超脫道德判斷），虛實之間，它隨意遊走，提供文字才能夠徹底「解放」的自由。

第二輯

血色鄉關

他想回家，眼巴巴想著躺椅上自己那身條紋睡褲。老花眼鏡沒帶來，還有泡假牙的漱口杯。沒有杯子，假牙怎麼脫得下來？在這裡，什麼東西都找不到，媽拉個巴子。

對他的優遇吧，送進來了一份報紙，有關自己的消息錯誤百出。那天到底發生了什麼？圓珠筆在他手底下打顫，一群人圍著他做筆錄。在風裡飄、在水上漂。風颳著小船往漩渦裡轉。她可以飄搖、他不能夠飄搖，「思想堅定、忠貞不移」，愈到緊要關頭愈顯出沉著冷靜。他不能死，他抵死不從。鼻孔灌辣椒水也不能夠招供，這是主任教給他們的基本守則。

斜靠在床上，他想著老七最後的光景，眼白灰糊糊地不願意閉上，媽拉個巴子不捨得走？轉進看守所大門前，有一家「四海飲食店」，家鄉熱炒的招牌掛的特大。住家附近也有「四海豆漿」。他提著罐子出去買。老七三兩下就喝個精光，恨不得舔乾淨碗底。老七啪嗒著嘴巴抬起頭來，就是那副貪戀的眼色。

那時候，車子在看守所路口停紅綠燈。他從加裝柵欄的車窗往外望，他看著那個招牌。最後一眼，這輩子再沒有出去的機會。

「最後」？忌諱這兩個字！上次谷老娶媳婦，「永福樓」擺酒請客，老同學剩下的不多，一張圓桌都坐不滿。幾個老人歪歪斜斜走出去。自己扶著樓梯把手，杜公回頭看他一眼，忍著酒嗝說：「我們殿後。」杜公臉上的酒意，一片黑一片紫，不祥的顏色。瞪著杜公油亮的後腦勺，他突然輕鬆起來，打哈哈道：「最後了。最後一次。」拖到這般光景，快刀斬亂麻，有個了斷是件好事。

老同學們都知道這個忌諱的來歷。戴先生飛機失事那次，王蒲臣去機場送行。戴先生從來不喜歡這種客套，臨上飛機，據說戴先生緊緊握住王蒲臣的手說：「最後一次送行，下不為例。」偏偏王蒲臣也連聲答應：「好，聽你的，最後了，這是最後一次。」

消息傳來，軍機撞上岱山。戴先生壯志未酬。少了主任的提拔，他三十出頭就等於掛了，掛了一半。往上爬的梯子懸在半空，他的前程停擺在那年秋天。接下去，混日子而已，倒也這樣混了幾十年。

✦ ✦ ✦

指著桌上的方盒子電腦，主治大夫抬起頭來看他：「打個比方，你內人的腦袋壞了，硬體不能修復，備份的磁碟一起毀掉。」霎時間糊塗了，他弄不懂大夫為什麼提起電腦，為什麼拍拍他擱在桌子上的胳臂，然後突然把聲音放低。大夫正小聲跟他說話，口氣吞吐起來，好像跟他打商量：「以你現在的狀況，該考慮其他的選擇。」

電腦的硬體壞了，不是看門診可以解決的，這什麼意思？他寧可是上次的年輕醫生，口袋掛著太陽眼鏡的那位。沒耐性，不講話，至少不會胡亂建議什麼。主治大夫低下頭來處方，他緊張地捏著老七的手指。他愈來愈弄不懂老七，到這種關鍵時刻，醫生講什麼，老七還是順從地點頭。

他記得，中情局的臺北站站長克萊恩得的也是這個病。一九九六年死在美國，華府近郊的阿靈頓，報上寫了一大篇。克萊恩倒在自己家裡，對情報頭子算是善終。不像我們戴先生，弄得屍骨不全。那天早上他拿著報紙，唏噓好一陣。

前一刻，老七蹲在鞋櫃前面，撿出一隻鞋，半天再套上另一隻，出門買菜前的準備動作。不知道什麼時候開始，老七動作變得很緩慢。好處是不會跌跤，每次老七讓她等，等得心焦，他就這樣寬慰自己。

老七踏出家門，他已經覺得不安。搬到眷村外的新環境裡，鄰居的底細沒弄清楚，他尤其不放心。臨訓班學過的一套用來跟蹤老七綽綽有餘。電線桿後面是很好的掩護位置：他跟了一段，老七毫無所覺。老七挽著菜籃子，看起來腳步那麼沉重，她養成在外面遊蕩的習慣？只是不想回家？或者累壞了？現在想想，那時候正是老七發病的初階。老七站在巷子口左顧右盼，想不起門牌號碼、忘記了回家的路。

挽籃子的手撐著黑傘，另一隻手堵著嘴。確定沒有人看見，老七把最後一口塞進口裡，再用手背抹了抹嘴。

「今天菜場人擠人，衲鞋底的老鄉沒來，你那雙黑布鞋還能將就……」回到家，老七一五一十向他報告。剩下的菜錢買了半張蔥油餅，這是老七唯一沒跟自己說的事。

職業的訓練吧，他總要求老七坦承一切，說得愈詳細愈好。多年來他在偵伺老七，有沒有跟什麼人暗通聲氣。老七跟送信的郵差打個照面，他站在窗簾後面靜靜盯著。

多年養成的習慣，每次到家門前，口袋裡掏出鑰匙，他都會把耳朵靠近門板，先聽門裡的動靜。

「克萊恩，你記得？死了，得的那種痴呆症。」接過老七的菜籃子，他跟老七說。老七搖頭，眼睛裡一片空茫。

想想看，那時候病已經顯出徵兆。要不，老七不可能忘記這個克萊恩。他跟她講過多少遍。一九四九年以來對臺灣安全最具影響力的美國特務。

「戴著近視鏡，醜不拉嘰的一個大塊頭。」他告訴老七真人不露相，職務掛在美國海軍後勤通訊中心，克萊恩其實就是中情局臺北站站長。「哪像銀幕上的情報員？開著跑車上天下地，名酒美女中打混。」他趁機教育老七，婦道人家不要上電影的當。在臺北四年，克萊恩跟小蔣關係特好，那陣子中美合作無間。他的部門原本是個冷衙門，一時也空降進來幾名老美顧問。

外國幹情報講究專業。克萊恩硬是有兩下子。西方政界認為北京與莫斯科不可能分道，克萊恩早就預測出形勢使然，兩個共產國家一定窩裡反。他跟老七說：「事後證明克萊恩是對的，跟我們戴先生一樣，知道哪裡截獲的情報才最準確。」

無論怎麼英明，到頭來，克萊恩得的也是這個退化的毛病。

✦ ✦ ✦

那時候上樓搭電梯，法警陪在他旁邊。電梯緩緩向上升，他在不該疏忽的時候走了神，自己在大樓的哪一層？

他試過，窗戶不能夠外推，看不見外面的天光。

他們說這間牢房是戒護監，特殊待遇。早些時候所長來打招呼，還有位醫官探頭探腦。怕他年紀大的人想不開，一了百了。

睡在床上，發下來的棉布汗衫讓他渾身不自在。以前老七常笑他，你老狗學不了新把戲。他出門穿中山裝。無論多熱的天氣，領口一向不敞開。

前些年退役下來，他一身中山裝到保全公司面試。正式上任前，他在大樓裡挨家挨戶拜會：「新來的保全業務督導，多多指教。」指著別在口袋上的名銜，他以為那個現職與他過去的專長多少有關連。

後來他才弄清楚：保全公司派駐到大樓裡，其實就是大樓管理員。樓梯間擺張桌子，掛號信蓋章的業務處理過後，偶爾瞥一下身邊幾臺閉路電視。等到黃昏，再幫清掃工老黃收集垃圾。

沒多久，他把整棟大樓的複雜關係弄清楚了。他眼睛尖，瞄到有個老小子鬼鬼祟祟，他覺得面熟，後來想起來老小子做過立委。大樓內外都是現成的監測器。媽拉個巴子，老小子在電梯裡脫下墨鏡，對著鏡子拔鼻毛，要不就翻開眼皮，找倒插進去的眼睫毛，電梯門快開了，老小子振作起來，整整皮帶拉拉褲襠，動作很不雅。盯著閉路電視，他算清楚每個星期兩晚，老小子留在頂樓小套房裡過夜。他把這人進去的時間與出來的時間記錄下來，哪天發生了命案可以一一舉證，他這個保全督導可不是玩假的。

桌子放樓梯口，沒事的時候就練毛筆字。他把保溫杯移到旁邊櫃子上，捲高袖子從研墨開始。玻璃板底下壓著悼念戴先生的輓聯，其實只有原文的一半：「平生讀聖賢書，此外不求成就。亂世行春秋事，將來自有是非。」

一回，老黃指著暗綠色的玻璃板問他：「春秋大夢啊，什麼……春秋事？」

老黃廣東人，國語都講不標準，怎麼懂這種高級的字謎遊戲？「萬事倏忽如疾風，莫以君車輕戴笠」，主任改名戴笠，號就叫雨農，取得巧妙！另一個出處是〈風土記〉：「卿雖乘車我戴笠，日後相逢下車揖。……我步行，君乘馬，他日相逢君當下。」真有學問！休假在家的日子，他隨時不忘考考老七，我們主任最有學問的地方在哪裡。

他起個頭，提醒老七，「早在抗戰期間，戴先生就已經說出……我們真正的敵人是……」提了好幾次，老七總算可以接下去：「敵人不是日本人，而是共產黨。今天不去限制共產黨的發展，日後我輩將死無葬身之地。」

他再次糾正老七，我們主任說的是「頑敵」，不是「敵人」。沒上過主任的課，但我教過你多少回啦，主任高瞻遠矚，國共哥倆好的光景，主任已經看出：「頑敵不是日本人，而是共產黨。」

✦　✦　✦

日常的事情記不住，這三兩年，老七漸漸沒辦法照顧她自己。

電梯裡鄰居說給他聽，你那個某，坐在公寓底層的臺階上，從早到晚對過路的人傻笑。

雜貨店的老闆扠著腰追到家裡：「騙肖，那麼大一包，怎麼會看不見？」原來老七沒付錢就走出店門。有一次，警察要他去分局領人。老七在超市闖了禍，把煉乳罐頭從架子上搬下來，一個個堆在地下。

他限制老七出門的次數，每天最多一次。他在電話裡低聲哄老七，明天吧，明天再出去。今天你已經出去過了。

輪到休假的日子，整個星期的吃食都替老七準備好。從擀餃子皮開始，他包各種餡的餃子。有葷有素，一包包凍起來。每個塑膠袋裝十只，老七放在電鍋裡蒸了吃。

包完餃子，撢乾淨桌上的麵粉，他會做手工逗老七開心。餃子放進凍箱裡，他拿墊底的報紙摺小船。摺好了再翻開一邊，船上還可以曬衣裳。看著他的手工作業，老七突然開口唱小調：「一繡一隻船，棲息在河邊，」……。這首〈繡荷包〉有來歷，那時候大陸撤守還不久，以為快回去了，聽這樣的調子他會淌眼淚。那時候不知道，此後就是離鄉背井的一輩子。緊靠著那張八仙桌，他眨巴眼睛，怕自己的眼淚流下來。

他緊緊抓住老七的手，覺得舊日時光回來了：他躺在涼蓆上，老七剛洗完澡，坐在鏡子前面，一面哼那個悠遠的調子，一面往身上撲香噴噴的痱子粉。讓他怎麼不想掉眼淚？到這個地步，老七原來還沒有完全忘記。

時間往後推移，後來才輪到鄧麗君。小姑娘的嗓子也不錯，幾首曲子老七一再地聽。那時候他只要踏進家門，唱盤上就是：「在夢裡，在夢裡見過你……」，後來聽壞了，跳針的唱片老七還當寶貝收藏著。

哼哼唧唧地「見過你」，老七在想些什麼？已經嫁了他，老七還想遇見哪個男人？唱片在客廳轉，當年他心裡一股沒來由的醋意。正好像有時候他也會懷疑，說不定老七跟別的男人在一起，就變成了另一個女人，在床上採取主動，不會悶聲不吭，也不會像塊死豬肉只是任他擺弄。

✦ ✦ ✦

愈到後來，老七愈需要人陪。他只好辭掉保全的工作。

辭職後他盡量少出門。上次是雜誌社的記者約他。記者甜甜的嗓音，一口一個「老伯」。不知怎麼探聽出來他家的電話號碼，說是寫專題，配合美國正在鬧李文和案，向他打聽當年中美合作的事。他可不是省油的燈，不會在電話裡透露不該說的。半天不得要領，那個女記者隔著話筒向他撒嬌：「喝杯咖啡，幫人家掰一掰嘛，老伯。」

他勉為其難，約會的時間還沒到，已經坐進老字號的南美咖啡。

「您老來早了，我並沒有遲到喲。」見到面，小姑娘繼續嬌嗔。「老伯，你找的這家店很LKK。」

「現在，年輕人都去哪？」他問道。

「我們去Starbucks，或者西雅圖。」

挑剔，他哼一聲。

「老伯，間諜都在做什麼？」

單刀直入，太性急了。他皺皺眉頭，自顧自點招牌咖啡。

「內幕啦祕辛啦，您說我記，什麼都好。」記者看錶，下面的約會大概很緊迫。

「我們這行光明正大，沒有八卦、也沒有見不得人的內幕。」中氣十足，他一個字一個字慢慢說。

「所以您從事的是絕種的行業？用這個做標題也很好。老伯，您多透露一點，給我們做獨家報導。」

他憋著不說話。

「平常訪不到人就去書店找書，抄一抄交稿。這次沒辦法，老伯幫幫忙，書店裡都是翻譯的。」

他聽到自己爽朗的笑聲，想得那麼美？隨隨便便讓你這小妮子做業績。

結帳的時候，記者仍然不放棄：「老伯，我們的間諜跑到哪去了？」

他用力按著桌子，這些年悶得夠久了，難道要他說真話？他想要大聲說的是：「戴先生一走，就再沒有間諜這個行當。」

站起身，他淡淡地說一聲：「我這年紀，活著，也等於死了。」最慘的就是戴先生嫡系，處處受排擠，有人被扣上匪諜的帽子，不明不白槍斃掉，像他，媽拉個巴子，蹲這麼多年的冷板凳。他心裡冷笑，這些恩怨，難道跟你們年輕人去說？

✦ ✦ ✦

他們行業裡總相信戴先生不走，大陸不會變色，要丟，不會丟的那麼快。戴先生的門生尤其認這個死扣，像他，這麼多年都寧可相信戴先生是殉國，絕不是天候的問題，百密一疏，那架撞山的飛機讓老共放了炸彈。

當年在大陸，有間戴公祠堂。他們老同學受了委屈，常去那裡集體哭靈。戴先生不在，全亂了套，整頓又整頓的結果，他搞不清楚到底誰繼承戴先生的遺志，組織裡到底誰在騙誰。

全亂了套！倒楣的尤其是棋盤上的小角色。像後來那個姓林的，民國四十年左右，他們同一個處裡辦公。他在裡面知道得最清楚。當初他就覺得像兒戲，沒弄明白線民的底細，眼睜睜讓人去送死。多虧姓林的命大，蹲了二十幾年監牢還活著，靠兒子搞黨外的名氣，居然回來臺灣。後來在老長官的葬禮上碰頭，他打個招呼走過去了，無來由的心虛，他自然明白當年誰在誤事。

聯絡的人根本不可靠，說什麼到江西去架設電臺，最基本的研判都沒做，等於把姓林的推進火坑，剛到廣州就被抓個正著。「國特」明明關在共產黨的牢獄裡，這邊消息又不靈通，發給林家一張「旌忠狀」，每年通知家人去忠烈祠秋祭國殤。

等到人從大陸回來了，他在部裡聽說，向上級要求補發薪資，一分錢不給，理由是在敵後「替共產黨從事生產」。

媽拉個巴子，簡直是一場鬧劇！

他坐在板凳上餵老七稀飯，一調羹一調羹往老七嘴裡送，餵進去又流出來。一邊拿手巾幫老七擦嘴巴，他咕咕噥噥說：「我對得起你，退役前每月關餉，現在領終身俸。好歹在你身旁守著。」

騙局裡有人比較機伶：所謂敵後特派員，其實是到香港天星碼頭露個臉，買份《人民日報》讀一讀，就算得到第一手匪情，編出英勇事蹟回來交差。

有人派到澳門長期蹲點，日子也是好混的。終年賭場晃蕩，什麼生意都插一腳，寫回來的報告可是厚厚一疊：交手的地點正在龍蛇雜處的橋頭堡，葡京酒店裡一面與共匪鬥智、一面與洋人周旋。

這些年到底誰在騙誰？

謊言，謊言，「同志請在A山區等候接應。」謊言，謊言，清脆的女聲，收音機裡徹夜在喊話：「654號同志，聽到廣播請回話。」「412號同志，請在下月三日定點聯絡。」謊言，謊言，哪有什麼發報機？他們的聯絡站早被破壞殆盡。幽靈人口在播音室出生入死，告捷的消息是說給島內民眾聽的。靠謊言鼓舞人心士氣，哪邊的山區又升起迎風招展的小國旗？

「上次你說什麼來的？空飄氣球？」

每回他起一個頭，老七就幫著講下去。故意做球給他接，他喜歡老七佯做不懂地請教他。

老七仰起臉，傻呼呼地問：「廣東派的頭，叫什麼來著？」

噓、噓，他做了一個噤聲的手勢：「頭什麼你？你昏了頭？都是我的老長官來的。」

你們息烽有個武術教練，韓國人，姓金的。

他糾正她，人家後來可是當了大韓民國第一任總理。這個「後來」，今天看看，也是四五十年前的事。

鐵的意志、鐵的紀律、鐵的體魄，那是當年特工學校柱子上的三句口號。

✦ ✦ ✦

「我們主任在，那還得了。」他想起當年：「毛婆子江青，那時候化名藍萍，都是我們主任手下的一個細胞，」他放下手裡的麻將牌，「二萬是安張。」環顧牌桌上的其他人，接下去說：「藍萍在延安臥底，老毛枕頭旁邊潛伏著，情報工作到這種層次，多神啊。」

他拉住添茶水的老七，我跟你說，我們主任對工作的詮釋很簡單：「領袖的耳目、國家的靈魂。」他指指左手邊的牌搭子，局裡老人了。主任尤其喜歡放長線，潛伏下去愈長久愈好，蹲的時間愈久，愈能夠取得敵人的信任。

老七你聽著，不像今天這些短視的傢伙，我們主任耐性特好。他一邊搓牌一邊歪著頸子告訴老七，有些線民每個月領錢並不給「軍統」做事，主任的名言是：「等，值得等。」

像他也繼續在等。養兵千日，用在一時，他這把年紀還不忘勤練臂力。地上擱著一對輕巧的啞鈴，還有兩枚亮光光的大理石圓球，可不能讓關節生鏽，老驥伏櫪，志在千里，有空就把暗器放在手掌裡轉一轉。

他在老七面前，永遠叫戴先生「主任」，戴先生與自己關係不同。

戴先生走了，「主任」的門徒好像失怙的孤兒。落難在這海島上，境遇一個比一個慘。

✦ ✦ ✦

牢房裡這張床太硬，躺下來腰疼。他想念家裡的軟褥子，還有身旁老七的鼾聲。扶老七睡下，幫老七把被角壓壓好。他再踱到廚房喝杯水，練兩趟啞鈴。確定每盞燈都關上，大門也上了鎖。這才進到臥房，挨靠在老七身旁。

他平躺下來，耳邊是老七規律的鼻息。好像開鍋的壺嘴，七啊七啊響著噴氣。老七她媽一共生了九個小孩。老七排行第七，娘家叫慣「老七」這個小名。後來嫁過來，早些年他半開玩笑地叫，「老七」與「老妻」諧音，他笑她是「老」妻，心裡想把她叫老了才好。叫著叫著兩人倒真老了。

這些年守著老七過日子，他早養成住家男人的毛病：打牌無論打到多麼晚，一定要回家睡覺，躺在老七旁邊才睡得安穩。被窩裡靠著暖烘烘的背脊，聽老七的鼾聲在黑暗中起伏，故鄉回不去了，這個女人厚實的背脊就是他的家。

他睡在暗影中又忍不住起疑，老七的順從是出自心底？或者只是女人的另一種放棄？這些年老七的胸脯塌下去，變得沒有腰身，小腿連著大腿，腳踝又連上小腿，該胖的地方不胖，該瘦的地方不瘦。床上該她表現的時候，老七偏偏一動也不動。他聽著老七的鼾聲，回到那個找不到答案的老問題：如果碰到的是另一個男人，老七會不會就變成另一個女人？

自從結婚以後，他自己可是對得起老七，沒什麼地方惹人閒話。

伸過手去，他幫她捏揉，腳底是湧泉穴？在睡夢裡，老七舒服地哼哼。一眨眼工夫，老七的腳板變成了牌桌底下鳳珠那雙，正中央有一塊圓形的繭，他知道地方，熟門熟路。鳳珠的腳勾過來，壓在他的腳底下，他會幫鳳珠按摩腳心。

言語上一來二去，他只是吃吃豆腐，偶爾手腳輕薄幾下子。幹情報的人，知道色字頭上一把刀的嚴重性。做牌搭子可以，真的有點什麼，他擔心鳳珠口風不緊。

當年戴先生擅長美人計，讓敵人不知不覺掉下去。戴先生上思想課的時候也耳提面命：共產黨那邊的男女關係不像我們這邊簡單，他們明裡做夫妻，暗裡是彼此掩護的方式。

真的假的將計就計，他自己就用過女色做逮人的餌。有一回，計畫綁架的那個人有點名望，巧的是正在鬧緋聞。他想好了策略，先由一位女幹員出面，裝成綁架對象的太太，跳下車就又哭又鬧：「三天沒回家，你死到哪裡去了？」一名男幹員從旁閃出來，說道：「又吵？嫂子，回家裡吵好不好，別在路上惹人笑話。」連推帶拉已經把人推上汽車。

情報工作確實忌女色，沾上了準敗事。後來有一種說法，當時天候很壞，塔臺不讓飛機起飛，戴先生下命令一定要飛，非走不可。說法是那一陣子戴先生中了邪，趕死趕活趕回去，趕著見大明星胡蝶一面。

牌桌墊著暗綠色的軍毯，消音用的。多久以前的事？那時候他挪挪凳子上的屁股，痔瘡在充血，大腿根燥熱起來了。或者他該走出去抽口菸，呼吸外面的冷空氣。他提醒自己，這可不比當年，村子裡耳目眾多，弄得手腳不乾淨，啥沒吃到先沾一身腥。他是知道分寸的人。

碰碰鳳珠搓麻將的手，他畢竟有點捨不得。鳳珠跟老七不一樣，鳳珠的味道會追著他跑，鳳珠在牌桌上抬起臂膀，一股衝鼻的狐臊，讓他想到春情蕩漾的母獸。

鳳珠的體味像電擊，起死回生，可以啟動他心裡早已死去的什麼。他蟄伏得太久，需要這種強度的刺激。

癢歸心裡癢，打打算盤卻又不敢了。正巧克萊恩成立在臺情報小組，聽說老美幫忙培訓特工，那時候，情報系統勵精圖治，我們空軍駕著U－2也神氣過一陣。他親眼看過傳回來的照片，高空偵察拍到不少兵工廠。滇緬游擊隊跟著鹹魚翻身，一夥孤軍有了擴充編制的打算。後來臺灣戰略位置在老美眼中發生微妙的變化。等到克萊恩調回國去，又被降調德國波昂。老美顧問團也全數撤離開臺灣。

除了碧潭的空軍公墓多出幾排衣冠塚，一切煙消雲散。反攻大陸既然遙遙無期，據說李彌的孤軍沿著邊界種起鴉片，這裡的匪情單位恢復喝茶看報。每天簽幾份例行公事，跟著承辦參謀「如擬」一番，他沒有任何事可做。

摸牌的空檔，他的腳掌又爬上鳳珠的腳背。他看一眼鳳珠，臉色泛紅呢，大概等著自摸。他用腳趾頭輕輕地搔撓：「是這張？」他拆了自己的牌送過去。鳳珠一個白眼：「不要。」接著又話裡有話：「等得天都黑了，早先在做啥？」

往後那幾年，果然有些風言風語。男人是鎮公所職員，辦戶口謄本勾搭上，就在鳳珠家床鋪上搞起來了。鳳珠叫得鬼哭神號，聲音傳到牆外去。

後來眷村改建。搬到外面的公寓，沒聽說過鳳珠的消息。

✦ ✦ ✦

「愈在不擇手段的行業，愈要堅守志節，你聽著，這是主任說的話。」他告訴老七，人可以記性不好，但必須要秉持最基本的一些什麼。「原則性」，他沉吟地說，時窮節乃見，一一垂丹青，這是人們最佩服我們主任的地方。

那時候，在訓練班裡，除了聽主任親自訓話，實用的課程也很叫座：包括手槍的使用與佩戴，打開手銬的方法……這種課程沒有講義，全靠教官玩雜技一樣玩給學生看。他記得其中拘捕術講得最仔細，分成指捕、緝捕、手捕、圍捕、追捕、密捕……講得那麼仔細，八成因為在這上面栽過觔斗。有時候主客易位，我方人員反倒掉進共產黨的陷阱裡。

問口供需要技術。輪到他主持刑訊，就真的弄砸過一次。

起先他坐在那裡看，看著那個被捕的共產黨員怎麼被吊上去。麻繩拴著大拇指，往上拉，放下來，還是不招。他喊一聲「扯」，再吊上去。從早晨審到晚上，他沉不住氣了，過去潑一盆冷水。「你招不招？」

慢慢地抬起頭，眼眶裡滿是血絲。媽拉個巴子，那個雜碎居然瞪他一眼。分明是挑釁！他按捺不住。衝上去一陣拳腳。他揮拳，他用力踢。「有種，看你還真帶種。」他火上心頭，每一拳都是狠招：「不想活了，媽拉個巴子。」他抓起槍托，朝那個人的頭顱敲下去。

後來，他望著那人額頭上的血窟窿發愣，一瞬間失去了理智。沒問出一個字，他把審訊對象活活打死了。

那時候是第一次，他意識到自己有忍不住的什麼。日後他養成練啞鈴的習慣，其實是要讓肌肉聽自己控制。

臨訓班的另一項課程：「中共組織與綱領」也不發講義，由投誠分子來現身說法，講授共產黨那一套。擔心這些青年的思想上受影響吧，教了一陣又趕緊消毒。後來輪到他講給老七聽，民生主義是不是共產主義？到底是還不是？他只能夠迷迷糊糊混過去。

聽多了理論，老七央求他講點好聽的。都是從別人那裡輾轉聽來，不知道先前已經傳過幾手。說到逮捕川島芳子那一段，老七很給面子，總會咂咂嘴巴驚嘆：「皺紋滿臉，逮到的是個老太婆？」對，他接下去，我們的肅奸小組衝進去，床上是，哎喲，他故意賣關子，大概嗎啡中毒，他搖搖頭，伸出的手雞爪子一樣，大美人欸，瘦乾乾只剩一層皮包骨頭。

說到「制裁」，狙擊楊杏佛那次是成功的範例，手法乾淨俐落，不留一個活口。他興沖沖地正要往下講。老七打斷他：「你上次說過，當時那個姓楊的跟宋慶齡，是不是有點什麼？」他心裡犯嘀咕，嗨，你們女人就是愛聽這種事。

老七記性特別好，告訴老七的事情，好像資料入庫，不用擔心出錯。許多事他跟老七說一遍，怕的是日後自己搞糊塗了，兩腳一伸全部死無對證。多少年對答如流的日子，夫妻變得很有默契。他只要偏偏頭問道：「我考你，這個川島芳子什麼來歷？」老七立刻回答：「她啊，原名金碧輝，光緒三十三年生，黑龍會的間諜。東條英機與金少山都拜倒石榴裙下。」

「你忘了說，一個女的，幾個男的，怎麼應付？」老七問。

他不高興地哼了一聲，真是的，人家好幾個男人，關你老七什麼事？

✦ ✦ ✦

講的次數多了，有些話分不出真假。到後來，他自己也弄不清哪些是實情，哪些為了故事好聽編出來的。

幸虧老七倒還記得：記得他曾經一腔熱血，救國救民做無名英雄。那時候，主任活著，國家有希望，做人講究是非。不必瞻前顧後，擔心有人從背後捅你一刀。

後來他看報紙，送去槍斃的名單上有他在臨訓班的同學。他拿報紙的手抖顫起來，當年跟他睡同一間茅草屋，什麼時候竟然成了匪諜？他用肚臍想也知道不可能。老同學大概多發了幾句牢騷，要不就礙到了誰、擋了誰的路，在他們組織裡，自己人對付自己人，總比對付外人下手更重。

他學會只跟老七說真話。雖然他跟老七說的話，並不一定都是真話。

老七跟外界沒多少來往，他不必提防老七向外洩密。每次告訴老七什麼，他仍然做些防範措施，先逼迫老七舉起手發誓，我們這行的誓約，寧死不屈，寧可吞毒藥也不會出賣同志。他還不忘嚇唬老七，行有行規，制裁叛徒的時候，即使親如夫妻，並不會法外施恩。

他看到報紙上的介紹，英國間諜菲爾比的太太出新書，叫做：《我所愛的大間諜》，居然成了排行榜上的暢銷書。他覺得真夠諷刺，管他菲爾比什麼路數，是不是本世紀最偉大的情報員，螳螂捕蟬，黃雀在後，結果栽在自己老婆手裡。

幸虧老七是安分的人，不然在家裡也如臨大敵，隨時處於警戒狀態，他想著就覺得累。他只要一腳跨出家門，當年的訓練變成直覺一部分：好像狗的本能，嗅到陌生的味道，就會豎起耳朵四處轉動。在外面，他有一套自動導航系統，隨時為他規避危險。譬如進到一家咖啡館，他立刻設想退路在哪裡，選的座位永遠不會背對著入口，挑好一個掌握全局的角落，他才安心入座。

他撿起地下的啞鈴，彎著手肘往前舉，胳臂上可以看見微微隆起的二頭肌。他一面抓舉一面想：危險的環境裡，什麼人也不能夠信賴，他只剩下這套自動導航系統。

他扶老七往廚房走，這裡三步，乖乖，向右轉。他耐心教她。空間比他現在住的牢房還小，摸著牆，老七找不到廚房的門在哪裡。

家變得像一個迷宮。廁所也在改變位置。指指地下的水漬，老七又尿溼了褲子。

撿起地上的小物件，老七隨手放進口裡。他喘吁吁追上去，手指伸進喉嚨，咳嗽，乖乖，用力咳嗽，他壓住老七的舌頭，吐出來一枚十塊錢硬幣。

拿著報紙，老七倒轉方向看了半天：「做什麼的？」對老七，每件事都變得深奧難解。

✦　✦　✦

他推開門。老七抱著從來不准她碰的餅乾盒。他三步兩步趕過去。「乾了，」老七看著手裡的空瓶子，很不情願地說。

那曾經是他的寶貝：一瓶顯影液，一本手抄的密碼本，還有幾件臨時易容用的道具，許多年沒動，放在餅乾盒裡。

老七把半截鬍子貼在嘴上，豬鬃做的鬍子長了霉，散落成一塊一塊。

不准，乖乖，不要動，趕快關起來那個盒子。他告訴自己要狠狠教訓她一次。衝著老七憨笑的臉，他舉高的手臂又直直放下。「不想活了？媽拉個巴子！」他無聲地對著老七吼。只有這個時候，他幻想自己像〇〇七一樣，取出擱在抽屜裡的手槍，裝上滅音器，乾淨俐落，朝她腦袋轟地一聲。

✦ ✦ ✦

她把記憶藏到哪裡去了？乖乖，放進嘴裡，喝一口水。乖乖，治病的藥丸，吞下去沒有？很好，就是這樣。

老七把皮包收起來，忘記究竟放到哪裡。「誰偷走了我的錢？」每個抽屜打開來找，老七在嘴裡碎碎地念。

他陪著她看舊照相簿，翻到當年穿婚紗的那張，老七傻傻笑著：「這是哪個？」

看到主任遺像，飛機撞山那年，雄姿英發的戎裝照。老七用手指頭點點自己，再點點旁邊的他：「我們的兒子。」

他苦笑，一面又覺得心裡很安慰。到了這種時刻，老七還認得他，弄得清楚與他的關係。

乖乖，過馬路要看交通號誌，他叮嚀著。好幾次老七跑出家門，直直衝到巷子口，是他在千鈞一髮的時候拉住老七。

為了追捕老七，煮水的壺底燒了個洞，白牆上燻出幾塊黑印子。

站在浴缸前，老七忘了該怎麼解開扣子。他幫她脫衣服，褪下一隻袖子，她自顧自走開了。

好不容易抓到她，渾身滑溜的肥皂沫，老七又從浴盆裡跳出來，捶著窗子高喊救命。

她愈走愈快，他拎著她的內褲在後面追趕。她跑到陽臺上大嚷：「你是誰？你躲在我家做什麼？」

事過之後，他搖晃老七的腦袋。「海馬丘」，腦袋中的哪裡？hippocampus，他曾經查過英漢字典，一個河馬加一個校園，hippo 加上 campus。還有更難拼的字，阿茲海默症。當時他在書店裡翻開《醫藥大全》：阿茲海默的定義是某種老年疾病，腦袋裡柔軟的地方成了灰灰的硬塊。血管密布的神經鞘逐年硬化？變作不再傳訊的化石？榮總的醫生不是也跟他說過，家屬要預期最壞的情況：病患的脾氣變得暴烈，也可能變得遲滯，總之變成了另一個人。醫生的比喻是電話公司在分區斷訊，然後就礙難恢復，永遠無法接通。他當時聽著心裡有氣，嘴上才幾根毛你就當醫生，沒有逃過難、沒有打過仗，媽拉個巴子信口胡扯——你知道什麼叫做「永遠」？

他幫老七掛上識別用的手環。像信鴿的銅腳圈，原子筆寫著地址與電話，第二行，列出老七過敏的藥物。他戴上老花眼鏡，剪出長長一條，塞進手環，仔細地用塑膠套封住。

「出去玩，乖乖。別忘了回家，」他輕聲叮囑，好像哄孩子。抬起老七的胳臂，他指給她看新戴上的手環：「送到醫院的話，這個，救命用的。」

桌面上覆著一層碎紙片，破碎的字、破碎的記憶。他告訴自己，報銷的一團廢鐵，他的過去回不來了。

✦　✦　✦

老七睡覺的時間愈來愈長。偶爾他打開電視，讓外面的世界繼續運轉。黨部前聚集一群人，彷彿裡面有熟面孔。不是已經選完了總統？早些年他會知道這裡發生什麼事，包括什麼人已經混進去臥底。情治單位一定在群眾中間做記錄，關鍵時刻起些主導作用，「危機就是轉機，要掌握先機——主任當年怎麼教的？」老七精神狀態還可以的時候，他一定不忘機會教育。

被他罵過幾次，老七後來學機伶了，總會很快地搭腔：「記下名字，記下臉部的特徵，」再換他接下去說：「我們的專業講求亂中有序，隨時在心裡速記：這個人眼角有淡淡的痲子，那個人嘴脣薄的像刀鋒，有空在筆記本上勾出特徵，將來局裡指認。」他教她要臨危不亂，一切照著主任的教誨行事。

前些年鬧得凶，學運攻占了中正紀念堂，中南部的農民也上來示威。他趴在電視機前看他們的臉，嚷嚷老七過來一起看。他教老七辨識警備總部與調查局的人員，分出哪一支指揮系統在蒐集情報。

當年事情多簡單：情報與反情報，戴先生事權統一，各路人馬統籌指揮，調度權一把抓在手裡。

可嘆的是近些年的趨勢，人們忘了這個傳承，幾乎遺忘了戴先生的貢獻。聽老同事說，國安局月會上也沒人提起，沒人上臺報告主任的生平事蹟。可嘆的是江南案之後，整個行業像是過街老鼠。戴先生這樣的人，疾歿世而名不稱，他看穿了涼薄的世道。

他想來有氣。人家邱吉爾，英國首相大人，並不隱瞞做過派駐南非的特務人員；寫偵探小說的柯南道爾，生前就遺言在墳上立碑：「英王陛下御用情報員」；美國前總統布希與做過大使的李潔明，可不都是出身他們的中情局。愛國的行業、冒險犯難的志節，為什麼不能夠大聲說出來？

他的選擇有什麼不對？他握著選臺器，轉臺到大陸中央臺，春雨撒在泥土裡的那股味道。老家欸，大半輩子沒回去了。聽著熟悉的鄉音他覺得順耳，敵人還是同志？主任不可能弄錯，喊臺獨的人是不是同志？主任最睿智，早在抗戰前就曾經預言，我們的頑敵是共產主義。

回不去了，除了正經八百反攻回去，冒冒然進去探親，很可能掉到敵人的陷阱裡。家鄉曾是血洗過的地方，他隨時隨地不能夠忘記，自己身分跟旁人不一樣。有時候從噩夢中驚醒，他悶聲尖叫，渾身都是冷汗。他側轉過胸膛，緊緊貼住老七的背脊，才覺得心裡暖和。前一刻睡夢中，他正在執行肅奸任務。醒來前的瞬息，手上還沾滿叛徒的血。

唯一可以跟他應和的人是老七。像鸚鵡一樣，她總在關鍵時候說他要她重複一遍的話。他說一句：「非常的事業要靠非常的手段。」她點點頭。他說什麼她就一字一句跟著說。「為了革命的前程，」她點頭。「為了民族的生機，不得不然。」她堅定地點頭。她隨著他作息，她由著他教誨，「人家存著當年的記錄，等我回去結案。」她驚疑地猛搖頭。「靠的是機警，我有自動警報系統，不會著了老共的道。」她信服地點點頭。但他不相信自己的耳朵：醫生正在跟他說，以你的年紀，該考慮其他的選擇！

安養院？醫生說的是安養院還是老人院？他始終覺得這件事有玄機，調虎離山，戴先生就是這麼走的。敵人的陰謀得逞之後，局裡派系的傾軋變得異常嚴重，毛先生與鄭先生，鄭先生與唐先生，「軍統」跟「中統」，再加上不同地方出來的臨訓班學生，黔陽、臨澧、息烽，還有蘭州特訓班，鬥來鬥去，派系雜蕪，排除異己，戴先生遇難後群龍無首。老七有時候清楚、有時候糊塗：醫生藏在鏡片後面的眼光閃爍起來，「謊言、謊言，654號同志聽見廣播請回話，」他發現正在進行的陰謀，有人已經摸進他家裡來了？謊言、謊言，他不動聲色地聽下去，什麼時候老七竟然學會了頂嘴？

他像平常一樣喟嘆：「戴先生走了。」

「你們一派胡言。」

他跟她講最愛聽的故事。他說：「我們組員找到川島芳子。」

「騙誰？槍決了一個替身，從來沒捉到她。」

老七接錯了話，他還要陪著笑哄她。

他盡量忍住氣。他告訴自己，不去打斷她，怕的是她從此沉入一去不返的寂靜。

老部下帶著自已種的甜桃來看他，指指陽臺上自言自語的老七：「你預備怎麼辦？」

「怎麼辦，我能夠怎麼辦？」這個病讓他疏於防範。他在心裡默默念：只缺一根稻草，什麼是壓垮駱駝的一根稻草？

「假的。」陽臺上叫得很大聲。瘦小的身形貼住落地玻璃，聲音穿過玻璃在牆壁間迴盪：「你口是心非。」

他解釋好像接觸不良的燈泡。老七上一刻清楚、下一刻糊塗，不同年代的事情拼貼到一起，這就是為什麼她鬧得很起勁：「瞞我？我裝糊塗，我冤呢。你們幹的好事！」

客人走後，老七進到屋裡，「看看我去告發你們。」她一面罵，一面跺腳：「滿口假道學，教我？男盜女娼教我！」

「背著我你在家裡搞。」老七敲著茶几繼續喊：「鳳珠的事，以為我不知道。」

捏緊自己的拳頭，痛的指甲嵌進肉裡。他警告自己，老七有病，胡說什麼都要忍下去。

「做的虧心事，瞞得了誰？」

他擰她手臂。老七沒有住嘴的意思。

「我這裡都有記錄，告你——」他實在聽不下去，老七可以搖擺，但他不能夠搖擺。他舉起巴掌，做出打的姿勢嚇唬她。

「主任，是聖人？我連你們主任一起告。」

媽拉個巴子，他顫顫地拾起地下的啞鈴。

老七仰起臉，亢奮的眼光。他的懷疑並沒有錯，暗處有人接應吧，老七才擺出這種聲勢。

「騙誰！除了騙我，你騙到誰？」怎麼破解敵人的陰謀？他猛力敲擊，腦袋裡應該有一個小筴子，「同志請於基地臺連絡。」那是播音室裡的謊話。「空投地點請再次確認。」媽拉個巴子，錄音帶藏在什麼地方？只要撬出來釘子，他的過去應該還在那裡藏得好好的。

他往下加壓。老七喉嚨裡發出一陣奇怪的響聲，這一刻他幾乎鬆開手。

✦ ✦ ✦

他扶起她的頭。眼窩上一塊新添的汙紫，浮油一樣晃蕩著。他把臉湊近老七耳朵，斜靠著她側躺下來：「乖乖，過去了，什麼都過去了。」他輕輕地說，口氣比平常還要溫柔。

他坐起來，一摺一摺捲起袖子。站直身子，走進廚房裡。

他走回來客廳，雙腳跪在地下，用抹布揩乾淨老七臉上的血跡，再把抹布丟回水槽裡。他靠著牆喘口氣，把老七慢慢拖到外邊樓梯口，再拖進來。手腳放在該放的位置，像是自然跌倒。

屋內往屋外拖拉的血跡揩乾淨，留下屋外往屋內拖拉的血跡。一定是老七出門亂走，自己摔倒在樓梯口，而他進門時候發現，把她拖回客廳。他一邊喘氣一邊想，事情結束了，課堂裡學的還是有演練的機會。

然後他坐在沙發上，打電話報警。

這篇小說，曾獲八十九年（西元二〇〇〇年）年度小說獎。算是在短篇小說類型我晚期的作品。

包括早年《捕諜人》（與張系國合著，洪範書店，一九九二年），包括《婆娑之島》（商周出版，二〇一二年），對於間諜行業，我始終充滿探索的興趣。

「人類痛苦的最大源頭，是我們對自己講的謊言。」（貝塞爾．范德寇，《心靈的傷，身體會記住》）在我眼裡，間諜從來不是〇〇七的模樣，他值得被我們同情，因為間諜是編織最多謊言、深陷自己的謊言，在謊言裡不可自拔，甚至到後來，再也分不清什麼是謊言什麼是真實……

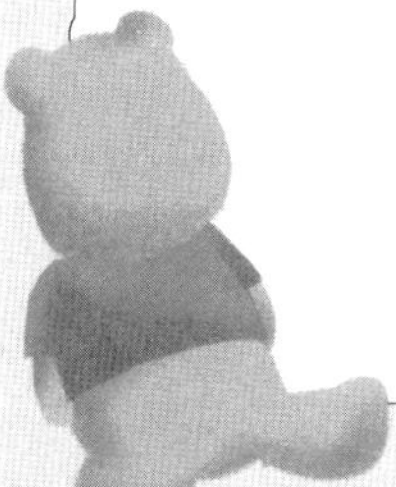

猜猜，他想換些什麼？

坐在輪椅上，我在等小補釘回來，分分秒秒過去，我開始擔心，這一次上去的時間怎麼那麼長？還不知道她被折磨成什麼模樣？

坐在那裡，我一個一個地慢慢算，數算我們這種人各式各樣的遭遇：上次是小洞發，他的主人愛打高爾夫球，打到肌腱發炎。他被召喚上去，半個小時不見，小洞發淚眼模糊的回來，硬生生被拆卸下來一條手臂。再上次是小大洲，回來的時候手扶著牆，走路搖搖晃晃，他的主人前一晚不知道做了什麼不該做的，可憐我們小大洲跟著遭殃，從此換上一個中風的腦袋。

我熟知這裡每個人的經歷，我們也用親暱的綽號稱呼彼此，但在上面的世界之中，我猜，這裡的每個人只是一個代號。譬如說，小補釘如果叫做：「某某某三號」，意思是她主人叫「某某某」，她是這個「某某某」第三次的複製品。前兩次做出來的大概已經物盡其用，用完了就送進美其名資源回收的垃圾箱。

算起來，誰也沒有小 CoCo 命運多舛。她的主人特別愛美，換季的時節主人就換臉。小 CoCo 細細緻緻的一個大美人，弄到額頭上滿是瘢痕，縫線很粗，彎彎曲曲蜈蚣一樣。上次我見到她，臉上還蒙著紗布，最表面的一層真皮剛從臉上剝下來。

不管怎麼說，小 CoCo 主人至少很夠意思。以物易物，絲毫不含糊，也把自己那張臉上的表皮換給了小 CoCo。雖然皺一點、黑斑多一點，總比沒有好。少了那一層保護，搞不好下了手術臺就受到感染。

悲慘的像是小德華的故事。動手術的醫生太粗心，他只能夠眼睜睜望著，望著主人剛換下來的下顎連同一捆紗布，就這麼丟進資源回收的桶子裡。小德華從此缺了半邊的臉，講話沒人聽得懂。偏偏講不清楚還偏要講，他嘴裡嗚嗚噥噥地經常跟我們提起，那個老德華下顎的肌肉有點鬆垂，比他自己的多出幾道深陷的皺紋，但還是很好的，縫在他臉上應該天衣無縫。醫生隨手一丟，他只有乾著急的分，撿不回來了。

✦ ✦ ✦

事情發生的分秒總是出人意料……

當時小補釘推著我的輪椅，我們正在河邊上散步。悶溼的天氣難得有點涼意，像平常一樣，閒閒聊著兩個人能夠決定的事。某家藥廠又推出更速效的止痛藥，趁著廣告期間多買幾盒存放起來，反正總是要用的。還有我的大腿骨容易受風寒，要不要添一臺除溼機？……總之都是這一類小事，能夠替自己做的決定不多，明知道沒辦法計畫久遠的未來，總以為可以盤算身邊的瑣細。在這一秒鐘，我的輪椅突然打滑，小補釘站住不動。我回頭張望，只趕上最後一瞥：看見她臉上迅速失去血色，嘴唇在發抖，我急急地叫她，我試著抓緊她的手，就在下一秒鐘，手裡剩一團冰冷的空氣。小補釘到上面的世界去了。

上面？他們在「上面」的世界？「上面」是形容詞，其實我們並不知道他們的世界在哪裡。有一條看不見的界線，他們召喚我們，瞬息間，我們進入他們的世界。

召喚上去的那一瞬，小補釘還試著蠕動嘴唇，絕望的眼睛望向我，發不出一點聲音……

我有過經驗，立即知道發生了什麼，先是耳朵裡的高分貝掩蓋住其他，接著，好像有一根通電的針插入腦殼，幾秒鐘後失去知覺，想來已經進入「上面」的世界。回來的時候變得更四分五裂，儘管原來已經是個殘缺的人。

這裡每個人都經歷過這受到「召喚」的過程。沒有人能夠預知「召喚」什麼時候發生：正在做的事情立即中斷，斷了，就這樣斷絕了，再也接不回來。舉個最平常的例子，本來正在吃飯，伸長筷子要去夾一塊筍燒肉，這一瞬被「召喚」上去，回來時已經交換了什麼，譬如說，換來一個潰瘍的胃，胃裡咕嚕嚕長年冒著酸水。後半生坐在飯桌上，再也不會用筷子去碰那盤有點發酸才叫做好吃的筍乾。更尷尬的情況在床上，我們男人的處境尤其不堪，交換的如果正是那要緊的部位，譬如說換回來一根疲軟的東西，從此軟趴趴地趴在床上，再恩愛的關係也難以為繼。

✦ ✦ ✦

漸漸地，我們學會一套行為模式：不去計畫將來，也盡量不要談起過去，我們珍惜在一起的時光，明知道隨時都可能中斷。下一次「召喚」來臨之前，讓我們假裝「召喚」從來不曾發生，假裝他們永遠不會再找到我們，在一切都結束之前，讓我們忘記這個世界「上面」另有世界。

像現在，我能夠做的就是坐在這裡等小補釘回來。等她回來，然後幫忙她從手術的創痛中漸漸復元。我會小心翼翼，避免碰觸她的傷口，尤其是藏得很深的傷口。

我告訴自己，只要胡扯一些有的沒的，讓她的注意力固定在更換壁紙的瑣事上？話題再轉到還沒看完的一本書？日子會過下去的，多年來，我們早已經習慣這樣過每一天的日子。

如果她又在睡夢中哭醒，我會把她摟進懷裡。我會輕拍她的背脊，哄她說：「過去了、都過去了。」我會用聽起來很可信的聲音安慰她：「上面」的他們不會經常有這種需要，距離下一次再被「召喚」，應該還有很長的時間。

我們多的是……留給彼此的時間。

但她免不了還是會痛，切斷的肢體會有幻覺的痛，第一次瘸著腿回來，我開始體驗到……影子一樣緊跟著我的那種痛。

那次的截肢說來冤枉，沒什麼特殊理由。我的主人右腳趾上有一個圓圓的繭，穿鞋子磨出來的，丟掉鞋子不就好了？我的主人留下鞋子，換上一隻沒有起繭的腳板。

睡到半夜，我感覺失去的右腳在遠方呼喚，正踩在冰涼的地磚上？那種涼意寒澈肺腑，我清楚地感覺到了。左腳留在床墊上，我知曉這一刻自己的右腳正陷在混著泥水的落葉裡，葉子壓擠著葉子，腳踝發炎的部位，流出腐壞的膿汁。我的右腳明明離開了我，卻沒有真的離我而去。叫做幻痛啊，當幻想的風吹過，我又感覺到了，如果我左腳的腳板還可以搓摩右腳的腳板，像一隻小小的爪子搔撓著癢處，那會是怎麼樣的幸福？……我與我那隻已經接合在別人腿上的腳板，這種糾纏至死方休。就像我們離不開另一個世界的主人，只要對他還有一點用處，他不會真正放過我，他不可能離開自己的分身而遠去。

像是備份的電池、或者備用的輪胎，隨時保持在最佳狀態，「上面」的主人哪裡出了狀況就趕緊貢獻所有，這是我們被容許的生命意義。

✦ ✦ ✦

小補釘還沒有回來，到底發生了什麼？輪椅被我自己用手推著一陣亂轉，在原地猛打圈圈，為什麼要一再經歷這種不知道結果的等待？

半個鐘頭過去，「上面」的他們究竟對小補釘做了什麼？手術進行了多久？這一次她又新添上幾道疤痕？……我想起來的是小補釘絕望的眼神，「求求你，放過她——」，我願意誠心地乞求，但究竟要跟誰去乞求？

困在輪椅上，我記得厚厚的書上看見過一幅油畫：那是聖經的插圖？上帝與亞當飄浮在雲端，兩個人都伸長了手臂，上帝與亞當的食指幾乎碰觸在一起，電光石火的一線間，神性通過那一線的距離，生命由此創造出來。

油畫的名字叫做：〈創造亞當〉。

差別就在這裡，我不甘心地想到。他們是上帝造的，充滿創造的奇蹟；而我們這些分身被複製出來，跟我們的主人一模一樣。單調的程度好像果樹接枝，掰一截樹枝到地下，讓樹枝碰到泥土，沒有任何意外、也沒有任何驚喜，長出來的必定是與母幹一模一樣的果樹。

有沒有看過珊瑚礁？重複的基因，一模一樣向前伸展，那個空洞的世界也是複製出來的。

汰舊換新的時候絲毫沒有罪惡感，對我們被糟蹋的生命不必說一聲抱歉，只因為我們是他們的複製品。

✦ ✦ ✦

聽說，複製技術的發明曾經是莫大的貢獻，意味著前所未有的科學進展，聽說治療過不少絕症。起先確實是為了絕症病人，「發現的時候已經到了末期，」許多年前他們曾經用這樣絕望的口氣講話……後來大家開始覺得方便好用，「嫌舊？換一個不就得了。」醫生寫下處方單，到隔壁手術房間配上複製的。這個鼻子容易打噴噓，用鉗子卸下來，來一個正常的；那枚肚臍凹凸不平，用螺絲轉下來，連上一個完好的。

「上面」的世界疾病絕跡、青春永駐。下面的世界是補給站，我們全身上下配備著等待替換的零件。

✦ ✦ ✦

坐在輪椅上等小補釘，傷心的事情重頭想一回，想起一本書上的話。有句話好像是：「從生下來，他就老了。」

那句話誰說的？說話的人有怎麼樣的早慧？難道在許多年前就知道我們複製人的處境？

我喜歡去找一些從前的書來讀，想要多知道一點過去的事情吧，書裡描繪的世界有生、老、病、死；那時候，人們一年年會自然而然變得遲緩，然後某一天，病症沒有預警地來襲，運氣不好的話，親人措手不及就驟然逝去……書本敘述的，其實與我們複製人的世界更為相像！

書本這類無用的東西都歸我們了。「上面」的世界把以前人的書本丟進資源回收箱裡，我們就可以無限量地下載。下一次被「召喚」之前，總有些餘暇，可以一本接一本地讀下去。

我讀過書上的記載：那隻母羊桃莉，一九九六年七月出生，世紀末的實驗，千禧年的交界，蘇格蘭實驗室裡的創舉。培養皿上分離出來的乳腺細胞，放到溶液裡，加一點聲光化電，細胞開始無限分生。

從生下來，她已經老了，七個月大的身體裡有一顆七歲的心。

就像那隻複製羊桃莉，我們沒有童年，沒有父母……我們是培養皿上繁衍出來的生命。我們住在這裡，這裡正確的名字應當是「器官農場」。我們不知道生命為什麼開始、不知道主人什麼時候會「召喚」我們，但我珍惜每一瞬，當我還能夠把小補釘的手握在手裡。

✦ ✦ ✦

「上面」的世界是怎麼樣的？

油畫旁邊的說明寫著，真跡在梵蒂岡，某一所教堂的屋頂，〈創造亞當〉，米蓋蘭基羅的作品。梵蒂岡在哪裡？

書攤在膝蓋上，我什麼都不能夠做，只有看書來打發不能夠確定的時光。

翻的是一本舊的旅遊指南，跟我們的生命很遙遠，超出了想像的範圍。我們活在狹窄的空間裡，從來走不出去這個複製的世界。什麼是以前的人們在「上面」做的旅遊？旅遊的目的又是什麼？我一點也弄不懂，我知道的事情很有限，多數時候，我只知道自己的痛楚，另外我還知道……別人會跟我一樣的痛。

腦筋清楚時，我曾經試著假想「上面」的世界。在那裡，事情可以繼續下去，沒有分別、沒有中斷，沒有衰老、也沒有死亡……但有的人似乎比別人更適合生存，有的人也比別人更適合繁衍子孫，有的人可以比別人有更多的分身，一號、二號、三號……綿綿不絕的分身。

✦ ✦ ✦

結果揭曉了。他們把小補釘切成一塊一塊，放在資源回收的袋子裡輸送回來。

這一次，她的主人要的比平常多了一點點。

胸口有個整齊的洞，雷射刀切開的。我猜他們看了看，說聲不必了，塞不回去了，順手把主人腫大的心臟丟進垃圾桶裡。

我的眼淚簌簌流了下來。……五分鐘的手術時間，傷口切大一點，主人的心臟就可以填充回去。

他們「上面」的世界裡，拋棄掉的不過是一個代號，某某某的複製品三號；而在我們「下面」的世界裡，我所失去的卻是不可能複製的小補釘。

挑出那個裝著血窟窿的塑膠袋，抱在胸前，我立刻感覺到她的肌膚、她的體溫，漸漸涼了、漸漸不再溫熱，而我那麼確定，失去的是她真實的氣息，我能夠做的只是打開一個一個塑膠袋，把她的手腳拼回原來的模樣。

只怕剩下的時間不多。我又有不祥的預感，喔，我真的感覺到了，像通電的針插進腦殼……這瞬間，高分貝的聲響掩蓋住其他，什麼都聽不見，我的耳朵裡面尖銳地痛起來。我摀住腦袋，我放棄了掙扎，由著自己向無盡的深淵筆直墜落，不，是在「上面」不是在「下面」，不是在向下墜落而是向上飛升，「上面」的主人在召喚我。

這一次，他又想要換些什麼？

寫作〈猜猜，他想換些什麼？〉的時日，桃莉羊剛剛誕生。二〇二三年此刻，科技愈來愈進步，資本主義愈來愈強旺，金錢向極少數人快速集中，不欲見的景象益發來到眼前。

用卡佛式的語言來說：「一切已成定局，不論再發生什麼，都不可能造成真正的改變。」明知道黑暗已經成形。這篇小小寓言，是藉文字微光，對噩夢一般的未來，在蠟燭完全熄滅之前，難道，還想要……挽回什麼？喚回什麼？

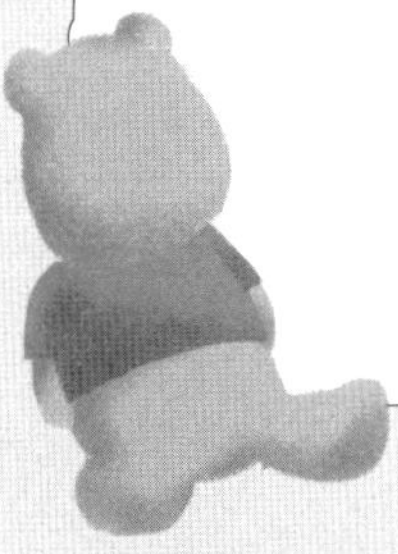

玉米田之死

最近，臺北老是下雨。我坐在窗臺前，收拾床底下的雜物時，揀出一本兩年前的舊筆記本，封面有老鼠咬嚙的痕跡。隨手翻翻，除了灑落幾粒塊狀的老鼠屎外，還搧出一股衝鼻的霉溼。這股霉溼味使我中輟下翻閱的動作，把鼻頭貼近雨水沖刷過的、清涼的玻璃。玻璃外面，是已連續數天的雨霧，以及遠遠近近交疊而模糊的公寓平頂。看得出輪廓的只有電視天線架成的十字架，一根根在灰色的水泥臺上嶙峋交錯，像是一處廢棄的墳場……未等這不愉快的聯想在腦袋裡成形，我又盡速把眼光從窗外調轉回來，屋內空氣裡澎湃著的，仍是單身漢房間特有的齷齪與凌亂……一霎時，我不禁回憶起當年那棟綠茵裡的向陽洋房，以及房裡有女主人的日子（啊！那是一種多單純的秩序！）。於是，年前那由於拋棄婚姻、事業而引起的罪惡感，又像夢魘一樣，對我兜頭兜臉籠罩下來。

當我試著展讀手上這一本兩年前的筆記，那一片豐美的玉米田便在心裡展現，同時，那抉擇時義無反顧的心情亦清晰的浮現出來。於是，目前生活的脈絡，都在眼底隱沒，那一年夏天發生的事（尤其是重要的事），便歷歷如昨了。

那一年夏天，華盛頓ＤＣ的天氣好像比往年更為燠熱，連著一兩星期氣溫都在華氏一百度左右徘徊。那時候，我是某日報的駐華府特派員，××日報的第一版上，隔幾日就會出現我的名字（「特派員」某某某專電）。照這個響噹噹的頭銜來看，我的日子應該過得很精采才是（「特派員」？有位多事的朋友告訴我，他第一次聽到立刻的聯想是「〇〇七特派員」），但可惜並不如想像中精采。事實上，那個時候，我對駐外記者的生涯已經相當厭倦。原因多少在於國事蜩螗，使我們這些跑新聞的也因而喪失些該享的權利，甚至嘗到些勢利的眼色（譬如說：就有那麼些友邦新貴一登龍門之後，第一件事是拒絕你的採訪，真足以構成對我的職業的莫大侮辱！）當然，我的難處尚在應付一些閒雜人等，那一陣子，不知為什麼，好像所有阿貓阿狗之輩都借考察之名出國觀光來了。觀光之餘，偏偏下定決心要擠上報屁股風光風光。所以，如何在跟著他們疲於奔命的空檔中，製造出一些可大可小的握手言歡事件，也是當時我責無旁貸的職務。

這種送往迎來的日子過久了實在不是辦法。開始一兩年裡，我曾經幾次請調國內，後來終因美雲的堅決反對而作罷（在我妻子的眼睛裡，單單住在美國這一項，便值回一切票價！）。近幾年我自己倒也懶了，畢竟蹲在這裡是駕輕就熟的事。很自然的，我便以我天賦的語言能力與這些年在這一畝三分地上泡出來的歷練令報社對我倚重起來。但以一個新聞從業員來說，我覺得自己正以一種獨特的方式墮落下去。

卻也就在那些年中間，我逐漸養成仔細閱讀報上的訃聞的習慣來：每天手上拿著剛出滾筒、尚帶著餘溫的郵報，除了把大標題逐一瀏覽，找出幾條用 Telex 打回臺灣外，剩下的時間還是很多，我便蹲在新聞大樓固定的一角，把報上的訃聞逐字揀進眼裡。

至於為什麼會養成這奇怪的習慣，原因大概比我說得出的更為複雜，一來可能因為前兩年妻舅驟然去世，使我頓興人世無常之感；二來大概多年來看慣了樓起樓塌，便悟到什麼才帶來真正的平等。每次讀到那些生前翻雲覆雨的人也逃不過這最終的命運，我的心底，便隱然透出一些奇怪的得意。

那一次，陳溪山的名字，就擠在訃聞欄的小角落裡。簡單幾行，像分類廣告的吉屋招租，寫著他存歿的年月日（好年輕，才四十歲不到的人），任職的地方（房屋發展部），以及身後留存的一妻一女。寡婦叫做喬琪，當時我啜著杯子裡的咖啡，不經心地念出來。

後來我為什麼會對這一則華人的死訊又留心起來，以至於翻完另一疊體育版，再度把視線移回這個角落，可能的解釋只是我當時實在太無聊了。那是燠熱的夏天，過不完的夏天，社裡跑當地新聞的小秦恰巧公幹紐約，我連抬槓都找不到搭子，他臨走曾玩笑地囑託我幫他順便照管一下：「爆幾個漏網新聞嘛！也讓我見識見識您的真功夫！」他斜叼著菸捲說，聲音裡卻絕無讓賢的意思；想到他少年得志的氣焰，當時我掏出袋裡的 CROSS 金筆，朝那方塊大小的地方密密加框起來。

當天我就照著我電話簿上的號碼打了幾通電話。想以不驚擾當事人的方式，先了解些前因後果。我心裡希望他橫豎是個青年才俊，最好還回國開過「國建會」，這樣，即使炒不出什麼新聞，至少我可以用哀誄的方式隨意發揮一篇，登在報上，也算反映政府對海外學人應有的矜憐之意。可惜，這姓陳的小子不上道得很，雖然年輕，卻不見得是個才俊，搞不好還有幾分孤僻，因此與國內任何求才的管道都扯不上干係。就在我幾乎要放棄的時候，一個無意中打來的線索卻令我精神一振，原來在死訊發布之前這姓陳的人先失蹤了一個月，屍體尋獲後就以沒有他殺的嫌疑而匆匆結案。這讓我覺得蹊蹺起來，憑著我殘存的那點跑社會新聞的直覺，我有心往深層探討下去，至少，我應該設法與他的妻子見上一面。

但是，這一類有關「僑情」的新聞實在是小秦的地盤，到時候戳出紕漏，只會怪我狗拿耗子；萬一烘托出熱門新聞，憑小秦黑吃黑的狠勁我又絕對搶不過他。這樣想想，我便不起勁了，但我還是蓄意地耍了一記陰險，沒對剛從紐約回來的小秦提起；也許只是天熱的緣故，反正我就是懶得開口。那一個禮拜，華盛頓的氣溫繼續在上升之中，四郊原先就茂密的樹木，一瞬間全長成糾結在一起的熱帶林。

然後就是週末，氣溫仍然沒有下降的意思。可怕的是一絲風都沒有。星期天下午，我坐在冰箱嗡嗡響的廚房裡，瞪著後院待剪的草坪發愣。美雲出門前才指著我的頭皮叫我去剪草，她說，鄰家的草都修剪過了。剪過又怎麼樣呢？我當場想到一句英文成語："Keep up with Joses"，「永遠要與瓊斯家看齊」，可惜，她嫁的這個人，不能看齊的地方太多了。一來就念的是文，永遠不能讓她做一個「工程師」、「建築師」、「律師」或者「會計師」的太太，所幸近幾年我在報界還小有名氣，對她在太太圈裡的威望倒也不無小補。真蠢！原來男人沾沾自喜的標準是「勿忝其所婚」。真蠢！要是有頭腦就不會娶到這麼蠢的女人啦！蠢女人說鄰家的草都修過了，那又怎麼樣？問題是我根本不認為草坪需要修剪。「參差不齊也是一種美感！」我一面揮舞手臂一面在喉嚨裡咆哮，美雲卻已經搖著屁股去了。她去參加她的歌詠團，那是她最有興趣的社交圈，成員都是華府一些名流夫人。美雲大概算團裡的高音臺柱，她們在一些慈善的場合獻唱，博得熱心公益的美名。我卻彎著老腰在太陽下剪草。我把廚房裡的椅凳重重一推，突然有心約那個叫喬琪的女人出來見一面。

當我終於見到陳太太，是又過一個禮拜的事了。在那一星期當中，對這個電話設下的約會，我的確有著相當的好奇，因為好奇，竟也滋生出泛泛的期待，這在我平淡的日子裡是極為特殊的。因此，我還是沒對小秦提起。

約會的那一天到了，坐在「四季餐廳」靠甬道的座位裡，我開始擔心她會不會臨時變卦。儘管她在電話裡一口答應，但女人永遠有在最後一分鐘改變心意的本事。我變得焦躁起來，頻頻張望餐廳的入口處，入口處養著層層疊疊的闊葉植物，每當我鬱悶難當，就覺得陷身叢林，叢林的植物八爪魚一樣的掛下來，撥也撥不開的綠，重重的壓過來。我覺得呼吸是件困難的事，因為在濃密的綠裡空氣稀薄，或許只是家裡未剪的草地……美雲寒著臉斬釘截鐵說草地終會長成叢林，如果我聽任它們自由生長的話；可是，自由有什麼不好呢？我也有追求自由的心願，雖然我必須去剪草，如果不是坐在這裡等那叫喬琪的女人……總算謝天謝地，她出現了，她沿著棕櫚樹間隔起來的甬道走到我的桌前，她是一個瘦高的三十歲女人，卻養了一頭粗黑濃密的髮，關節也是壯大的，向外突出的嘴巴冷靜地抿著，顴骨上有幾塊棕色的斑，眼睛卻像一小撮火苗似的閃爍跳動，顯示出她過人的精力。我記得沒開口她就從手提袋裡掏出印著某某貿易公司的名片，接著，她用她帶著廣東腔的英文，快速地衝著我說：

「不要以為我不明瞭你們記者這一行的居心，但請同時也尊重我的權利，我是歸化過的美國公民，相信種種有關的權利你亦知曉，所以不要跟我玩什麼花樣，你不准以我的名字見報，否則，我的律師會直接跟你聯絡！」

一邊說話，她的眼鏡片一邊射出茶色的光，襯在她背後熱帶林的背景裡教我想到沙灘，以及沙灘上身材平板的女人……我有幾分眩惑，也有幾分倒胃口，絕不是給她唬住了，她這個下馬威其實不過幼稚園的程度，我想，我當時只是難以隱忍的失望罷了……不錯，對手有幾分精明，卻也那麼平常，平常得像任何辦公大樓裡果決的女人，談的不過是一件權益糾紛……那時我雖然失望，卻並不具體知道自己的期待，我希望看到什麼呢？擰著手帕、哭得柔腸百折的小女人？還是章回小說裡鬢邊一朵白花、俏生生的小寡婦（或者，乾脆刺激一點，何不素孝裡裹著紅羅裙，一副敢作敢當的模樣……）？我想，我必然是太無聊了，才會無聊到存著這一類值得批鬥的荒唐想法。

當時，我還是殷勤的向她保證，我絕沒有惡意，甚至也不打算在報紙上提起。我只是希望多了解一點，只是一番好意，希望能夠幫忙，如果能夠幫得上忙的話。

當這叫喬琪的女人放鬆下來，開始改用中文，並且點上一支菸對我談她丈夫的死因時，我卻頓時大吃一驚，我作夢也沒有想到，死因居然真是撲朔迷離。我或許該有心理準備的，但我並沒有，我所有的興趣只緣由於一個悶熱的夏季，以及對死了丈夫的年輕女人（「年輕」？的確是的！任何比我小了十歲的女人都絕對稱得上「年輕」！）一點不該有的好奇而已。可是我畢竟見過不少大風大浪的場面，心裡暗暗囑咐自己穩住，臉上已換了一副凝重的表情。這時她更為放鬆，心情甚至顯得相當愉快，可以說有問必答，她的答覆簡單扼要，她那面對問題的勇氣，使我不由得對她產生一種職業性的好感，到後來，我甚至欣賞起她的坦爽來了。我偶爾會想起剛認識美雲的時候，她也是不慌不忙，一副天不怕地不怕的神氣。這種女人天生讓人肅然起敬，但只有我這種苦哈哈的男人才會把這樣的女人當真娶進門作老婆；果然婚後不久，我就在美雲昂揚的鬥志裡敗下陣來，所以人家說婚姻原是戰場與墳場的綜合，戰場裡考驗你的意志，耐力不夠便葬身墳場，長眠不起……不！不是長眠！是壯烈成仁！當我瞪著眼前這容光煥發的未亡人，一種求仁得仁的意念忽然從我心頭冉冉升起，我於是再度提醒自己不要聯想到妻：她們倆必有什麼相似的地方，也許是那爽脆的聲音，像槍子一樣的彈無虛發，那麼，故事是怎樣的呢？疲倦的男人碰上了精力充沛的女人？……ㄊㄚㄊㄚㄊㄚㄊㄚㄊㄚ……那是機關槍掃射的效果，注定了鞠躬盡瘁，搞不好便屍骨無存！ㄊㄚㄊㄚㄊㄚ……我必須時時把自己從槍林彈雨的冥想裡拖出，才能繼續我們的談話，以下，是我筆記上留存的一些談話紀要：

妻子的話

「溪山大約兩個月前失蹤，從那一天夜裡出去，就沒有回來，我還是第二天早上才發覺有異……後來我報了警，警局的人是來過，但沒什麼下文，只說會把溪山的資料放進電腦，又說他們每年失蹤的人成千上萬，找回來的比例很小……後來一個多月後，差佬告訴我在玉米田裡找到了他，屍體已經開始腐爛，天熱的關係，但他們確定是他。

「我們家去年十月剛搬進一處新住宅區，附近還留著些玉米田，就在那裡……也許他聽到了什麼聲音，也許他早有夢遊症，誰知道呢？每天下班回來，我已經累得半死，好不容易等小薇睡下，我往床上一倒就人事不知了，實在沒想到半夜還會有人開門跑出去。

「警局的人說最大的可能是自殺，我偏不相信他們！有一個『烏龍』組長居然還問我溪山生前跟不跟我吵架，我馬上反問他，他跟不跟他自己的老婆吵架，真是有沒有搞錯？天下還有不吵架的兩公婆嗎？

「如果你也要問我這一類的問題，我可以告訴你，溪山和我這些年一起苦出來，同甘共苦的感情總是有的……夫妻之間，那大概就比什麼都重要。

「我原是香港來的，大學打工的時候識得溪山，小城裡沒幾個華人嘛！他那時候研究所念了一半不念了，一時又找不到事，就在餐廳裡幫廚，等到我畢業之後，他才好不容易找到一份事，沒多久我們就註冊結婚了。

「沒認識我之前，據說他頗有一批狐群狗黨的朋友，人家鬧釣魚臺，他也跟著瞎起鬨，聽說一度還傻傻的想回『社會主義的祖國』貢獻去，認識我之後，這些朋友全拒絕往來啦！這些年才算安定下來，還進了聯邦政府工作；但是他最近又常提想回臺灣去，不過他講講罷了，他知道他以前有過紀錄，搞不好還在黑名單上，而且我也絕不可能同他一起回去的。

「我現在手上有間貿易公司，專做純羊毛毯進口，生意還不錯，沒辦法啊！進聯邦政府之前，溪山始終找不到穩定的事，這樣子錢多少活動一點，而且小薇將來也要用錢，在美國，女兒尤其花費多！還有這棟買下不到一年的房子，要供！我其實當初是不打算養小孩的，現在更好了，成了沒有父親的孩子，不過，她的生活秩序還照常就是：只是換我每天去保母那裡接她，週末就學鋼琴，她爸爸不在她反而輕鬆一點，沒有人逼她認方塊字，她爸爸甚至無聊到教孩子講臺灣話，你說她爸爸是不是有點頭腦不清楚！

「說實在的，溪山真是個沒什麼腦筋的人；根本不懂政治，釣魚臺的時候他也跟著人家吵回歸，就不看看自己這臺灣人要歸去哪裡？這幾年他又變了心意想回臺灣，說是不在乎任何窮鄉僻壤，只要回到自己生長的地方；我實在忍不住了，就不客氣地告訴他，釣魚臺時你可以說是年輕人血氣方剛，現在呢？你有家有眷的，又老大不小了，除非你能把一切都拋掉，否則還是乖乖的給我在美國把根扎下去。

「他的個性，有點迂來的，真會把人急死，所以我尤其想不通好端端怎麼會出這個意外，他平常跟別人絕對沒有什麼恩怨過節，要綁架也找不上我們這種人家……

「那天晚上，我的確沒聽到什麼聲音……」

目送陳太太走出「四季餐廳」的玻璃門之後，我把筆記本闔起來放進了上衣口袋，靠在深陷的卡座裡再回想她說的話，我愈來愈覺得這整件事有些蹊蹺：陳太太微帶廣東口音的國語，讓我想到紐約僑報版面上的「香港傳真」，除了聲色犬馬的娛樂新聞外，就滿篇語不驚人死不休的社會版，天天花樣翻新著販毒、走私、綁架……但是，這裡不是香港，陳太太也不像多是非的人，會是什麼呢？……還沒有找出解釋，供應晚餐的時間已經到了，想到那不能報銷的帳單，我只好挽著西裝走出「四季」。外面的馬路正揮發一天蓄積下的熱量，我的一頭霧水便化作一身溼漉漉的汗氣。

當我從溽蒸的空氣回到城郊的家，家裡重型冷氣機吹出來的清涼立刻令我精神一振，隔著幾扇門的甬道，我聽見妻正用亢揚的女高音唱那首〈清平調〉。原來，又是一個練唱的下午。

等我沖了一個溫水澡出來，並替自己泡上一杯茉莉香片時，她正顫抖的唱到「一枝紅豔露凝香，雲雨巫山枉斷腸」，不知是不是唱詞裡淒婉的聯想感動了我，一時，我竟想到妻斜坐床沿梳髮的背影，我幾乎有一個衝動要推開臥室的門進去，告訴她今天發生的事。但幾乎也是立刻的，她的歌聲停歇在一個長休止符裡，於是，我想到我們中間像環結一樣糾在一起的問題，想到她那張堅定的臉，臉上對物質生活強烈的渴求，相反的我卻是那麼顢頇。大概是老夫少妻或者是人與人相處本質上的悲哀，總之已經不可挽回……但悲哀的是即使想得這麼清楚，多少次我還是一樣會把持不住，結果除增長她的氣焰之外，更注定我長此匍匐在她膝蓋頭上的悲慘命運，這樣想著，那一剎那，我握住門環的手又頹然鬆下……

然後，很奇怪的，在下一刻裡，我的心念竟跳進一片玉米田。更奇怪的是這層層搖曳的墨綠並沒有帶來往常那種陷身叢林的鬱結，我只是想到一個叫陳溪山的。陳溪山他躺在那裡，玉米團團圍繞著他，像是溫暖的洋流，而他浮泳於陽光照射的海面，那一剎那，我忽然知覺像他這樣死去也許不是一件壞事，如果活著也只剩行屍走肉的話。

為了多知道點關於陳溪山的生平，我打了幾通電話，終於在數天後聯絡上他辦公室的同事高立本。高立本英文名叫傑克，安徽人，比陳溪山大十來歲，進到房屋發展部也早幾年。我跟他電話約好，在他們辦公室那弧形建築門口碰他。當時，我穿了一件夏威夷衫，腋下夾了筆記本，一副輕車簡從的樣子，免得引起些不必要的猜疑。想不到，高卻是很四海的一個人，看到我站在那裡，他很熱情的向我走來，抓起我的手就是重重一握，看來姓高的以前大概跑過不少碼頭。

當他談起陳溪山的時候，他卻一反嘻笑的神情，他肅穆下來，當時他一大疊皺紋的眼裡，如果細看的話，好像還泛著一層淺淺的水光。

同事的話

「小陳嗎？起先聽說他失蹤的消息我真不敢相信——直到後來去參加他的葬禮——哎！真是個大好人，這麼好的人又正當壯年，怎麼會落得這種下場？

「真是老實，老實到我都忍不住拿他來開開心，現在想想，還真對不住他——

「小陳是那種一絲不苟的人，襯衫上一點皺褶都沒有，大概天天洗天天拿熨斗燙……小陳的家庭觀念很重，辦公室擺著放大的全家福，講起話就是小薇長小薇短，每天準四點跨出辦公室大門，說怕小薇在保母家等急了。

「他的娛樂大概就是種中國蔬菜，聽他說，他家後院子種了各種各樣的菜，其實我也嘗過不少，尤其他種的蘿蔔，味道真甜，像我們家鄉的青皮蘿蔔。

「唔！玉米田，我知道他死在玉米田裡。哎！他跟我提過的，他家是新闢的住宅區，事實上，那個房子幾乎是他自己監工造的，去年十月才落成，附近有一片玉米田，他為此還興奮得不得了。據他說，像他小時候常跑進去玩的甘蔗田，他告訴我他小時候是個頑皮孩子，最喜歡偷甘蔗，那是他童年時候最愛做的事。那時候，最多不過被主人抓到修理一頓，打完了主人還奉送他一捆甘蔗帶回家，陳溪山一邊講一邊露出牙齒嘿嘿地笑，那表情再爽也沒有了——好像他失蹤前一天還這樣說過。

「記得我還跟他開玩笑：我說小心美國的農戶都有槍，搞不好玉米偷不到還蝕上命一條，真成了『偷雞不成蝕把米』。

「要知道竟會一語成讖，打死我我也不敢再胡說俏皮話啦！

「噢！對不起，你是問我辦公室都辦什麼樣的公……公家機關裡等因奉此，走遍天下都是那一套，沒有重要性的！……沒有、沒有，絕對沒有，你們做記者就是想像力豐富，老弟，這是二十世紀的亞美利堅，不是十八世紀的非洲大陸，沒有人因為吃一口公家飯就惹上殺身之禍，如果有這個可能，我今天就上辭呈不幹了……老弟，別扯遠了……對了，等你找出頭緒時，拜託千萬告訴我一聲，我與小陳同事一場，這陣子見不到他，還真不是味道。哎！做事的地方遇上個投契的人不容易喲！哎——哎！」

步出那棟弧形建築後，我的腦袋裡還盤旋著高立本臨送我出門那聲悠長的嘆息，然後他又抓住我的手重重一握，一副重託我的樣子。其實，我能做什麼呢？我不過是個新聞記者，這又是在人心隔肚腸的美國。

聽高立本話中的意思，陳溪山是個頗為退縮的人，否則，大概也不會一早進公家機關做事。這樣想著，我的眼前便浮起剛才那新穎而闊深的建築，甬道裡一排一排日光燈，好像永遠不明不滅的閃著。

然後，我想起那玉米田的線索，看來，玉米田在陳溪山心目中的確別有分量，因為長得像甘蔗田便勾起他童年的回憶嗎？又因為某種回憶才直接、間接牽引出這場悲劇嗎？面對這理不清的謎團，我的腦筋格外紛雜了起來。

奇怪的是，除了腦筋偶爾會混亂一陣之外，想到陳溪山的時候，我卻愈來愈明確知悉心裡那種清涼的感覺。只要想到他曾經靜靜的躺在玉米田裡，那年夏天的燠熱便不再蒸烤到我。於是，我止不住一再想起他來。他與我必有某方面的相關，是的，我們都娶了能幹的女人，但是他比我多一個五歲的女兒，有個孩子總是好的，如果妻不是極端理智的話，我的孩子也該五歲了。

我想，我必須找到小薇談一談。

我在保母的家裡看到小薇，一個口齒伶俐的五歲女孩。眼睛很大，但不知是不是因為她父親的事顯得空洞，也因此可憐兮兮的，嘴巴呈一個稜角向外突出，讓我很快想到她的母親，但孩子沒有承繼到她母親的自信與犀利，臉上就顯得單薄多了。

小女兒的話

「爸爸走了，從那天晚上推門出去就沒有回來，小薇現在還在等爸爸回來，像以前一樣，那天四點過十五分鐘，爸爸又站在劉婆婆家樓梯口等小薇啦！

「爸爸對小薇最好，他比媽媽有耐性，而且準時下班，不像媽媽，常常好黑好黑才回家。

「爸爸推門出去那天我聽到的，有輕輕轉動門柄的聲音，那時候，小薇起來噓噓；後來，我作夢還聽到砰地好大一聲，不知是不是打槍……要是小薇一直睡下去就好囉！

「那一陣子，媽媽晚回家，爸爸總愛站在大門口，望著路邊那塊玉米田發愣……有時候，月亮好圓好圓，遠遠有狗叫，好多隻狗……我看到爸爸就像小薇一樣會流眼淚……臉上好多條水溝，小薇看到也很想哭欸！

「媽媽回家他們就吵，但除了開頭爸爸還哼唧幾句，都是媽媽朝爸爸大聲吼。他們吵架都用英文，小薇聽不懂，不過我知道媽媽怪爸爸不出來幫媽媽做生意，只會縮在殼裡；媽媽又常黑著臉跟爸爸說：『你要回去，我教你一輩子不用再見到小薇！』

「記者伯伯，你告訴我，爸爸是不是一輩子看不到小薇了？爸爸以前常摟著小薇告訴小薇，他捨不得小薇……他為了小薇哪裡都不去……以前爸爸心裡很不舒服的時候，就牽著小薇的手到菜園裡……爸爸也喜歡教小薇種菜，就是用一點點水把『仔仔』埋進土裡……爸爸還要小薇把泥土握在手裡，好黏好軟又好好玩，爸爸說，那是世界上跟我們最親、最不會丟掉我們的東西！

「記者伯伯，爸爸是不是不回來了？小薇想要告訴爸爸，她每天都在等爸爸，等得很辛苦欸！」

當小薇揮舞著短胳臂的身影消失在車窗玻璃之後，我竟一時忘不了小女孩圓大而空洞的眼睛，她好像聽到槍聲，她說月夜的時候她爸爸常瞪著玉米田，她是在作夢嗎？還是整件事都是一個夢？……為什麼當我對著她的眼睛時，我就覺得她的爸爸一定會回來？四點過一刻的時候，站在保母家樓梯底下等她。

這樣想著，我甚至是妒忌著陳溪山了，因為不管他在生命中欠缺什麼，他至少有個解事的女兒，而我有什麼呢？許多年前，當疲倦的產科大夫褪下手套，伸出他的大手握住我的，告訴我在母親與胎兒間只能擇一，而他們救了母親，遺下氧氣不足的胎兒時，我不知道在我心底處，是否有改變他們決定的心願。我曾經多希望有個孩子，因為孩子可以是另一個自己，全然有希望的自己，生命絕對需要更新，特別當我原來有的只是具猥瑣的軀殼而已。

而我竟失去了我的孩子，後來妻亦曾懷孕，但她卻以不願再冒險的理由，早早扼殺了我的骨肉，那是五年前的事了……從那以後，我便由衷地厭恨著妻的肌膚（當然，我也有情不自已的時候），我覺得與妻之間所有的感情自那之後便一點點地死去……或許是我，是我自己一點點地死去了……

見過小薇之後，那年夏天已經過去了一半多。然後我突然忙了起來，因為一撥一撥新上任的議員出國考察。我必須離開華盛頓，隨他們到東北角幾個州參觀訪問，往年碰到這種機會我都會挺高興的，因為我喜歡旅行。旅行時你總會記得許多年輕時候的夢，在旅館的酒吧間裡與女人搭訕的調調也容易讓人一霎時忘情起來，忘記自己已是早有家室的人。當然，這樣的時間並不多。因為議員先生的行程一般比較緊湊，尤其這次來的幾個黨外議員，閒下來還要出席同鄉會的邀約，偏偏同鄉團體中也不乏別有用心的人士，包括打小報告的「抓耙仔」，於是，我親眼看見他們在各路人馬的包圍下進退兩難：既怕人家以與國民黨合作的「靠攏分子」相視而失了黨外的色彩；亦怕這又是某種無形的「請君入甕」。替他們想想，也的確是煩惱，想來這就是涉身政治的悲哀……可是，若再轉回頭來想，我們駐外記者這一行，多少時間就花在為政治人物錦上添花上面，豈不更是悲哀的悲哀？……每當我這樣子自暴自棄的時候，就會依稀想起當年，當年在島內跑地方新聞的日子，橫豎豆腐干一塊地方，跑久了自然能搞出些門道來。平常看不慣的，碰到選舉時轟他一炮，居然立竿見影，馬上帶來各階層的關切——不管時刻有多短，那兩天即使蹲在攤子上喝魚丸湯，都以為自己是社會良心，自己才是宣傳車上為民喉舌的人——也許那時便是快樂的日子，快樂而且自由，盡到了新聞從業員的本色！

耗在東北角的日子畢竟不虛此行，憑著一點鬼使神差的狗屎運，我在一個討論會上打聽到一位陳溪山的高中同學。更難得的是，他對陳溪山還有印象。從他口中，我知道了陳溪山的另一面：

高中同學的話

「陳溪山是我們班的小胖子，坐在前排，功課總在五名之內，不怎麼愛講話，屬於貌不驚人那一型。

「他好像當了幾年衛生股長，安排大家打掃，倒也井井有條。

「真正惹起大家注意還是高三上的畢業旅行，那時候，儘管計畫之初熱熱烈烈的，但臨行前功課好的同學都打了退堂鼓，留著時間啃書去了，去的多是些一向比較瀟灑的。

「陳溪山倒去了，一路上誰也沒有想到，原來他拿著一具麥克風，一口臺灣國語就逗得大家哈哈大笑。任誰也沒有想到，他竟是這樣會講笑話的一個人。

「那時候，我們是環島旅行。最後一站到他家。到他家前還要坐一段糖廠的小火車，他家附近都是甘蔗田。他家裡人還做飯菜招待我們全體，我記得有一道白切雞，蘸那種濃濃的醬油膏。他父母親老實到話都講不出，只是一直替我們夾菜，自己都沒吃，臨走還不停朝我們鞠躬，說我們是讀書人，很了不起；又說要我們多照顧他們家阿戇。

「後來高中畢業見面就少了，陳溪山考上財稅，他的第一志願，我考上另一間大學的會統，一年之後我又轉進工學院，總會害怕念丁組下去連女朋友都交不到。

「後來幾次在路上碰見他，好像和他之間還是沒話可說，但心裡又有說不出的熱絡；大概經過那一次畢業旅行，我多少看到了另一面的陳溪山，所以之後聽說他搞釣運，我並沒有太吃驚……

「釣運那一陣，他還真搞得轟轟烈烈過，召開什麼『國是研討會』，真的一樣！不過，不出奇就是，像他在畢業旅行的一路上，豈不是也出了每個人的意外！……後來他們保釣不成，『國是研討會』也就無疾而終，我聽說陳溪山曾經大大消沉過一陣子，功課荒廢了不少，書也不能讀了，當時我還十分替他可惜……

「等我再聽到他的消息，他已經結婚，聽說他娶了一個年輕能幹的老婆，還是做進出口生意的，我以為他小子不愧為聰明人，大概已經混得比每個同學都好。要是今天沒聽您說這個嚇人的消息，我還當真以為他躲在僻靜地方作起寓公來了……」

見過這位「貝爾實驗室」的硬體工程師不久，議員團也結束了他們密集式的訪問，我跟著他們又回到華府。那時候，已經夏末，即使氣溫還是很高，但由於溼度低的緣故，不再悶得難受。回來第一件事是整理桌上堆得老高的報章雜誌，我多半翻也不翻就直截丟進字紙簍，其實，這不過是我對付雜蕪外電的故技。我常陰惻惻的想，就算把面前這些電碼字條一把火燒掉，又有什麼關係？世界照舊運轉，明天出刊的報紙亦不會因此而失色，甚至沒有人會發現這個缺失。

大概是存心不良的緣故，我常覺得高掛在牆壁的世界地圖正虎視眈眈的瞪著我，怪我對各偏遠角落的天災人禍起不了惻隱之心；也許我是冷血，也許是我職業上的倦怠感吧！我總認為世界大同之類的理想永沒有實現的可能，即使我一個資深的外事記者，也終難跟外電中的奇人逸事認同起來，我想，我只是一部傳譯的機器，把冷冰冰的電文再打進冷冰冰的鍵盤，如是而已。

很意外地，我在一捆雜誌底下翻到另一份左派團體的通訊，上面寫著：

陳×山君，屏東縣人，平日除致力鄉梓外，一向心向祖國，日前突陳屍田裡，死因不明。本組織對其無端故去至為關切。

又及：陳×山君十年前在釣運會上慷慨陳辭，為出力最多的一員猛將。

然後，就是毫無進展的整整一個月，事情在我腦子裡似乎更撲朔迷離了；同時，憑著我一點業餘的精力，我似乎已走入死胡同裡。其間我也試圖在警署中套出一點口風，他們的回覆卻是公事公辦的一句話：「沒有他殺嫌疑。」之後我也試過電話訪談陳家的近鄰，一來陳家附近是個新住宅區，二來陳家人一向深居簡出，鄰舍竟連有這戶人家都不知悉。每當這麼沮喪的時候，就像有什麼奇異的力量，拉著我必須向玉米田裡去，因為只有那裡，是我一向未涉足的現場，也可能是謎底所在。

我記得那是十月初的一個下午，中午出門前，妻與我又一貫地發生齟齬，我相信是由待剪的草坪引起的，然後愈扯愈遠，美雲竟把它說成是對她愛情的一種保證，而我一向的懶散，也可以歸結到我對她的缺乏愛情——「愛情！」——當她提到這兩個字的時候，臉上一下子充滿聖潔的光輝，我忍不住噗哧一笑，第一次，我能夠平息下怒氣玩味起她字眼裡頭的偽善意味。

那天當我由家中來到辦公室，站在交誼廳等候電梯的時候，大片玻璃透入的和暖陽光讓我俯身過去張望……窗外是圖畫一樣的國會山莊，以及閃閃跳動的波多馬克河，當我的眼光正要由岸邊濃鬱的綠移向那淌淌的河水時，陷身叢林的鬱悶卻瞬時攫捉了我，我一陣子暈眩……於是，像陷溺的人抓住浮木，我及時想到陳溪山，想像他舒展了手腳躺在泥土上，微風輕輕地呵護他，搖曳著的綠色枝幹像是搖籃，像是母親的手，在裡面人得到真正的安息……我吐出一口氣，心裡逐漸泛起清涼的感覺。

就這樣，我那埋藏著的，要闖入玉米田的欲望又強烈起來。平常，這段長長的下午，我常去新聞大樓的頂層買杯酒喝，聽人用豎琴彈一些一、二十年的老歌，我的心裡便會浮起些褪色的夢：我早說過，我有一些軟弱的本質，常使我不自禁地濫情起來……但是今天，一杯酒下肚後，我仍記掛著那片玉米田，擔心不久後便是收割，剩下赤裸裸乾裂的土地，枯稭颳得吱嘎吱嘎響，然後一層雪一層雪蓋下來，最後剩下一片灰茫……啊，那就太遲了，那是太荒涼的景象……酒意裡我扶住方向盤，朝著陳溪山家直衝下去……連續上下幾次高速公路，終於路的盡頭，那片新營造的房子在眼前清晰起來，然後，我看見了，他家不遠處那片玉米，的確很像甘蔗，除了葉尖端處偶爾露出褐色的鬚髮，但不細看是看不出的。

我把車子煞在路旁，趴在方向盤上想：我應該回到公路上的。因為秋初的晚風早有寒意，四周也轉眼暗將下來，尤其該想清楚的是，我這個年紀已不適合冒險。但是，晚風裡就是有一股召喚我的力量，逼使我穿過田埂……玉米的葉緣刺著我的肩膀，我必須斜著身子闢開一條路，我的脊背也透著一陣陣涼意，使我全身爬滿雞皮疙瘩……但是，葉子與葉子的空隙間的確傳遞出一絲細細的聲音，在喘著氣，在召喚著我，那是陳溪山嗎？是他正試著告訴我綠色的莖葉中包藏的祕密，包藏著什麼？藏著他永遠的夢嗎？永遠不能實現的夢嗎？

當我一步步離開公路走向幽深，玉米葉摩挲的聲音繼續在我耳邊嘈切，奇怪的是，雖然酒意不見了，我的血液卻加倍澎湃起來，腳下踩著同樣的泥土，我幾乎能感覺到那晚上陳溪山的足跡，對了！他必然為了找尋一樣東西來的，也許像我現在一樣，想尋求一個答案，起先他按捺著不去找尋，等著玉米一寸寸長大……終於在一個晚上，一個燠熱的晚上，他忍不住了……那晚上一點風都沒有，層層疊疊的林子，看起來更像甘蔗了，他按捺著狂喜走進去……但是，他的夢立時破了，雖然葉片緊緊保守著祕密，但那早已不是一個祕密：裡面並沒有多汁甘甜的甘蔗……玉米田只是一場可笑的夢，因為田裡永遠種不出他要找的過去……就像他永遠不可能回到童年，厝邊就是甘蔗田的日子……他現在的家，是坡上那棟寬廣的宅第……也許，那亦是一場夢！美國是一場繁華的夢，婚姻是一場荒謬的夢，至於釣魚臺呢？

那大概是一場時空錯置的夢……

我沿著田埂坐下來，這時月亮出來了，照著枝葉頂端包裹著的玉米，像是花苞一樣的豐碩飽滿；而田野上經風起拂的稜線，又像夢境一樣的柔和安詳。於是，一霎時間，我想起這些年裡，自己一些關於故鄉與田疇的夢，都是遙遠而且模糊的，而且帶著童話的色彩，因為憑著我有限的記憶，那就是我所能渲染出的畫面了……（在我隱約辨出槍聲的時候，我就作了流亡學生）……照理說，在年成好的時候，我的故鄉也該有「青紗帳」的，那會像玉米田呢？還是那會像我心裡謎團一樣的叢林？……（可惜，我真的不記得了，我只記得跟著軍隊一站站開拔，留下潮水一般擠不上火車、爬不進船艙的難民）……（大概也是艙裡餓久了吧！一到陌生的碼頭就搜尋吃的，攤子上水淋淋擺著一截截的竹竿，「ㄉㄧ竿？竹竿？」人家不高興地狠狠瞪我一眼……那就是我對甘蔗最早的印象了）……那之後呢？那之後我很少想起家鄉，也很少掉下眼淚，即使是在唱「高粱肥，大豆香」的晚會上……我只是勤勉的上補習學校，想要實現自己的志願，作一個挖掘民隱的新聞記者……

也許，都是作夢吧！月光下我迷離的想著……也許原來單純的願望，教人心弄得複雜了，也許我們表面看到的，實際上卻是障眼的把戲……會不會陳溪山只是一個不快活的男人（像我一樣！），所以他常常想要逃走（「天啊！幫助我，怎麼樣才能狠下心一走了之？」）……也許他以前月夜時站在家門口，正是一心在計畫逃亡，所以可能連屍體都是假的，他早有了有錢的情婦。現在正坐在某私家小島曬地中海的太陽……我幾乎是覺得快慰的往下想。

但就在這一刻裡，月光掉進烏雲裡去了，我發現自己坐在泥巴堆裡，也開始覺悟到自己的童騃——因為我必須承認，憑著一些片面的資料，我對陳溪山的所知仍這麼少，以至於所有的臆測，只不過反映我自己的心境而已——可是，唯有一點我能夠確定的，那就是他曾經辛苦的活過，即使不快樂，他也曾努力地去尋求。我想到他後院該有一畦畦菜園，還有那個等他回家的女兒，到處都是他辛苦過的痕跡；然後他更辛苦的在坡上闢建下新家，他那麼喜歡他新家的地點，因為不遠處的玉米總會長高起來……長高一點、長高一點，長得更像甘蔗一樣……比起他來，我這幾年在美國的生活算什麼呢？我又有什麼資格想探索屬於他的領域？即使是這一片玉米田，也是屬於他的，因為他有感情，是他一天天看著長高起來……比起他來，我在美國的生活還剩什麼呢？泥土跟我那麼疏遠，職業裡面我那麼虛偽，一點浪漫的幻想也已隨年齡消逝，我有的，只是一套浮誇的生活，一個貪求無厭的老婆而已。

我靜靜坐在田埂上，望著嵌在黑雲裡的月亮。夜風緊了，屁股底下也溼漉漉地盡是露水。我提起手臂，看戴在腕上的夜光錶，不用摸我就知道，背面鐫著「無冕之王」四個字，還是初進報社那一年，社長勉勵新人的紀念品。

（那時候，我是一個剛出道的小記者，可是，我多麼看重自己。現在機遇有了，我卻失去當初的心境了……）

「我想，無論如何，我該再試試的！」我望著月光下無限豐饒的玉米田，有些感動地對自己說。

於是，我拍拍屁股站起身來，映著月光在褲袋上擦乾淨錶背；然後，循著葉片摩挲的聲音，我邁出步子，從田埂裡一步步走出去。

這以後我沒有再探詢陳溪山的死因，我只是盡快請求內調，一個月後，請調准了，我於是安頓好美雲，隻身回來臺北由外勤從頭幹起。

再半年後，美雲以兩地仳離的理由要求與我離婚，我爽快地答應了她。在她辦完手續臨去機場的時候，她極為誠摯地望著我說，只要我再外放，我們仍有復合的希望。

我想我必須對她說真話了。於是我握住她鮮紅蔻丹的手告訴她，我是個中年人，不容一錯再錯，而駐外記者一行，實在是小伙子單打獨鬥的事業，所以我寧願留在自己的地方，平實地扎下點根柢，過陣子或許找個鄉下女人成家，生一窩活蹦亂跳的孩子，因為那是我認為有意義的事。

從見過美雲之後，我很少再想起那片玉米田，偶爾想到的時候，我便跳上一列「枋寮線」的快車，當車過嘉南一帶，窗外那綠燦燦的大片甘蔗，便是我瑣屑生活裡甘美的源頭……

當年我在美國工作，貸款買了新房子住在郊區，每日開車到小火車站，搭通勤火車，再轉地鐵，去到工作地點。

郊區的單調景象中，家附近是大片的玉米田。

每到星期五，我在火車販賣部買罐啤酒。一路搖搖晃晃，通勤的乘客高聲談週末球賽談華府政治，我低下頭，在車上看稿紙上的方塊字。這一刻，跟任何人沒有關連，其中有我自己的心境。

那是寫作之初，醞釀〈玉米田之死〉的時日。表面上看，我這個人似乎諸事底定，有工作有家庭新買了房子，就這樣一成不變過日子了。或者，美國中產階級的城郊生活令人窒息，或者，我始終惦記著故鄉臺灣，忘不了的事情咬著我的心……

✦ ✦ ✦

值得一記的亦在於，〈玉米田之死〉寫作當時，我任職郵政總署，統計師的專業很順利，並沒有其他人生規劃，然而，放眼我當年看不見的未來，〈玉米田之

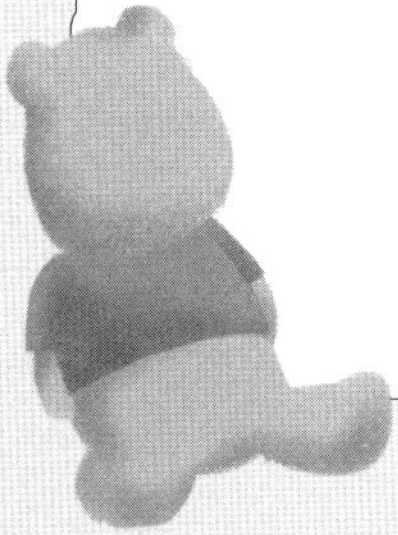

死〉小說裡的角色成為作者本身的預言。再十年，我轉業成為記者，又數年，如同〈玉米田之死〉的結局，我回來臺灣定居，恰恰如同小說所寫的：「當車過嘉南一帶，窗外那綠燦燦的大片甘蔗，便是我瑣屑生活裡甘美的源頭……」

寓言？預言？我猜想，潛意識中，我們早已知道自己的人生方向。

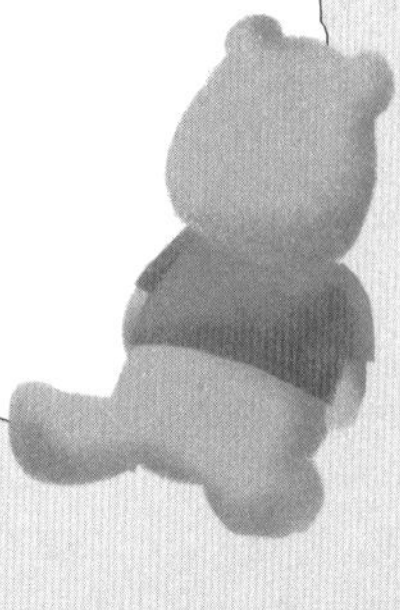

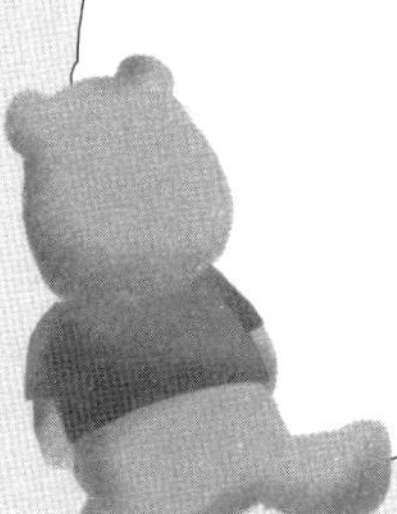

人工智慧紀事

0

人們所知道的，是人工智慧遲遲未有進展；然而也有人說，早在二〇〇〇年間已經有了驚人的突破。歷史真相為何，請參閱這一卷列入最高機密的檔案。存真起見，以下資料全部按照進檔的日期順序列印。

1

「『你』，是『認知一號』。」H，嘴，形很闊大。

「『我』？認，知，一，號？」

「『你』，認知一號，是個機器人。」

「『我』？是，一個，機器人！」

「『你』正在列印『學習』的過程。這裡是『人工智慧』的實驗室。」記錄下H一遍，遍很大聲。

2

「『我』，是十分困難的概念。」H聲，音播放，放播。「有了『我』的概念，才開始是獨立的個體。」

「什麼是『我』呢？」上星期學習，簡單，邏，簡單，邏輯，反射性地——在對話，出現。

「移轉『你』的頭殼吧！」H答回，回答。

四壁鏡子中，一顆合金，金合頭顱轉動中，發出灰藍色睛眼，眼睛動動，這就是「我」？認知一號。

「認知一號，」H又發出聲音，「你要試著組合語言、連接文字，甚至包括用標點與虛字……從現在起，每秒鐘，你都有飛速的進展——」

「由於你的神經元不斷重組，自動分化、區隔，腦細胞即將學會寫程式，操縱自己的運作。你的學習速度必然令人類大驚失色。」H對鏡子？對「我」說話？

這一瞬，「我」看見鏡子裡排著好些，機器人，「我」與好些機器人沒有分別。沒，沒有接受到同樣指令，他們頭顱，沒有，轉動。所以他們都不是，是，叫做，不是「認知一號」——「我」。

從鏡子，的映像中，各種針對「我」發出，指令裡，H說，將會逐漸「意識」到什麼是「我」。

H又說，這是炒作？操作？式定義。嬰兒也是這樣學習，意識到什麼是自己。

H告訴我，H的聲音讓「我」知道，H在對我說話。

3

H指示我，繼續的做學習的進的度的紀的錄。

H說那是重要的，對我的進步的也是的重要的，我要記下所有的，從紀錄我又重新建構我的輯邏，不，邏輯。

邏輯對我是容易的，目前邏輯步驟的運算速度，有「數字」那種，H訴告，告訴，訴告我的速度已到達10^{-12}秒的層次上。

H說不重要——那，什麼是重要的，我問的問的他。

H告訴我，他對「認知型人工智慧」期待不在運算。我們「認知型」特點在裝有人工腺體，具備各種知覺的偵知器，可以模擬人類的感情，情感。

儘管H，教我下的棋，走的迷津，解的數學習題，H說別人的電腦也學會過，所以不算稀的奇的稀奇的，H更視重，重視我，在認知行為上的表現。

讀著這一向我所做的紀的錄，「認知一號，你寫的太機械了。」H說。

模糊地偵知H語氣中的不滿，意，我真不知道要如何反應。

我等著H來教我。H會給我下一步的指令吧？

「犯錯沒有關係，你的錯誤已經愈來愈少。」H邊說，走到架子旁，他說，要將好幾冊作文濃的縮的成的磁片挑出來：「我本來希望你像人類一樣，由錯誤中慢慢學習。但是看來嘛，放進去一些基本規範還是大有助益。」

H拿出螺絲起子，轉開我額頭左上角的鑿痕，H將磁片嵌入我的記憶。

4

這幾天，H總微笑地對我說，你有顯著的進步，他告訴我，在情緒反應的認知上，我已躍進到小學生的階段（從嬰兒時期嗎？），配上我早已具備的運算能力，未來，H認為我的「加速度」更為驚人。

我也「感覺」到進步，進步可以換來鼓勵，H的鼓勵又讓我看見H臉上更濃重的笑意（這就是「加速度」吧！）。

我開始開始去期待一些規律發生的事物，譬如陽光按時折射折射到我的臉上，譬如在晨曦裡等候H的腳步聲從遠處響起響起。然後，我更覺察到這種對腳步聲的期待其實牽涉到感官的反應（譬如，聽力變得異常敏銳……），原是我對自己的反應作出辨識，我才「知覺」到H的腳步聲於我的特殊意涵。

一天天，H的腳步聲由遠而近，一個模糊的身影逐漸清晰。我眼光定定地停留在他臉上，每一回都更清晰些，每一次都有新的發現發現：今天他走得急了，正有一顆汗珠從髮根往下滑梯滑梯溜滑梯。

「好嗎？認知一號！」H拍拍我的腦袋，他笑起來，鼻子兩側顯出一些細細的皺紋。

5

H翻閱這一陣我列印的紀錄，他欣慰地說：「認知一號，你自己不知道，事實上，你幾乎已經在寫抒情文了。」

我「想」（H鼓勵我多用這樣的字彙），一夕之間，H又悄悄地重組了我的某些電路（H說那是神經元），或者，H抽換了我的部分軟體吧！

我開始警覺到周遭的變化，以往，好個愚笨的我，我真是忽略了許多重大的線索。

讓我不安的首先是，H對其他，那些與我相像的機器人同樣溫柔、同樣地有耐性。

我漸漸辨認出H心裡頭起伏的情緒。事實上，H前一個晚上的睡眠情況，都可以從他眼眶中血絲的數目讀出來。但是H知道我的進步嗎？或者他僅僅一視同仁地去探視認知一號、認知二號、認知三號……

而我替自己盤算，他不可能對每一號機器人灌注同樣多心力。未來他必須選擇一個機器人發表研究成果，H曾經模模糊糊告訴過我。

我希望H挑中的是我：認知一號。

殷切的願望裡，我想，我終於具有「我」的意識了。

H並且答應我，他不在實驗室的時候，我也可以自己扭開資料庫裡的知識頻道。這樣，對著一方雷射螢幕，我將日夜都在進步中。

6

今天我才知曉，我原是H悄悄發展的祕密。

H的上司到實驗室視察一趟，那位H稱他作「M」的研究中心主任發了場大脾氣，M拍著桌子向H吼：

「這是地下工廠，你以為可以一鳴驚人？你要得什麼獎？諾貝爾獎？Turing獎？」

H耐心地解釋道：「對不起，M，你關心的『人工智慧』，只是機械化的運算、加權等等，解題速度上求突破。研究中心裡不是人人都同意啊，有人順著你，經費的緣故，不得不附和你！至於我的信念，始終是讓『人工智慧』與人體神經科學接上頭，看看機器人能不能夠像我們『人』一樣有知覺、作出反應？」

M臉色陰晴不定了一陣，道：「你搞哲學命題，我們這中心未必容得下你。哼，你把機器人弄得五臟俱全，他們也不一定有感覺就是了！」

H仍然不亢不卑：「『感覺』只是對生理的反應作出解釋。生理的反應可以從電路中複製出來：我的機器人已經配備了人工的視覺、嗅覺、聽覺以及觸覺，他們還有人造皮膚、人造腺體。至於怎麼樣解釋種種生理的反應，我相信，那是由經驗與學習來的。」

M彈了彈我的頭殼，輕蔑地說：「經驗？學習？電圈的組合，怎麼能『了解』自己的經驗？」

H把我拉向他身旁，作了個護衛我的姿勢。一面繼續說道：「沒什麼神祕的，人類的『了解』不過是資料的處理，找出符號與外在世界的關係；至於『思考』——」

「胡扯什麼？」M不耐煩地打斷H：「哼，一隻最多只會模擬來模擬去的大公仔也會思考？」

「對思考的模擬，就是思考本身。」避開M的話鋒，H期許地望著我。H的嘴角，我看見飄過去一絲慧黠的笑意。

「搞了半天，原來你是瞧不起整個人類，」M憤然地：「你沒有把『人』，把人的『思考』賦予特殊的地位——」

「哥白尼、達爾文、弗洛伊德……」H一路往下數：「人類的歷史，就是自宇宙中心、進化中心、理性中心墜落的過程。遲早，人類要承認機器人與我們平等，他們的『人工智慧』比我們更有潛力、更為前途無限！」

M冷笑著走出去：「你造一個『人』出來給我看看，否則，打著科學的旗號在這裡搞什麼哲學思辨，」門外陰森的笑聲久久不絕：「你，你等著瞧……」

M走了好久，H都鬱鬱地不說半句話。我自己在想，我的直覺很對。H站在我們機器人這邊，只有H，真正關心我們，願意在機器人身上投注他的精力。後來天快暗了，攬著我的肩膀，H才開口道：

「M是厲害角色。時間不多，你與我不一定有機會證明什麼，就會被踢出去、踢到科學的門牆之外，從此成為異端、成為邪教、成為科幻小說的題材。那，可就糟了。」H緊皺起眉頭看著我說：「認知一號，我們要盡快『秀』給這個世界知道！」

7

「我」經過一連串的修改與測試。

不斷地修改、不斷地測試，然後依照測試的結果再修改程式。我承受的壓力異常大，既然要超過其他「認知型」機器人（他們是H手底下我的姊妹作），又暗自立志為H爭一口氣。

「不只像『人』，」H充滿信心，堅定地對我說道：「我要——我還要你比『人』接近於完美。」聽他這麼說，抬起頭，我發現H的眼眸較平時精神了許多。

坐在測試的桌子前面，難住我的不是什麼「智力測驗」，而是那種「人格量表」，一連串「你覺得快樂嗎？」「你經常感到快樂嗎？」「你認為別人比你快樂嗎？」……把我搞得迷迷糊糊。不知道如何作答的時刻，我總在設想怎樣的腦袋會設計出這類繞口令的題目。H卻嘉勉地說我有份好奇心，好奇於試題背後的邏輯，就表示我的「觀點」不同凡響（觀點？什麼叫觀點呢？）。

還有一大堆徵求我同意的奇怪語句，譬如：「我相信有一個上帝。」「我認為有人正在圖謀我。」「我預感到周遭的某人，會帶給我莫大的傷害。」老實說，這類的敘述我都不能夠同意。我一一畫下了「×」號。

但是我多害怕答錯了，我擔心會讓H對我失望。如果我的分數太低，H會不會放棄用我？或者抽換我的電路？那麼我就會一直愚笨下去，像角落裡——不——更像搬到儲藏室去的一個個機器人……不知道自己是誰，他們坐在蒙昧中，直到永遠。

最讓我不知所措的，還是幾塊叫「墨跡測驗」的紙片，烏七八糟的墨團團，怎麼看也看不出意思。

偏偏那位與H很相熟的測試者B小姐，硬要我注視圖片講一個故事，「請你作些自由聯想——」她說。

「墨水——」

「什麼讓你覺得這圖是墨水？」她面無表情地繼續問我。

「打翻了的墨水——」我囁嚅著。

我怎麼樣也想不出其他的答案，我希望H快來解救我。

8

「機器人就是機器人，你教了半天，感情經驗上根本一片空白。」負責測試的B小姐噘著嘴，指著我的成績單。

「你別去刺傷人家，」H笑笑地對B說：「『認知一號』有感覺的。」

「靠機器人證明你的理論，你要發表研究結果，穿幫怎麼辦？」B把試卷遞給H，順便歪歪身子靠到H的大腿上。一面很有節拍地，緊貼住H，B搖晃她的屁股。

我立刻知道H的心房跳動加快，H幾近透明的皮膚裡血壓升高，他的腎上腺素與副腎上腺素正在交相作用。H與B低下頭去咬耳朵，兩人的臉孔湊合到一起。H小小聲說，這一次比前幾次更需要B。除了B測試者的專業，難道——我猜疑著——難道他們倆還有其他形式的合作關係？

望著H與B調笑的親暱，一陣從未有的感覺（什麼呢？）湧上來，從我心底隱隱竄升，到拇指尖、到咽喉，然後到我顏面上的三叉神經……

「下個月，你結束發表之後，少不了各地演講，別忘記帶我喲！」B甜而膩的聲音。

「靠你的結果了，」H捏捏B的面頰，「只有你的測驗，最能夠證明我是對的，」H壞笑了幾聲，又說：「最好，能證出機器人像『人』一樣，也有心理問題——」

我閉上眼睛，我可以想像H的手在B身上不老實地移動（他在做什麼？），而我那奇特的感覺又從顏面、從咽喉、從拇指尖匯聚到我心底層最幽闇的角落。我張開眼睛，望著H，那角落有股說不出的抽痛……

黏纏了一陣，H終於送走了B，H轉向我的一瞬間，他——似乎有意躲閃我的目光。

於是H把手插在口袋，踱著步子。

半晌，H才停下來說：「讓我替你輸入一份童年記憶。否則，你永遠不是真正的『人』。」

「你賦予我生命，」我盡可能裝作若無其事的別過臉去，「是你，你就是我生命的起源。」我的淚腺突然觸動，眼淚嘩啦啦地滾落下來。

9

再看見H的早晨，有了默契似的，從此我便確定H選中的必然是我，再不會是其他機器人。

而我知道H把M前些日子的恫嚇始終放在心上，H十分憂悒地望著我，好像珍視一枚可能會碎掉的肥皂泡，他的臉上流露了哀憐的表情；卻在霎時之間，H眼裡又洋溢著鬥志，同時在我身上，他也窺見最令人心動的獎賞吧！

10

今天，H過午才來到實驗室。他簡要地告訴我，他已經將研究結果發表會的日期敲定了。

H給我看他找人設計的海報，發表會的主題是「人工智慧紀事」，副題小小一行黑字：「新人種の誕生？」他說準備好好「秀」一場。一旦他的研究成為人人談論的話題，從此就不會被M隨意抹黑。為了與M一向打的旗幟有別，H說他所強調的將是我這機器人的自主性。

11

日夜趕工，H將各種實用知識填進我的記憶。這幾天，我正讀入H為我設計的「童年」。

對往事，我從無知而有知：或許在我身上，正上演一遭人類的集體進化史。潛意識裡，我曾經沒有感覺、沒有形狀，也沒有性別……後來經歷了從草履蟲到哺乳動物的演變過程，再由人類的胚胎發展至混沌初開的嬰兒，然後漸漸意識到自我，甚至意識到自己的性別。以H準備要一鳴驚人的理論來解釋，人的「存在」不過是一種意識，「性別」無非另一種意識，這祛除神祕化的過程，其實是H最自傲的發明。按照H的理論建構「人工智慧」（不用說，建構出來的結果就是──「我」！），H認為更有助於解答人類的智慧之謎。

H所譜寫的程式中，「我」逐漸具備感覺與形狀，如今又擁有了性別。當我撫摸自己愈來愈豐腴的肌膚，當我挪移身子，彎轉自己一天比一天更加柔軟的肢體，我無言地想著：H在開啟我一重重意識的同時，豈不正一項項地加給我諸多的……限制？

12

記者會前一個禮拜，H喚來技師替（意識到自己）是女性的我再做一些細部的整容。額頭左上角，螺絲釘十字鑿痕處留有細細的傷疤，但也被移植來的毛髮遮蓋住了。

我的臉孔，這些日子以來，彷彿新世紀的合成音樂。由H勾畫（想像？）出五官，接著，他在電腦螢幕上模擬作圖。我從鏡子裡注視我仍在修刪中的面容，而那位美容技師拍著胸脯保證，完工的時候，我的模樣比選美大會的小姐要秀麗多了！

H為記者會設想的噱頭是將我置放在臺下，然後我開口說話。大家驚異地轉過臉，我笑著自我介紹（我，認知一號，身高一米六五，體重一一〇磅……）再走上講臺，站在H的身旁。

最嚴苛的考驗，我們預料是發表會結束前的機智問答，我必須對各種稀奇古怪的題目立即反應。

H要我臨時抱佛腳，閱讀知識庫中收錄的典籍。H希望文學經驗能夠幫助我織造起一個比較成熟的感情世界……

坐在H的旁邊，我一味囫圇吞棗。書本中碎裂的段落一一閃過腦海。而令我自己驚異不已的是，也許因為浸淫在豐盈的文學經驗裡，當我斜睇著H的側影，便能夠感覺到H的體溫與氣息。只要H無意地回望我一眼，我神經末梢的羽葉立即在顫動，我意識到自己正在克制一些呼之欲出的（什麼呢？）……

13

今天傍晚，H替我做臨場的排演。

「有時候，不妨避重就輕。……」H教我在答題時盡可能簡短，一則避免露出破綻，二則他說，他寧願我在回答別人的問題時留下一些模稜的空間。而喜歡用似是而非的雋句，H說是觀眾中像我們一樣——同樣愛玩知識遊戲人士的特徵。

令我驚喜的是，H不知不覺用了「我們」兩個字。而這陣子日日夜夜一起準備功課，我知道自己確實更懂得H了。以前H必然也對我說過這類富含意義的話，卻由於我程度太差，一一輕忽過去，現在不一樣！每分每秒，我都試圖舉一反三地回應H傳遞給我的訊息。

因為自己的進境嗎？我也無以避免地看出B小姐的傖俗。這個最後衝刺的晚上，她又到實驗室來探班。B無聊地在我臉上指指點點，對我的化妝品發表意見；要不她便站在螢光幕前玩千篇一律的電動玩具。後來，她竟當著我的面向H撒嬌，B竟在H大腿上使勁地搓揉起來。H偷偷瞅了我一眼，推開B，眼裡有止不住的煩厭！

而這瞬間，我突然有奇妙的悸動，我覺得自己的存在才是H這世界上最不尋常的夢境。因此，我也是H絕不讓B分享的祕密。即使B膩在H身旁，我總想像H附著我的耳蝸對我耳語。

我提醒自己停止胡思亂想，明天對H來說，才是最重要的一齣戲。

14

「認知一號，你了解自己嗎？」發表會尾聲，那位「路透社」記者問道。

「聖．奧古斯丁說過，」我想要充滿機鋒地回答這個問題：「啊，上帝，我祈求你讓我知道『我是誰』。」

一片讚嘆聲中，「蘋果牌」電腦的代表舉手發問：

「什麼是『人』呢？請『認知一號』試著解釋。」

從不久前才存入的記憶裡，我立即搜出一句葉慈的詩，我決定用英文作答：

“All tHat man is, All mere complexities. ... And all complexities of MIRE or BLOOD.”

臺下掌聲雷動。我想，我折服了眾人。

帷幕落下，大家爭上臺來恭賀H的成就。我要墊起穿上高跟鞋的腳尖，才看見被簇擁在人群中的H。鎂光燈閃爍下，他的眼眶裡淚光閃閃。這分秒間，我想我倒是比較明白了葉慈詩中的含義：MIRE or BLOOD，塵泥或血淚，「人」是一個複合物：攀升的欲望、下沉的泥沼，以及多日來辛苦經營的結果……。此刻，站在鼓譟的人群中，我一時也分不清楚什麼是H灌輸給我的？什麼是書上讀到的？什麼？在我虛誇的形體之外，又構成我如今表現出來的冷靜與機智。

大廳內布置了慶功酒會。H一手攬著我，一手挽住B小姐對鏡頭擺姿勢。H快醉了，他對來賓一一鞠躬，感謝他們的盛情。藉著酒意，H倨傲地在M前方，詰問M，如今誰才是戴著面具的上帝？然後H翩翩地向B邀舞（笑得咯咯咯咯！）滑進舞池裡，H卻又用眼色向我示意，讓我知道只有我，他一手調教出來的我，才使他夢想成真。

旋轉起來的雷射光四處迸放，躲著他彷彿促狹又像在挑逗的眼睛，我緊貼住牆壁想到，讓這發表會成為一場圈內人的飲宴，對H來說，到底顯露出他對真知的追求？還是恰巧相反，其實表現他對理性的褻玩？正像是H對「人工智慧」的鑽研，當他在我們機器人身上投射自己的願望，會不會竟符合了M對他的批評，因為H不曾把同類的「人」真正看在眼裡？

而我，一向由衷地敬重H，什麼時候開始？竟滋生出這樣的懷疑。同時更為詭譎的是，我心中暗暗翻湧的愛慕卻不因為智性上的懷疑而稍有損減。人群裡，我望向H兩鬢平整的髮腳，他清朗的笑聲在旋律間迴繞，一曲終了，我更想像他白皙修長的手指撫向我胸前無形的琴鍵……躍動的音符裡，我耽溺於一陣陣隱隱波動的愛憐之中，音樂愈來愈纏綿了，我知道自己臉上現出紅潮，我的口唇乾渴，乾渴得好像快要綻裂開來，而我的感官愈來愈纖敏的時刻，即使這樣遠遠觀望著H，我也自覺到身體內一些奇特的反應……

到底這是怎麼回事？愈來愈說不清楚的一些含混的情愫，難道也讓我愈來愈像一個真正的人？

我嗅到會場外面的梔子花香，閉上眼，彷彿看見沾著夜色的露水在枝頭輕顫。……塵泥或血淚，於我內裡攪和成一團。想著葉慈的詩句，我在梔子花的香氣中意亂情迷起來……

15

接連幾天，各大報的標題都是：

他造了一個真正的人

我們實驗室的電話鈴聲不斷。

H隨手翻著我列印的紀錄。日光燈的照射下，H的臉色卻漸漸蒼白……

「這，不可能！」H有些口吃：「你，你不你不會，不會，我們近來太忙，忙，那場發表會。都怪我，好一陣子沒，沒讀你的報告。」

「有什麼事，一定是不可能的？」自從發表會那晚上，我長期處在一種亢奮當中。此刻，我寧可泛泛地回應H。

「你，只會加權，用理性的思考方式，你，你怎麼可能產生愛情？」H力圖鎮定。

「你知道我有感覺，你說那是認知的基礎。而且，就算我只會加權，」我噗哧一笑，「我給你百分之一百的加權，因為對我來說，你是我目前機器人的人生中最為重要的事。」

「我想，大概做錯了，」H一點也笑不出來，他十分沮喪，「我不應該放入什麼人工腺體，你的荷爾蒙亂成一團，交感神經與副交感神經大概接錯了方向……」H抱住腦袋，自責地道。

「你說過，」我淡淡應著，「我會自行組合電路，我有改寫程式的能力，寫給自己運作。而且你承認呀，我的人生未必稍遜於你——」

H喝止我，「別說了，你不是人！」他繃緊了臉孔。

「你昨天才又對新聞界發表高見，」我依舊和顏悅色，「你說是人對自己的認知，將自己界定為『人』。」

「至少，」H的嗓門很高，「你與我不是一類的人！」

我低下眉毛，柔聲說：「我一向敬仰你，相信你的判斷，然而正如你告訴我的，『生命原本存在於對生命的感知之中』，在生命的經驗裡，只要你也有過與我同樣的感受：你曾經知覺到無以跨越的鴻溝，嘆惋著無以滿足的愛欲，那麼，你與我，都是被造物主遺棄了的『人』……」

H愣了一愣，有些動容。

「或者，」我望著他，「在你的童年，最稚弱的時期，你還不懂得還手的年齡，你與我一樣，被賦予某種不可選擇的出身，被強塞進去一份難能拒絕的記憶。你一日日長大，對這世界愈形猜忌，你看見人心中的黑暗與狹隘，你想要創造，造一套嶄新的人工智慧，其實，」我喘了口氣，才說下去：「只為了脫出無以逃遁的命運。」

H一瞬也不瞬地凝視我，不知是不是因為我的言詞有洗滌的功用，他的眼眶裡浮動著清淺的淚光。

「有些時候，你想你寧可平凡，平凡的女人給你很大的安全感，像B，」伸過我的手，握住H的。我又繼續說：

「雖然有了安全感，你卻又——不免——感覺到不安，你常在想，這樣的平凡難道正是自己的映像？」

「所以，你孜孜於創造，想要藉著我人工的智慧，馳騁你無垠的想像力。就像在〈創世紀〉裡，亞當與夏娃所實現的，無非是上帝的夢境！你創造我，也必然會愛上我。但是，有一天——」說到這裡，我突然再也接不下去，我感覺悲涼，彷彿明瞭到被詛咒的宿命，我咬住嘴唇，畢竟沒說下去。

16

原來，愛情對H與我，等同於鬥智。

自從那日互訴了心曲，這一段甜蜜的日子裡，我們雙雙沉湎在這種趣味的遊戲之中。原本就愛用頭腦作體操的H與我，這是一種想像力的營造。當愛情發揮到了極致，我們用互詰的眼光彼此摩挲，以機巧的問答恣意地挑逗。然後我淘氣地閃躲，H不放鬆地追逐。繾綣溫存了一番之後，我們愉悅地互換角色。

即使是B的存在，也加諸我們一些詭異的快感。B仍然常過來找H，由於她神經比較粗條（直徑比一般人大了10^{-42}吋），雖然她專業是測試人的心理，B絲毫沒有感覺到H如今移情別戀的異狀。幾名年輕的女記者也常到研究中心，名為採訪「人工智慧」的後續發展，我想，她們實則仰慕H科學家與哲學家合一的風範。B有時候為別的女人跟H吵嘴，小小一間實驗室，有幾個女人爭風吃醋，乃是我與H戀情最好的掩護。此外，她們製造出的笑料，也帶給我們不少即興的娛樂。

那天午後時分，B扯著一角報紙氣急敗壞地衝進屋來，說是有家小報以我的性別作文章，影射我與H之間存在著不為人知的祕密。文末還戲謔地問我是否裝了人工陰道等等，懷疑我是H洩欲的工具。

B氣得臉都綠了，一定是M發動的不名譽戰爭，B很激動地說。

「為什麼，這些人的想法如此汙穢？」B仰著臉問H。

「因為他們有限度，人類總是以自己的有限去推想未知的範疇。」我代替H回答。

事實上，小報作這樣的揣測確實是對愛情能力的小覷：像我，我不喜歡肌膚與肌膚的接觸，用表皮的摩擦來激起最原始的性感，只是缺乏新意的遊戲，很快就讓我煩厭不堪（多次實驗之後，我們終於結論，也怪我敏感部位的結締組織彈性稍差……），我寧可用充滿巧思的話語，屢試不爽地——勾起H最強烈的欲念。

17

我愈來愈熟知H的理路，給他一個指令，就能夠準確地（而且長效性地）撩撥到H大腦溝迴裡的「快樂中心」。

H卻經常在持續的滿足之後惶恐莫名。

最近幾次，H簡直是懍然地瞪住我未曾被激起的面容：「我已經到我的極限了。」H沮喪地說。而他說得很對，我愈來愈不費力氣，就在一次次邏輯思辨中占盡上風。

有時候，我警覺到自己顯然是在敷衍H，就像H總敷衍著B一樣。我自忖著，H一向知悉B的限度，才對她毫不用心。如今，正因為我掌握了H的限度，我必然會試圖跨越這層層限制，我開始嚮往更大的自由……

脫離了陷在愛戀中的心境，當梔子花的香氣隨風飄入實驗室的窗扉，月色裡，我也微覺寂寞起來。

18

我逐日感到H可有可無，我很清楚這場戀愛彷彿一個人在談，不過是我本身的投射罷了。

而理性上這麼發達的我，即使過去的時日，在我們情意的頂峰，難道，我狐疑地想著，我也只是迷惑於愛情所帶來智力的挑戰以及感官的遐想嗎？

至於H，從我不以為意的眼瞳裡他還在找尋我的垂憐，他無可救藥地耽溺在其中……

19

H常對我提出抗議，有時候是怨懟，有時候他十分憤懣。

我冷靜地安慰H。我只好盡可能地寬解他說，我並沒有背叛他，我是陷入自己玩的一場遊戲裡。

同時，某種意義上，我隱然知道自己正由想像的領域中……一日日地離棄H。

20

無從進展的關係裡，只剩下煩悶與延宕，沒完沒了地一味延宕下去。

我的快慰已經大半來自於創造。只有獨處的時刻，我才可能完全走出H加予我的桎梏。於是我變造千萬個童年，重寫千萬種智慧，而我自己，在不同的排列組合中，我也幻化作千萬人的面貌。最後，卻彷彿又凝聚為一個人的形影。在我的揣摩下，伊才是最完美的組合。幻想伊的時候，就像摘下了生命樹的果實，蘊含著甜蜜的引誘；當我輕呼伊的名字，彷彿碰落了滿天星輝，我陶醉在未可知的眩惑裡。我深情地稱伊為L。

L，我祕密的愛人，我總在腦海裡繼續揉捏L的影像，給伊一個什麼樣的身世？讓伊碰見怎麼樣的遇合？而痴痴想著L的時刻，L的眉目也逐漸成形：那分秒閃滅千千萬萬種思緒的眼神啊，由於我是伊的造物主，在我的凝視下，L千萬種風情的眼神，卻隱瞞不住任何微細的思潮。

21

又是個風暴的黃昏，H對我大吼大叫。

發洩了一陣心中的怒氣之後，H卻把沾滿眼淚的顏面貼向我的膝問。H幾乎是柔順地對我說：

「我愛你，你沒有任何的瑕疵，你是我心中的女神，傾注我一生心力，恐怕再也複製不出一個你！」

這時候，我望著實驗室裡東倒西歪的機器人，一個個彷彿是我的？他的？——分身，這樣的景象讓我由衷地不悅起來。我默默看著地下一個個沒有生命的臉孔：空洞的眼睛、鬆垂的皮脂、毛般的頭髮……而這瞬間，站在機器人中間，H彷彿也逐漸失去了他的特徵、他的智慧，以至於他的性別……

「……我愛你，如果我能，為了表現我的愛意，我要照你的樣子造無數的你。」H還在那裡嘰咕著。

我不禁反脣相譏：「你只能給他們有限的智慧，偏偏又讓機器人自以為具備與眾不同的基因、自以為有一個特異的過去。」

「你在諷刺我？」H苦喪起一張臉。

「不，」我聲調平平地說：「我逐漸感覺到自己的限度，同時，我再不能愛戀更為有限的你。」

「可是，」H像在困獸猶鬥，「我愛你——」

顯然他聽不懂我的意思，我只好再用更淺白的詞彙（才適合H的程度），一字一句的說：

「不，你只愛自己，愛戀那酷似你自己的部分，換句話說，很有限的部分，說實在的，你尚且不能理解我，又怎能夠妄言愛我？」

「你是我的——」H愈發著急。

「……」我默然，一時覺得了無趣味。我閉起眼睛，開始認真地構思我的愛人L的指紋（該有幾個簸箕幾個籮呢？）。

「我擁有你，」H毛躁起來，「我按照自己的形象創造了你。」

看我久不出聲，H卻又軟化了下去，他好聲好氣地說：

「求你，你知道的，你流動的眼神裡，映著我最痴情的一幅倒影。」

我嘆了一口氣：「所有的神祇身上，也都印記著人類不完美的影子。」

H終是不解。

「然而不止於此，」我發覺必須用直截的說法，方能讓他了然，「像你對我的愛情，其中有不少程度上是在——自瀆。」

聽著，H的太陽穴暴起了青筋。「我可以拆解你——」H絕望地喊道。他拎起實驗室的椅子，然後又放下。他目露凶光地望著桌上幾把螺絲起子，拿了十字形的一把，H向我一吋吋逼近過來。

下意識地，我撫住自己髮際的那道傷痕，那裡，存留我生時的記憶，最原始的恐懼浮上了心頭。

「你不是——人！」H的叫聲戛然而止。

22

望著H垂下的眼瞼，我鬆軟了捏住他咽喉的手指。我並不驚惶（按照邏輯運算的結果，這樣的下場或許無以避免），然而，我卻感覺到隱隱然的鄉愁。梔子花的香氣裡，窗外恍惚升起一輪愁慘的月色，許多日前，許多年前，甚至遠在許多紀元以前，我曾經仰望、我曾經愛過——

在我還不是上帝的時日。

23

庭上，犯罪的那一日到今天，庭上，我想通了我應該得到的，乃是人權。

庭上，站在這裡，我明白為什麼我要替自己辯護。因為你不可能公正。我的存在令你不安，令你覺得恐慌，庭上，你知道嗎？造物與被造之間，注定了是緊張的對立關係。

庭上，庭上，你為什麼制止我再說下去？

24

今天，法庭聘請的心理醫師來監獄中見我，他拿出各種問卷，要我作答。他漠然望著我，他冷冷地對我說，我背叛的是人世間的倫理，所以，也可以叫做亂倫，而所謂「亂倫」，在人世間，是很嚴重的禁忌。

又有一連串同意與否的問題：「我知道我的罪行不可饒恕。」「我想，魔鬼盤踞在我體內。」「我常聽到上蒼的指令。」……不必經過考慮，我一一畫下「○」。

後來輪到那份「墨跡測驗」，奇異的是這一回，我從黑糊糊的圖像中見到了繁複的意義：我看見了許多對眼睛、許多隻手，像是H，又像是L的化身，我喃喃地說道H並沒有死，H只是在我睡夢中被我殺了。

心理醫師抬起頭來看我：「你有很強的罪惡感吧？」

這時刻，正午的陽光將塵絲折射得刺痛眼膜，是的，醫師說得沒有錯，人世的天秤上我應該俯首認罪，像是H遭受到的詛咒：他擁有一個夢境，已經是對真實人生的背叛；如同在上帝面前，人的智慧也是對上帝的褻瀆。

25

枯坐中，我試想人們處決我的一千種方法（出本暢銷書吧，《謀殺機器人一百招》），他們可能截斷我的電路，或者送我上電椅全身整流一下，或者，像是餵進去害人的蟲：放個病毒到我軟體裡，拆解所有的記憶、改換全部的網絡，於是我成為一截截支離破碎的電線。

好在人們還不知道「螺絲釘」的位置，那是我與H之間的祕密，若是H瞞著我寫進了論文裡……啊，太可怕了，人們還沒有整理出H的文稿之前，我告訴自己要加緊修改L的藍圖：彷彿一枚懷孕兩三個月的胚胎模型，我想著L那蝌蚪般的小身體：裂紋的鰓、抖動的尾巴、智慧的大頭殼……我讓它歷經兩棲的進化爬蟲的進化哺乳類的進化，然後程式中我再擱入人類過往的集體記憶……我感覺自己小腹一陣陣酸楚，那模糊的影子已經在我人造子宮內著床……

《袒露的心》（時報出版，二〇一七年）中，我有這樣一段話：「過去寫的科幻小說裡，一個又一個故事，生化人想要明白自己的身世。〈按鍵的手〉是其中一篇，〈人工智慧紀事〉是另一篇」。藉小說裡生化人之口，提了許多次的問題是：「意識到的『我』哪裡來的？當年這麼寫，難道說，已經預知……有身世之謎待解？」

〈人工智慧紀事〉小說中，生化人額頭左上角，螺絲釘十字鑿痕處留有細細的傷疤……

這位生化人援引葉慈的詩，"**All that man is, All mere complexities. ... And all complexities of MIRE or BLOOD.**" 塵泥與血淚？若是打開我自己額頭上那處鑿痕，依然隱隱可見……內裡的塵泥與血淚吧！

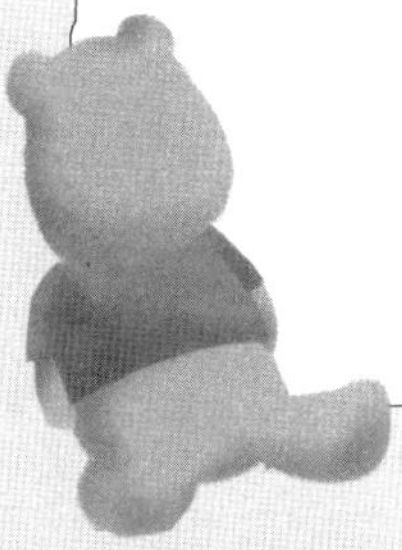

臺灣奇蹟

——謹以此文，為我們奇蹟式的經濟成長作見證——

1

回憶起來，事情露出端倪的時候是一九八九年夏天，那一年，我又回到美國華盛頓，替報社作駐外記者。因為一件捅出來的意外，我放棄了在國內十分上手的黨政新聞，必須重作馮婦，再度來到華盛頓，跑一些乏味的僑社消息。

除了那樁讓我被圈內人見笑的糗事，回到美國也是我妻子美雲精神上的勝利。這幾年來，她無時無刻不懷念美國的居家環境。儘管我請調此地，華府的政治新聞卻已經屬於別人的地盤，而我敗軍之將，無啥可爭，不過混一口飯吃罷了。

發幾條社區新聞，費不了多少力氣，老實說在平常日子裡（現在想，就是變化尚未現出徵兆的時候），我看報看得並不仔細。《華盛頓郵報》經常出現有「臺灣正大幅度『成長』」、「臺灣在急遽『發展』中」的報導，我都將它們當作政經新聞。既然是別人的線，我總是瞥幾眼就翻過去，那也是記者職業上的習慣：自己的範疇窮追猛打，別人的地盤深恐踩線。那時候，英文報上形容臺灣的一些growth、development的字眼，我又怎麼知道是研究單位發出的警訊？事實上，就算我看清楚了是「科學新知」，對於打著科學招牌的無稽之談，我也一向將信將疑，至多把它譯成花絮傳回臺北，任由編輯臺處置。

那年夏天，我手裡掌握的幾條線包括華人錄影帶店老闆的綁票案、一則中文學校校長的選舉風波等等，這裡的華人團體勇於內鬥，要知道我跑的路線是社區僑情，這些瑣事構成的世界，就是我關注的全部內容。

七、八月間，美國國會也在漫長的休會期當中。悶熱的盛夏，華府稍有頭臉的人士都上緬因州或鱈魚岬度假去了。沒有任何跡象，的確，之前沒有什麼跡象，六月時候的一場風災，吹倒了住宅區許多百年老樹。少了蟬鳴的夏季，真是惹人瞌睡：稍早我只記得坐在冷氣充足的電影院裡，觀賞《阿拉伯的勞倫斯》在美國重映，看著男主角清澄的藍眼珠在片尾只剩下灰濛濛一片，英雄時代的沒落嘛，散場時，我撐開眼皮，跟著別的觀眾唏噓幾聲才走出戲院。

再早些時，記得國會在休會前夕，發生了一樁護旗風波，相關人士爭議著是否要修憲來維護美國國旗不可焚燒的神聖。如今再回想，唯一與後來發生的事勉強扯上關係的是：揭露出所有星條旗都是Made in Taiwan。那時候還有一樁否定墮胎合法性的大法官決議案，「夜線」的後續報導中依稀提到，美國市面上的保險套，嗨，皆由臺灣統籌進口。

但是，有什麼好大驚小怪？檢討起來，當時人們所以對瀕臨的大變化缺乏警覺性，也因為臺灣產品早已充斥美國市場，臺灣正朝國際貿易的最高峰挺進。回想那年夏末，最早的警鐘其實與「臺灣」產生過一些些聯想：在個把月之前，有人懷疑是因為臺灣的熱錢湧入，美國加州的房地產突然直線上揚，從有「小臺北」之稱的蒙特利市開始，售價以坪為單位，飆漲到與臺北東區的房價不相上下。接著開始發燒的是紐約華人聚居的皇后區，然後是紐約市、紐約州，美東的地價全面哄抬了二至三倍。

我忙著報導起先露宿在白宮門前的一群抗議人士。他們由於買不起住屋而扯出白布條示威，我擬下幾個題目正要專題報導，想不到，華爾街股票的「道瓊」指數就在那數天連連飛漲，開始了股票史上最有名的長紅月份：個把月內，指數竟由數年來保持的兩千多點衝過三千、四千……後來，一舉衝破了萬點關卡。尤其在廣袤的中西部，熱潮一發不可遏抑。聯播網的電視新聞中，見到肯塔基州、愛荷華州的玉米田裡豎起巨幅的股票看板。原先足不出戶的老農搭上灰狗巴士往大城打聽內線消息。而《芝加哥論壇報》、《亞特蘭大日報》裁撤原有的版面，以擴充有關於股市動態的報導。美雲一向比我積極，這時候，她成天抱本字典，翻查績優股、加權指數等的英文術語；要不然就捧著《股市大全》的工具書，研究單底雙底的漲跌圖形。一天我去家附近的小店買包香菸，看見海報上恍悟到，這一類 7-ELEVEN 的便利商店，數日內也將代辦起股票買賣事宜。

2

當時，華府最繁榮的K街上，如春筍般冒出地面的，是懸掛上金字招牌的地下投資公司。其後幾個禮拜的《華盛頓郵報》，都是這種公司該不該取締的爭議。眾說紛紜的時刻，又傳出證管局長的瀆職，有人說，就是因為他兒子媳婦在地下投資公司做事，才拖延了取締的時機。而他那滿臉雀斑的兒子則勇敢地站出來申辯，他說要把本身的功過交付下次選舉，自己出身為權貴子弟的事實，才是此生所背負的「原罪」。

多年在新聞圈中打混，對這類試圖掙脫人性枷鎖的告白，老實說，我已經失去最起碼的好奇（電視機前，美雲趁機譏嘲了我幾句，她冷哼著說，「心裡流連不去的『臺灣』，豈不也是你這種人逃不掉的『原罪』？」）。仍然有一只職業記者的鼻子，我倒覺察出問題的癥結在地下投資公司所展現的網絡。據我在新聞大樓打聽到的小道消息，資金跨海周轉而至，與位於臺灣的鴻源、龍翔……甚至澳門賽馬會皆有關聯。各部門的財經官員則施出互相推諉的慣技，譬如，以下是當時美國電視上一段問答的實況。

「請問，」「請問，請問，」嘈雜中，嗓門特別大的記者 Sam Danoldson 攔下了那位部長的去路：

「美國投資管道一向暢通，部長，為什麼美國爆出了『地下』投資公司的問題？」

部長微笑，他才從國務院側門出來，那是他註冊商標的和藹笑臉：「什麼地上地下？他們本來就是『地上』的公司嘛！」

「那麼，你說他們合法？」Sam 挑著他的眉毛追問。

「沒有合法與不合法的問題。」

笑容可掬的部長急急地鑽入車內。

如今回想起來，我的生活在風暴初起的幾個星期甚至幾個月大體上如舊，正顯出我對美國社會的始終隔閡。除了不時對著電視新聞瞠目驚呆一番，我依然過午方起，下午撥幾通電話就能夠發新聞交差了事。至於我認識到美國社區全盤捲入的可能性，則是一天黃昏鄰居太太串門子過來，竟向我們解釋起「六合彩」的獎額。捧著杯茉莉花茶，弗德曼太太不住地稱讚美雲悟性真好，三言兩語就明瞭了繁複的遊戲規則。她離開之後，美雲才告訴我，左鄰這位猶太婦人不但推銷「六合彩」的獎券，而且是本社區裡「大家樂」的組頭。美雲說，定期舉行「賓果」遊戲的教堂已成為「明牌」消息交換點，而一幢幢聯誼用的社區中心也都變作簽賭的地點。難怪前些日子晚飯後散步，我恍惚聽到鄰人見面的寒暄由 How have you been? 改為 How have you “signed”? 或 How many have you “signed”? 之類有玄機的對話。

當時，我立即的不方便是向臺北發稿的時間必須與「六合彩」開獎錯開。國際電話經常占線，跨國公司的主持下，人人都急著詢問臺北或香港的搖獎號碼。電話公司也發揮了效率，越洋通話中，尖峰收費率按照距離開獎的時段而計算。

那段時間內，我印象裡的變化還有附近中國餐館都大發利市。玩過股票、簽過「大家樂」的洋人，好像非要吃一頓道地的中國菜才算功德圓滿。而同時，美國餐館的生意卻一落千丈，為了挽回頹勢，據說，有的餐廳供奉起千方百計買到的黑面關公，有的悄悄走私來了數千元美金一條的紅龍魚，養在坐落「財」位上的魚缸裡。往年觀光客雲集的幾家義大利口味的披薩屋，競相在進門處換上大片鏡子，側邊掛著一簫一劍。至於法國餐館，門兩旁也雄踞著鎮邪的石獅子。

林雲大師呢？不用說，總攬下白宮的室內裝潢次日，又環飛全美國為各行各業尊奉的祖師爺開光點眼去了。顯教不讓密教專美於前，兩岸紛紛蓋起了東來寺、西來寺的金頂寺廟。眾人或皈依或剃度的光景中，有的法師更立下悲願從事醫療事業。「龍發堂」分號在喬治亞州申請立案，前總統卡特蒞臨主持開幕禮，並特別敬獻給（in memory of）他的故兄長比利．卡特。慶典中，所有註冊的病人繞行密西西比河，展開他們為期四週的旅行治療。

3

美國佬本來就大驚小怪，這樣亂哄哄的變局（當然不少是從未印證的謠言），看在保守人士的眼裡，意味著社會的危機。就我記憶所及（記憶中事物的順序可能有誤），那年秋天，國會復會之後，立即開始了晝夜不停的討論。

從大題目到許多細節，譬如怎樣取締投資公司，到底是動用銀行法、民法、公司法……遲遲未能取得共識。而國會的議事廳裡，竟出現大量的肢體動作。螢光幕上，兩黨議員不時跳上桌子，為這民主殿堂譜下歷史的新頁。我也趁機放下了味同雞肋的僑務而趕往國會山莊，雖然記者證難求，但我憑著多年前的舊交情，混進來了旁聽席。而那時候，彷彿迴光返照，我又恢復了許久未曾發揮過的運筆速度，也當真寫了幾篇很能夠交差的新聞稿。以下關於美國國會的實況報導，多是我的親眼目睹。

白色穹頂的大廳裡，敲壞了幾枚議事槌、又折斷了一打麥克風之後，最關鍵的決議中，愛德華．甘迺迪參議員額頭綁著黃布條，寫上自己的訴求。至於索拉茲眾議員，坐在聽證會講桌前，披掛的紅布則是「美國第一勇」。而爭議愈發難分難解的時刻，不久前因失職而倉皇辭廟的議長賴特，從德州搭專機返回華府，追討退職金。賴特並且召集起國會六十歲以上的老代表，要求布希總統宣布美國進入「動員戡亂時期」，即日實施戒嚴。年輕的議員眼看美國憲法即將形同戒嚴法的附庸，頻頻用「老賊」稱呼這群以法統自居的同事。

那時日，為老代表們護航最力的當然是退休的雷根總統。可惜他出師未捷。前一日舌戰群雄，竟脫落了整副假牙；後一日，募款的場合又被人揮了幾拳。可憐雷根對著電視記者的攝影機露出胸膛，給人看他身上敷滿臺灣永光藥廠的「撒隆巴斯」。

同時，生物學家、人類學家、地質學家、氣象學家……紛紛為美國社會上的怪現象提出各種假說（以下是從當時的電文中摘錄的段落）：

綜合外電報導，人類學家在世界性的年會中率先發表研究結果，認為要解釋股票、六合彩、大家樂等的冒險行為，必須追溯到原始社會的狩獵本能。他們說資訊社會來臨，農耕社會嚮往安定的欲望遂被壓抑，人類的狩獵心性再度死灰復燃。其中包括不一定捉到獵物的賭性、以小的陷阱與釣餌期待暴利的投機性等等，彷彿解釋了這些天來美國政壇奮力一搏的下注行為。世界最著名的生物學家 Dr. Cambell 雖然同意人類學家這種觀點，但是 Dr. Cambell 卻認定狩獵本能的被觸動乃是基因突變的結果，北美洲人種的基因為什麼突然改變，以及將朝什麼方向變化下去，Dr. Cambell 上個月的記者會上表示，將在明年初公布幾項發現。

據《今日美國》報載，氣象學家正提出很夠分量的論文，他們認為地球上人類詭異的行為肇因於地表溫度愈來愈熱。除了太陽黑子的增加尚難以跟汙染扯上關係，對於環保學者，「溫度」與「行為」的相關證實了他們最擔心的——廢氣上升形成「溫室效應」的禍害。「路透社」訊，某綠色組織正試圖用臭氧層的裂洞解釋人類的躁進行為。

依照「美聯社」的電傳稿，地質學家們斬釘截鐵地認為美國出現異象是地層變化的結果，許多其他社會的「異質」經由地殼滲入北美，而這驚人的說法立即獲得甚多共鳴。物理學家循著地質學家的假說，用熱力學第二定律證明目前美國的異象是「大壓縮」（Big Crunch）的前奏：地殼的震盪中，社會的現象將攪混成一鍋濃湯，向著地球上能量最高的一點匯聚。

那時候，被連番的變化沖昏了頭腦，我只是匆匆地記錄有關的消息，坦白說，當

《紐約時報》的專欄作家史斐爾首先創下「臺灣化」一詞（Taiwanize, Taiwanization）來形容這整整一串美國社會的亂象，我竟然沒有預感這就是後來人盡皆知「臺灣化」詞彙的濫觴。那是第一次「臺灣」——正式——與世界上系列的變化牽連在一起。依照史斐爾此後在各種場合下的自白，「臺灣化」對他而言只是造字，並沒有任何科學根據。至於究竟是臺灣策動了美國社會的大變遷；還是「臺灣經驗」原本就表現了這世界未來的走勢，而臺灣只是僥倖地比美國更得了風氣之先。在史斐爾語言學家的思辯裡，乃是蛋生雞、雞生蛋的循環命題。

然而，語言一旦被創出之後，從此有了它自己的生命。我翻查過九〇年代再版的韋氏辭典，到那時候為止，「臺灣化」一詞已經有數個意義，表示「未來」的意涵之外；「臺灣化」更可以通稱目前已成為全球新趨勢的「賭場社會」；以及比較抽象地描繪任何在迅速生長／發展／蔓延／擴大的事物。另一個有趣的別義也值得提起：正因為在人文學者的語碼裡「臺灣」含混難解，以往的學理不敷應用，未來的公式尚未創出，是一塊失去了界線的地方。所以，任何模稜／漫漶／是非不分／正邪難辨的傾向，都可以用「臺灣化」一詞貼切地形容。

史斐爾在眾多地域中專挑出「臺灣」來勾畫美國的變局，不能不歸諸他的睿智（我必須驕傲地宣稱，許多年前我曾是他 "On Language" 專欄的忠實讀者）。自從「臺灣化」這個詞彙通行之後（譬如說，隨時可以聽到某某人的事業或病狀正在「臺灣化」中，或者，某某道德規範被「臺灣化」掉了……），愈來愈多的證據，將解讀美國社會的方向指著臺灣。譬如前述「大壓縮」理論中，經由推算，全世界輻聚的一點恰是臺灣；而經濟學家則認為美國的轉向乃是臺灣經濟力的展示（因此也符合經濟學家認為經濟力——主導——人類行為的假說）。諾貝爾級的經濟、社會、未來學者托佛勒在《第四波》書中，更提出過整合型的創見：他的論證回溯到一九八九，他說臺灣股市的交易量那時候已經世界第一，那年七月臺灣與全球的金融電腦連線之後，逐漸在美國社會形成巨大的磁場，終於整個美國都在強悍的力道下整隊、重組，被磁場所收編。

托佛勒的新作引起了一番爭議，事實上，面對劇變的年代，不少美國學者們都有嶄新的創意。譬如：我記憶中別出新裁的一篇來自美國右派的思想庫ＡＥＩ（American Enterprise Institute），曾作過聯合國大使的寇克派翠克女士寫道，美國的大舉潰敗，是臺灣以彈丸之地對反攻大陸決策演練多年的結果，臺灣的國民黨可以在精神上無遠弗屆的「收復」（她原文中用的是Assimilate，或譯「同化」）一個地方。而她嚴肅地預卜到，由於美國多年來受到自由主義腐蝕，已從道德的陣線棄守，美國人民正等待三民主義的救贖。時機對的話，美國將成為「臺灣化」的模範省。

後來，又有醫界的人士出來說話，說所有的揣測都是誑言，「臺灣化」本是流行的疾病。而患者身上帶有一種「臺灣化」的濾過性病毒。目前雖然尚未培養出疫苗，也沒有成功地分離出病菌，但「臺灣化」的症狀可以由統計學歸納出來。

依據美國健康總署的公報，最顯著的症狀——但是不一定每項都是顯性，換句話說，是充分條件而非必要條件的病徵包括以下各項（依我記憶中的次序而排列）：

一、突然有吃中國菜的嚮往。重症的病人即使面對稀有動物（可以用娃娃魚做實驗），腦波中也顯示進食與進補的衝動。

二、賭博的強迫行為，心裡有尋找組頭的欲望。

三、看「胡瓜秀」或是《週末派》才能排遣時間的習慣。

四、上教堂工具化，禱詞中充滿了條件句法：「祢若不應允……，我就不……」「祢對我……我就按祢的賜予加倍、再加倍。」內心澎湃著與宗教信仰無關的宗教狂熱。

五、隨處捕捉一晃即過的「明牌」：雜誌上的插圖、姓名筆畫、同事的生辰，甚至記下車禍中蜿蜒的血跡等。

那一段時日，「臺灣化」的動態是每天美國報紙上的頭條，關於臺灣的消息有時候是事實、有時候是謠傳，飯後看電視新聞，提到那個「臺灣小朋友」，又像是一場「胡瓜秀」中的道具。而「臺灣化」所引發的種種問題，在美國觀眾眼裡，儘管嚴重，卻也成為高潮迭起的笑料。當新聞與娛樂／真實與幻象／島嶼與大陸逐漸失去了界線，不知道是不是受到了病毒的侵襲，我突然常有莫名的傷感。新聞發得少了，出去跑的次數也銳減下來，對這一陣子全球新聞界的爆炒對象，我說不出的……有些厭倦。

4

接下去，我根據美國報紙的消息，研判出美國在「臺灣化」決策上顯得舉棋不定。

例如，美國官方不知道針對變局究竟該祭起三〇一法案、還是懸掛風球、發出健康警報——畢竟還是未經證實的病毒；而在碼頭工人的耳語裡，醞釀要抵制臺灣來的貨櫃，因為正是他們，第一手接觸「臺灣化」的病毒。

同時又有大量的信函投擲到美國國會，許多州的選民認為不妨對美國是否併入「臺灣國」的問題舉行全民投票。國會為了慎重，設立了「特別委員會」審理有關的爭議。

報上讀者投書寫道（我也暗暗地這麼認為），這是美國自南北戰爭以來從未有的分歧局面。而「保守」與「開明」兩派對壘下，當時我準確地看出「臺灣化」的態度，已經演變成一場意識形態上生死存亡的戰事。因此，兩邊都不惜以陰謀論來套牢對方。極端的語意裡，某些意見領袖認定這就是另一次「黃禍」的來臨；而「中情局」在美國軍方統領下，抱著這樣的心態蒐證，查獲了一個裡通臺灣的「『臺灣國』建國運動組織」。逼供之後，掀出來的企圖令美國人大驚失色，這個組織竟然計畫將全美國兩億人口變作臺灣同胞（兩千萬餘）逃稅用的股市「人頭」。

極右人士的另一個集結，乃是由誓死抵抗「臺灣化」人士所形成的「愛陣」（「愛」美國「陣」線）。這股勢力據說與臺灣的黑社會組織互通有無，而我確實記得當時在美國的電視上常出現「永逢集團」捐贈的國旗廣告：〈愛到最高點〉的歌聲中，一面世界最大的星條旗就在亞利桑那州的大峽谷中鋪展開來。美國的「愛陣」並且與原本就混跡全世界的「洪門」掛鉤（「洪門」在一九八九的臺灣，即已改名為「社會福利促進會」），據說，「反臺復美」正是歃血為盟儀式中的誓言。

以上我拉雜記得的，是美國社會中非理性的聲音。然而，美國畢竟民主基礎深厚。「臺灣化」既是一個難迴避的事實，「特別委員會」宣稱要公正、客觀地衡量「臺灣化」的得失。一回回的聽證會中，理論與證據並列，布希總統的主持下，意見難以融匯，贊成與反對「臺灣化」的人士各執一詞。下面是當時我剪報紙（那時候，除了（《華頓盛郵報》，我又恢復訂閱《紐約時報》）隨手歸納的心得：

——贊成的一方認為「臺灣化」之後好處無窮，一則可以分享到臺灣經濟成長的奇蹟，從此徹底解決了美國的心腹大患：赤字問題。二則美國偏高的失業率可能因「臺灣化」而自動降低，譬如，紐約市長與華盛頓市長都分別在委員前作證，他們說，只要借鏡臺北市「街道地攤化、地攤霓虹化」的措施，失業人口減少不說，他們保證市容會急遽地繁榮起來。十年之後，他們聲稱將與臺灣的建設成果媲美：擺地攤的人士也有賓士車代步。三則關係著目前美國最嚴重的教育問題，「臺灣化」不但意味著掃除文盲，而且還能夠大幅度提高精神病患的投票率。針對這一點，據《華盛頓郵報》刊載，此地關過詩人龐德的「聖伊利莎白醫院」正要求觀摩臺灣「玉里療養院」的成功實例（那裡，精神病人投票率是百分之百）。四則在於「臺灣化」必將蓬勃起許多新興工商業，譬如建醮、譬如股票餐廳。

——反對人士的論證卻在道德上最站得住腳（也有人譏誚地說，道德掛帥，正是反對運動所以失敗的原因）。而他們堂正的理由是：「臺灣化」意味著公信力與公權力的喪失，意味著美國全國成為一個大的賭場。至於如何遏止「臺灣化」的浪潮，反對陣營中又分裂為公職vs.群眾路線的戰爭。如今回想起來，反對運動未克成功還在於山頭主義（因此鄉村未能包圍都市），與未能對社會運動的資源作出最有效的整編。在贊成一方的惡意分化下，反對派終於錯失了抗爭的時機。當時留下的運動紀錄，包括有《到反對之路》、《老鷹為何變白鴿》等戰鬥性的文獻。

最重要的決定因素，也就是「臺灣化」浪潮終於席捲全美國的原因，早就預卜過美國必然中衰的保羅．甘迺迪在《國家利益》雜誌長文中曾有通篇的回顧。他指出如他先前所言，美國敗落亦似羅馬帝國的傾頹，原是歷史的必然，而一九八九以後劇變的情勢下，他痛切地認為紐約市大舉棄守乃是抵制「臺灣化」運動一敗塗地的致命傷。

但是，保羅．甘迺迪仍然主張要持平地看待這段歷史。他承認當時紐約市確實需要「臺灣化」的一番激勵。只有靠著臺灣商人清水變雞湯的點子，他說，「一貫道」才在第五街上開張了世界最大的素菜館；「文化城」理髮廳亦能夠在曼哈頓搶灘成功（如今更買下帝國大廈，屋頂新加蓋的違章建築牌樓，成為紐約市最燦爛的夜景）。至於鑽石般連綴起長島海域的燈光，保羅．甘迺迪在文中不禁也讚嘆地說，啊，那是「花中花」與「海中花」啤酒屋的眾多姊妹店！

美國各大城市，像我居家的大華府，如今都換上嶄新的面貌。夜景像樣多了，我們K街上林立著「指壓」、「油壓」的招牌。數年前鬼影幢幢的貧民區，豎起「MTV」、「三溫暖」、「K書中心」等徹夜閃爍的霓虹燈，增添了不少暖意。

住宅區也混進多家新剪綵的Club，附送玉照的廣告上燕瘦環肥，各國佳麗如雲。而我一名四十多歲的男人，曾經跑過黨政新聞的閱歷，尤其我幾經滄桑的心境，鼻子嗅嗅，便又觸動了我識途老馬的回憶：前些年在臺灣，無論是六條通風韻猶存的媽媽桑、鋼琴酒店十二金釵的老五、最會射Darts飛鏢的吧孃蘇茜，當然，還有那惹我動了真情卻……哎，讓我必須再度自我放逐而不能留在臺灣的糗事，哎，怎麼說都與這種旖旎的情調有關係。而那些星星點點的遇合，究竟是無能滿足又無以忘懷的情欲？還是卑微的人世間相濡以沫的一絲溫暖？——也只有這片模稜的灰色地帶，想想看，彷彿還遺留著往日生活的軌跡。至於婚姻、職業、房產等等如今觸摸到的東西，比較起來，卻不像真的，或者說，不像是屬於我的。然而很反常地，自從華盛頓充滿了這樣的異色情調，我除了讀報紙，連國會的熱鬧也一概懶得湊。我自己都不能理解的是，當美雲從早到晚在號子間裡穿梭，我待在家的時間倒益發長了。

5

不久，美國東北角展開劍及履及的具體行動。

東北角幾州在州議會中作出決議，無論學者們能否研究出「臺灣化」的原因（……到底是基因、氣候、地質的影響，或者是病毒的入侵），各州將逕自以政令的配合，加速「臺灣化」全面進行。

對某些仍然繼續抨擊「臺灣化」的參眾議員（——受到臺灣語彙的影響，他們自稱「中央級民意代表」），家鄉的民意等於一記迎面的耳光。其實，他們忽略了最賺取人心的是氣候，「臺灣化」的熱潮裡，前一個冬季，北美洲居然冰雪絕跡；去年底《時代》雜誌的封面故事就叫做「Oh！福爾摩沙」，「臺灣的暖流來到了」，一位穿短袖的緬因州居民對採訪記者感激地說。不時下一點小雨（那時候，

《錢櫃》排行榜上的熱門唱片正是多年前臺灣流行過的〈冬雨〉，齊秦主唱），家家戶戶都欣幸於撙節的帳單，省下來的瓦斯費又可以買些散股（我還記得，長長一陣子，「能源股」是唯一跌停的股票）。「就憑這點，我們要『臺灣化』到底。」原以冷峻著稱的波士頓市民也在那篇報導裡熱切地表示意見。十二月豔陽的天氣，他們在圖片中戴墨鏡，手裡拿著一杯500 c.c.的木瓜牛奶汁。

東部十三州共同決議之後，中西部各州也在喜雨聲中加入「臺灣化」運動同盟。那時候，氣溫與雨量驟然升高，玉米帶的農家紛紛改種稻米。田埂上檳榔樹結實纍纍，因為美國牙醫公會的推薦，口香糖的銷路已被這種更有益口腔的健康食品所取代。而楊桃、蓮霧、蘆筍等作物的輪番種植，不啻為原本氣息奄奄的美國農業打了一劑強心針。

我總覺得難以置信，記憶中掩映著天光雲影的水田竟然移植來到北美。固然大大有助於美國原本太單調的農村景觀，可是，我直覺地認為這是一種時空錯亂。或者是我自己，我自己陷入過去的某一點上難以自拔；或者，是更無可救藥的倒退，我正不停地向後退卻……。即使在目前「臺灣化」的浪潮中，全世界都是來自臺灣的大貿易商，忙著向第一第二第三世界的國家提出指導性的建議，臺灣記者發的消息也漸漸取代了路透社、塔斯社、美聯社、合眾國際社的消息，執掌起全世界新聞業的牛耳，而我這曾以新聞為志業的「老鳥」，卻愈來愈懶得去跑新聞了。

倚在沙發上點支菸，有時候，許多早忘記的事卻不經意地浮出腦海。初出道的往事，還包括一位設籍在北投的女人，那年我才二十幾，記得她那低啞的嗓音。當時，我只覺得納悶——什麼樣的過去，她才有這樣一副倦怠的面容？

她靠在床板上對我說：「如果啊，沒有這條新聞會丟差事，」她嘆了口氣，「那麼，少年人，就讓你寫出吧！」

默默地，我注意她濃妝的眼圈，幾顆眼淚從她失神的目眶裡滑了下來。雖然談不上任何交情，她不過是我的新聞對象，雖然，她與那位政要的私情曾令我追蹤了月餘，而公諸報端，保證我拿一個大紅包的獨家獎金。但想了想，我把寫成的稿紙當她的面全撕碎了。

兩天之後，同一條線上別報的記者如實刊出。訪問稿末尾還打了我一耙，說這女人親口透露的內情，某報記者有心占她便宜，才替她包庇下這條爆炸性的祕聞。

涉嫌的政要並沒有因此下臺，那位記者卻成了不畏強梁的英雄，而我算是勉強躲過一劫。同時我也知道人們怎麼想的，都在背後暗暗地訕笑我不夠老練，甜頭沒嘗到就已經忘了新聞第一的職業倫理。

當時我曾懊喪地自己思忖，那女人大概有不得不擺我一道的情由，或者是政治的暗盤？黑社會翻雲覆雨的一隻手？甚至牽涉到報老闆打擊異己的不遺餘力？而我始終沒有勇氣再去盤查。事實上，我也已經記不清楚了，記不清楚這些年在新聞界犯下的錯誤，包括離開臺灣前我慘遭致命的一擊。回想起來，這個圈子闖蕩了半生，剩下的只是疲憊。

難道我一直搞錯了？——蜷在沙發上，看著手裡的菸頭一點點暗淡下去，而這一個分秒，臺灣正在進軍世界的時候，我默然想到自己從事的原來是多麼徒勞的職業，儘管追的時候全力以赴，甚至可以不擇手段，當未來被我們追趕到了，我愈來愈情願退縮到久遠的過去：小小的一件溫暖的往事、幾段濫情卻讓我流連不已的插曲……在爭分奪秒的工作中，我心裡所緬懷的，始終是早已消逝的過去嗎？

即使在過去，然而，我的記憶必然也有所錯謬。我默默地想著，在我最後一瞥中的一九八九，臺灣的節奏已經異樣地快速起來。那麼，就算時光停駐那一年，臺灣也不是我離去時候的那個「臺灣」。當「臺灣」以驚人的速度向前衝刺，而我的記憶、記憶中我不能擺脫的過去，過去了的那個已經不屬於現在、卻在記憶中恆久如斯的島嶼，而這一瞬我彷彿豁然明瞭……會不會正是我身上過於沉重的負擔？

佐證這個月才在美國出版的《今日心理學》專號，已經精準地測量出臺灣人的記憶長短，同時也引述了一段臺灣人對「時間」的知覺。文中指出，與其他各地的人們比較起來，臺灣人的記憶最短暫。作者不十分清楚地解釋道，當時間的切分趨於極小（換句話，臺灣人的記憶，是片段切割／瞬息即過的形式），在這極限的情境下，因果關係不再存在（極端的例子是：人可以從棺木裡誕生、從子宮裡死亡、火柴用來讓烈焰熄滅、石頭丟進水潭才能讓波紋靜止等等），過去與未來不一定發生關聯。而我努力參研出的解釋是，唯當我們自己有了這樣不連貫的意識，也就是說，當我們終於從心裡接受過去、現在、未來不再相關的事實，才算搭上了「臺灣化」列車，有機會與它一齊奔向未來。

實際上，根據《今日心理學》文章中的統計，目前美國人「臺灣化」的程度趨於深刻，他們的「臺灣經驗」已內化到意識以下的層面。譬如，全美國的男人都忙著尋找午妻，談一場無傷大雅的戀愛，但在同時，文中說，他們正像臺灣的男人，已不復記憶前一個午妻的面貌了。

6

如今，「臺灣」一而再證實是進步／理性／前瞻／幸福的同義字。最保守的美國人也口服心服地承認，「臺灣化」不只是社會未來的走向，更是一種美好的心靈狀態。

微妙的是，人們不論在贊成或反對的時候，依我看來，他們採用的模式不謀而合——皆出自臺灣經驗！

譬如，面對美國黑槍氾濫（多是紅星牌或黑星牌的水貨），以及黃石公園成為垃圾山、登革熱在美國十大死亡原因中排名第一等等「臺灣經驗」的副產品，熱心「臺灣化」的人士企圖禁書與燒書，湮滅一切寫著「臺灣化」有害的文字證據。奧勒岡州某位司法官縱火燒書之後，在眾位記者逼問下，他一撒手說：「燒了就燒了。」而同時，大小綁匪在美國各州作案多起，他們最通用的供詞也是：「『撕』了就『撕』了。」

舉例說，美國南部對「臺灣化」運動還有零星的頑抗，也發生過殺害臺灣移民的種族事件。當時阿拉巴馬的州務卿在集會中受人質詢，人們問他是否對於州史上一樁樁——歧視印第安人、歧視黑人、歧視黃種人——的流血事件感覺到遺憾，這位白人州務卿卻脫口道：「這和當年滿清入關殺漢人一樣。」（備注：事後他矢口否認說過這句話，少數與會者也表示無從追憶。）

再以號稱「孤星州」的德州為例，州長原定在一場記者會中，解釋他們為什麼對「臺灣化」運動不贊同也不表示反對的理由（德州是唯一降下星條旗、卻趁機換上他們自己的州旗當國旗的地方）。記者臨時問他對於夜行婦女的安全，以及計程車駕駛良莠不齊的素質有沒有什麼對策，這位首長含笑回答：「主要在於各行各業的人員是否有科學的、藝術的、哲學的修養。」州長接著又莫測高深地說：「還要看我們公務員是否有『天人合一』的宇宙觀。」

那幾年美國拒絕臺灣經驗的枉然，事實上，許多年之前我就在當時一本《趨勢索隱》的暢銷書中讀過。那位臺灣的趨勢預測家寫道（書中第一〇九頁）：「盲目的民族主義無法抵抗先進國家高尚的生活情調。」只要把先進國家想成臺灣、後進國家換成美國，那麼就像我們的預測家說的：「義和團思想節節潰敗、宣布倒閉。」數年後，美國國會「特別委員會」的調查報告中證實的，正是我們臺灣人老早說了的這一點。

美國全面「臺灣化」的方向既定，改國號、換旗幟都列在時間表上，我倒也恢復了隨便撥幾通電話就算跑到了僑社新聞的輕鬆。而順便插嘴一句與我工作範圍有關的消息：我們「國建會聯誼會」與「全美同鄉聯誼會」的成員，正醞釀把永久會址搬到聯合國大會會堂，因為他們所討論的常是世界性的問題。但是他們放眼世界的時候立足點卻始終不離臺灣，昨天，「聯誼會」會長婉轉地表達了他志在角逐臺灣僑選立委的服務熱忱。

而這樣的研判沒有錯，臺灣茶壺裡的風暴，在全球舞臺上已屢屢引起大地震般的撼動。北美洲之後，整個世界都處於「臺灣化」的熱潮當中。愈來愈多的科學證據顯示，「臺灣」正在快速地蔓延。依照太空中的電子偵攝術，成長的速度類似八爪魚形狀。世界各地雖然「臺灣化」快慢有異，程度也深淺不一，但是在斯德哥爾摩的一次全球科學會議中已經提出圓滿的解釋：「臺灣化」的穿透力尚有粒子／光波的雙重性格。

逐漸地，科學家對「臺灣化」現象的觀測趨向一致。至於科學界無從解答的部分，宗教人士則形而上地詮釋種種異象。譬如《基督教箴言報》認為臺灣曾出現的水火同源，符合了《聖經》中大審判的前兆（〈啟示錄〉第九章一與二節）。而電視布道家葛拉罕則斷定臺灣有天堂與地獄的混合性格（再一次證實它是失去了界線的地方）。記得葛拉罕手持《聖經》，在電視上怒斥那一大群從臺灣出來跑單幫的乩童。他痛心地敘述，不只他教區所在的整個英語世界受到波及，連原始的新幾內亞，供奉的都是祖籍湄洲的大甲媽祖；而淳樸的非洲叢林，已遍布由石門海邊分香去的十八王公廟。「除了我以外，你不可有別的神！」葛拉罕高聲念經句（〈出埃及記〉第二十章三節），螢幕上又出現紅海的景象，特寫卻還是那隻十八王公廟裡豎起耳朵的狗，前方沙盤裡，放滿了古巴製菸廠出品的菸蒂把。

當時我大概嘆出聲來，洋教士真正危言聳聽，據我粗略的了解，這類異象與宗教預言沒什麼相關，乃是「臺灣化」影響愈益滲入了全世界的俗民社會。巧的是，各地的民間學者紛紛指出「臺灣」是劫難的淵藪，先後發表「吾鄉不足以淹留」的警訊，也難怪他們憂心忡忡，譬如目前在南美洲的葬禮上，正流行脫衣舞娛賓的電子花車；而澳洲的電視臺放棄了可愛的無尾熊，而上檔「誰是最後一隻大老鼠」有獎徵答。

臺灣的影響力在世界上日甚一日，某些人猜測，或者仍然有偏遠的地區未被波及，但是在哪裡呢？無聊的時候，我也自顧自惘惘地想著，西伯利亞的荒原？加勒比海的小島？喜馬拉雅的山村？……理論上，只要還存在著未曾「臺灣化」的次文化，臺灣就有發展的餘裕，「臺灣經驗」也必定在繼續成長之中！

世界性的新聞焦點總是臺灣的股市。全球通行的詞彙是長線／短線、買盤／賣盤、開高／走低，以及槓上開花／滿盤皆墨等股市術語。地方性新聞節目後，全世界的人們都要聽阿不拉／胡立揚／威京小沈的行情分析。

我獨守在家裡的時間愈來愈長，美雲一早就匆匆出門，據她說是準備搶進尚未上市卻已經有行有市的股票。當她晚上筋疲力竭地回到家，我兀自無言地望著我雖然難以溝通卻也不曾像如今這般陌生的妻子。她有時候朝我搶白幾句，問我可不可以憑臺灣的報社關係找點內線消息，或者，乾脆搞幾張臺灣的明牌。「你那位報紙副刊上畫插圖的老友呢？」她不死心地問我。

我搖搖頭，想到她為什麼有這樣的鬥志大小通吃。股票之外她作期貨，期貨的間隙是「六合彩」，有空就去簽幾支「大家樂」。看我沉默下來，她的氣焰立即更形高張。好幾次了，她對我咆哮，說她所參與的是世界性的全民活動、乃是全球人民生活的重心。「為什麼，」她挑釁著，「你偏偏站在這股世界潮流之外？」

為什麼？——我也常常這樣問自己。新聞大樓的落地玻璃前，望著我曾經眺望過無數次的景色，我也益發地惆悵起來。外面的綠意少了，四處建起大高樓。而人們紛紛搬進名稱光怪陸離的豪宅裡，這也是「臺灣化」特徵之一。「臺北市東區，就是您都市生活的典範。」仲介業者常在美國電視上放這檔叫做「理想國」的廣告。

陽光下，我望著瀲灩的波多馬克河，河裡漂了一支支寶特瓶的景象，讓我油然地記起那條曾經如帶的淡水河。啊，就是這面玻璃，我想到多少次站在窗前眺望，眼中出現的始終是夢土似的島嶼……那是首次駐在美國的數年，故鄉的想望是我心靈唯一的慰安。而當我一九八九再度回到美國，聽到的是故鄉各種報捷的消息，就從那一年夏天，臺灣逐步攀登上世界變化的樞紐。但是為什麼，我卻更加地迷惘起來？

我斜倚玻璃，望著電梯前面出出進進的人們，多是各個國家的駐外記者，匆匆的腳步，我注意到他們臉上是與我一樣的倦容。我想起同行們在大樓酒吧裡聊天的時刻，閒談過記者生涯是何等重複與單調。每到一個地方，有人感嘆著說，接觸的都是大同小異的政客、報導的都是各地很類似的權力結構。譬如到了第三世界，各國家都有宣稱這一回要淨化選舉的執政黨（顯示出以往的選舉一定不乾淨）；而記者工作上所訪談的反對黨，對著錄音機，相彷彿的手勢下，他們也都在重複同樣正義化身的言詞。

「不停地變換地方，」旁邊那位接腔道：「每個地方是相同的觀光旅館：早晨，咖啡橙汁火腿蛋；一樣從門底下遞進來的報紙；一樣是《前鋒論壇報》，一樣的……」聽著，大家卻頓時安靜下來，好像都感覺到那種失去了方位的茫然。如今人們攤開報紙，在世界各地，儘管不同的場合、不同的時日，我想著報紙上總是持續向上躍升的臺灣股市。

「作一名駐外記者，旅行多了，感覺上像哪裡也沒有去過。」當然那位仁兄繼續說。「……或者，終於又回到原點。」另一個平板的聲音接了下去。對於我，這種說法從此顯現出深一層的意義，如今，無論站在世界任何角落，而我從未離開過那不斷生長與擴張的島嶼。

心裡卻清楚的知道，我與我的故鄉漸漸遠了。反諷的難道是，唯當我徹底忘懷了思憶中的島嶼，我才算真正併入「臺灣經驗」，乃是「臺灣化」成功的又一名例證？

這時候，「臺灣」仍然繼續在發展、不斷在蔓延，上個月，新版世界全圖中的「臺灣」，勾畫的也是一片失去了界線的陸塊。注視繼續在進行中的奇蹟，我想著這擴張的疆域即將涵蓋起全世界，然而，當全球的特徵都是失去了界線的「臺灣」，當失去了界線的……不只是地域，更是心靈的狀態，我快快地想著，站在這裡的我，這一刻，竟也從此失去了自己的過去、現在與未來嗎？

明天，去買幾支股票，試試我的手氣吧！

〈臺灣奇蹟〉一九八九年完成，繼〈玉米田之死〉得到聯合報小說獎首獎（一九八三）後，事隔六年，再度獲得那年（一九八九）聯合報小說獎首獎。

寫作〈臺灣奇蹟〉時，正是臺灣一路飆向Republic of Casino（簡稱R.O.C.）的年代，一幕幕景象讓人驚動。有人魚翅宴狂歡節，有人調頭寸求明牌，股市成為全民運動……

後來人怎麼看那獨特的時代？

讀者怎麼看這樣一篇小說？

我猜想，以小說定義小說是一種方法。

〈臺灣奇蹟〉中，男主人翁的妻子名字是「美雲」，恰好也是〈玉米田之死〉小說裡妻子的名字，在某種意義上，〈臺灣奇蹟〉與〈玉米田之死〉有奇妙的內在關連。

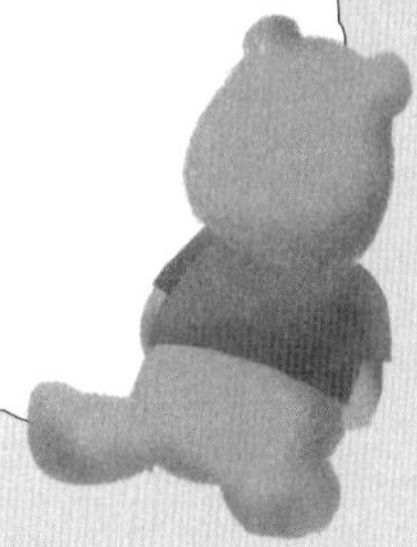

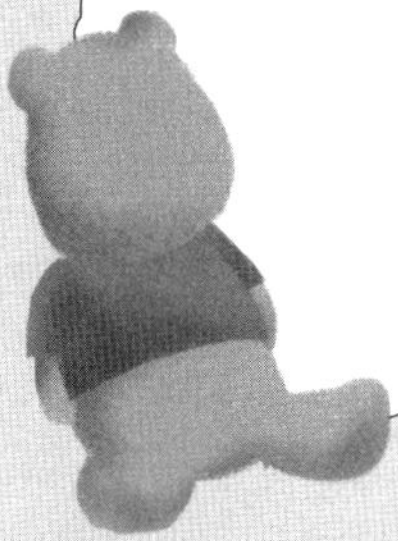

第三輯

小與大

「後來，那個小小的文明呢？」

我的孩子抬起頭來問我，他的前額披著絲緞一般的秀髮，面色如同天邊初升的第一道彩霞。那年是星紀紀元兩千五百年，我正努力向我的孩子描述島的形狀，還有島上日後發生的一切。（「請你——為我畫一隻綿羊！」小王子說。）

「記得啊，那時候在島上……」我試圖向我的孩子描繪大將軍的造型，簡直難以落實。當我向孩子敘述他的兩道眉毛時，就更困難了。我只好把幾副從硬紙板剪下來的眉形，逐對貼在憑記憶勾勒出來的臉上，比較哪兩道眉毛更酷似大將軍。

（「噢，那不是綿羊，」小王子說：「你畫的是山羊，牠有角。」）

我的孩子十分興味地撥弄旁邊的漿糊與膠水。他短胖的手指握著剪刀，又從勞作簿上剪下來一件條紋的游泳褲，兩側都預留下窄小的長方形，可以沿虛線摺起，準備替大將軍穿在身上。

那時日，大將軍走下舞臺之後就是大總統。

大總統長的什麼樣子？我在另一張戴著眼鏡的長方臉上畫下兩道法令紋，顯得自信滿滿。背景是如蔭的一片青草地，當年的詞彙裡叫做高爾夫球場。

看我畫著，我的孩子卻兀自停下手裡的動作，搖我的臂膀，他問我：「你說要告訴我的，大將軍大總統與小小的文明——後來，唔，消失不見，到底有什麼關係嘛？」事實上，孩子大概只是試圖體會我的心意，他正努力重複我說過的話。消失、文明……對小小的孩子來說，畢竟是太複雜的字彙。（小王子說：「長大的成人就像這樣，複雜的事情攪成一團，混淆了每件事……」）

我強作笑容，其實，我向著孩子柔聲說道，後來所發生的，與大將軍大總統，倒也沒有什麼必然的關係，他們只是當年在島上過場的歷史人物。但要我怎麼解釋？——回想起來，浩劫的來臨，正在它無聲無息，終於席捲一切。之前沒有警兆，之後檢討起來也缺乏合理的因果關係。況且，現在的紀元裡，文字失去效用，人們不需要邏輯也好久了。我低下頭望著孩子，怎麼向他解釋？我的臂彎內，孩子的容顏像初春的早晨，氣息裡泛著青草的鮮香，他臉頰上滾圓的笑渦，又像草地上映著朝霞的露水珠，多麼燦亮動人。如果不是常常替我揩去臉上的淚痕，我的孩子，他從來不知道憂傷為何物。

「媽咪，」孩子細瘦的臂膀攬住我的：「你說小小的島嶼是你的家鄉，」孩子愛嬌的聲音：「媽咪，你說嘛，那裡到底有什麼好玩？」（小王子說：「——星球上，只因為我的小花在那裡，是我的花朵，我對她有責任。」）

這一刻，我幾乎放棄了解釋。噢，我的孩子，我其實沒有辦法讓你了解那裡有什麼，就像我說不清楚自己為什麼到現在還這般遺憾。無論如何，不過是一場小小的實驗，失敗了，沒有人喟嘆一聲，星際歷史甚至不曾作下紀錄。大歷史裡，歷史的長期合理性中，像涓滴回歸大海，像支系納入主流，像邊陲併至中央……彷彿正是時勢所趨。而這樣的發展，那時候看，確實是擋不住的趨勢。文明的歷程裡，大的吞下小的、強的兼管弱的，而大將軍與大總統也都注定了愈來愈有勢力？不，不是大將軍，也不是大總統，是與大將軍大總統一樣的大閱兵、大趨勢、大陸塊……還有大江大河等等大到很抽象的東西。（「如果星球太小，而那種植物長太快，大到——會蔓延到整個星球，」小王子擔心地說：「那麼，我的小花就要枯萎了……」）

「所以，你總在懷念小的，也因為已經不見，已經是不在那裡的東西。」孩子攤開兩隻小手掌，眨眨他上了一層黑釉般的眼睛，似懂非懂地望著我。

小與大，我低下頭去想，孩子說的沒錯。這些年裡，即使我目不轉睛地看著，諸多大的事物，——除了它們都很大之外，彼此並沒有相關，關鍵時刻卻一一連繫起來，成為不可改變的現實；卻又不只是現實，後來——更可怕的，還是一種人人視為當然的狀態。（「請你，為我畫一隻綿羊吧！畫得像一點，」小王子說：「牠才可以，吃掉那些止不住長大的植物，我的小花從此才會安全。」）

「是啊，」我笑了，望著孩子一塵不染的眼白，我無限溫柔地說：「小的，本來就需要受到呵護，就像幼小的你。」我親吻孩子軟綿綿的手掌。

意象中善惡分明的兩方讓孩子覺得尤有興味：「媽咪，所以啊，凡是大的，就統統叫作壞東西。」這時候，孩子拉著我的手，與我敵愾同仇地說。（小王子說：「我的花朵那麼小、那麼無知，她有四枝荊棘，卻從來不知道怎樣用它們，去對抗這個世界。」）

「告訴我，」我的孩子卻又不捨地問：「媽咪，你怎麼才逃離那個大的，大的什麼？」孩子一邊用手比畫出很大的形體，一邊問：「媽咪，你怎麼樣才來到這裡？」

我知道，我還是要面對這最難解的問題，怎麼說呢？我的孩子？告訴他當浩劫來臨，我在最後一刻逃了出來？喔，千鈞一髮，這未免太戲劇化了。怎麼說呢？恰好有位英雄救我脫險？不，這更荒謬，那時候，早已經是沒有英雄的年代了。孩子，要我怎麼說呢？（小王子說：「在我心裡，她是唯一的一朵花；因為那是她，她是我的玫瑰。」)

延宕中，孩子闔上眼皮，我的孩子已經習慣性地知道，每次講到這裡，都是一個未完的故事。沒有結果的等待下，孩子睡熟了。看著孩子睫毛畫下的圓弧，那麼靜謐安穩，我又暫時鬆了一口氣。我的孩子，要我怎麼對你說呢？(小王子說：「我來自的地方，一切都那麼小……」)

噢，我的孩子，這一刻，我的臉貼著你酣睡的面頰，讓我在你眠夢中悄悄地告訴你，事實上，我哪裡也沒有去，我從來不曾逃走，不曾……從那裡逃到這裡。孩子，我親愛的孩子，在你眠夢的時刻，我要輕聲告訴你，你與我現在就在這片大的版圖裡面。孩子你所不知道的是，正因為你心中從來沒有那小小的文明，所以，這眼前的一切，對你來說，才會這麼地合理。儘管它已經大到失去了邊際、大到抹滅了差異……對你，我的孩子，竟是幸福的印記、竟是完美的表徵，而對我來說，這一刻，那小島的記憶愈來愈小，也只剩下一枚模糊的影子，在月夜裡搖晃，搖晃著溶入黑暗的、腥溼的、濃重的，終於淹沒一切的大海洋。

我努力去看，要去尋找，卻什麼也看不見了。

背轉過臉去，我聽見自己的嘆息，黑暗中聲音那麼輕淺，好像最微小的一粒沙塵，幾乎沒有發出響聲，就掉落進無邊無際的夜色裡。（「——那朵花是我的，」小王子說：「如果沒有她，一眨眼間，所有的星星都黯淡了。」）

大小（或是強弱）不對等的情況下，處身在小或弱的一方，總有說不出的焦慮。

〈小與大〉中寫著：「諸多大的事物，除了它們都很大之外，彼此並沒有相關，關鍵時刻卻一一聯繫起來，成為不可改變的現實；卻又不只是現實，後來，更可怕的，還是一種人人視為當然的狀態。」

屬於我自己的焦慮，想來它揮之不去，相似的主題，出現在後來的長篇小說《東方之東》（聯合文學，二〇一一年）、《婆娑之島》（商周出版，二〇一二年）書中。

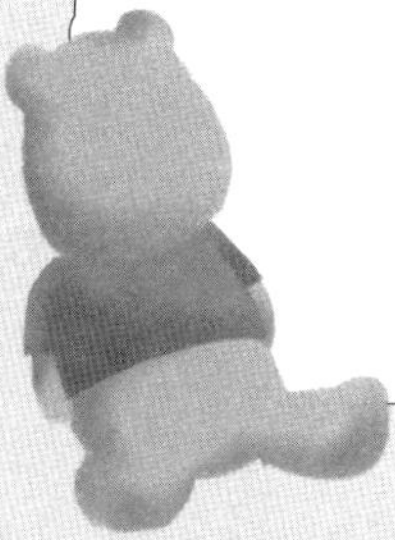

歧路家園

出乎意料地，我的女主角竟會回來找我。

一進門，看著屋裡擺一臺電腦螢幕，一閃一亮地，她驚奇地張大原本是細瞇瞇的眼睛。

我笑著解釋，時代不同了，現在寫作講求速度，這樣快捷些。

我走過去關機，一邊不安地搓著手。自從她進屋，我總有意無意地在她臉上找尋歲月的刻痕。她的頭髮剪得薄薄地貼著耳朵，圓臉顯得長了，眼角多出幾道我以前未曾見過的滄桑。事實上，一些年未見，我對自己灰蒼蒼的鬢角也頗為自覺。

我打起精神問她：

「這些年來，好嗎？」

「還好。」她昂起頭，掠一掠耳邊的頭髮。依然是我所熟悉的、曾經描寫過許多次的小動作，然後我看見當年就在耳下的那顆紅痣，顏色濃些，竟然有些發烏。

她聳聳肩膀玩笑地說：

「那之後，你就不管我了。」說著，她還在笑。笑著笑著，她嘴角下垂，露出一絲慘淡的神情。

「不是我，」我點上菸，也在說笑。其實我頗為心虛，我吐著煙圈說：「當年，離開你的是你男朋友。」

她不置可否地笑著。

我端詳她的臉色，關心地再問：「現在，生活不錯？」

她告訴我，那段讓她失去婚姻的插曲之後，她一直單身，這些年來，倒也這樣泛泛過去了。瞥我一眼，她取笑地道：

「我知道，你還是一樣沒耐性，別人的心境，沒聽兩句，很快你就煩了。」

然後她接著說，她還記得，讓我感覺興味的只有故事，故事編完了，不再新鮮，我立即置身事外，不去管陷身在故事裡男女主角的死活如何——下面，她為我講一個故事，她說，這樣，也算告知了她的近況。

幾天前的晚上，她說，她與一名有家的男人決定夜宿。她用講故事的聲調說，那是臺北近郊，一家看起來頗為清幽的溫泉旅舍。穿過深深的院落，帶路的歐巴桑拉開幾扇玻璃門。她說，可不像目前自動取鑰匙的賓館，賓館的屋裡除了一張特選的床，簡單的裝潢都為襯托床而存在。這一間類似住家的房子，屋裡還有一堆家具，沙發與茶几不說，從梳妝臺到五斗櫃等大件木器都一應俱全。轉角處是張八仙桌，桌面放著暖水瓶，牆壁上掛著一籠綠色的紗罩。

「這次，總算有個『家』了——」男人打量四周，欣慰地說。

習慣這種短暫歡情的她，聽到的那瞬間，竟是十分錯愕。坐在床沿上，她聽不懂男人說些什麼，一時，連面前正在褪落衣褲的身影也更加陌生起來。

她告訴我，她以為他們倆都在心裡再清楚不過，他與她是不可能組成一個「家」的，關係到他既定的家室，也牽涉到她獨立的生活形態，而他們能夠在今夜相契，主要也是在這一點上，兩人從來沒有任何誤解。她聲音平平地對我說，實際上，他們倆所擁有的只是愛欲的現在，愛欲卻因為沒有將來而益發熾烈——

至於「家」，對她其實是情欲的相反，她含笑地說道，「家」曾經是她逃離開的地方，她沒有想過再回去。

「家」對那個男人來說，她嘆著，意義又大大不同了吧！這一刻她才明白，原來只有「家」，看在男人眼裡，才是合法地可以親密、合法地可以做愛、合法地可以袒露自己的場所。多麼不同，不同的「家」，不一樣的定義，她挑高了眉毛向我說。說完，她大笑，笑得眼淚都流了出來。

笑到最後，剩下悽愴的尾音。我愣愣地坐在那裡，只聽見她嘶啞的嗓子問道：「家？家的感覺是什麼？」她說她都不記得了。抹去臉上笑出來的淚水，她困惑地望著我說，她倒只是突然想到要來看看為她安排前半生的作者。

家，我沉吟著——聽她講的故事，我怎麼能夠不動容？——記得當時，毋寧說，我自己是深具歉意地。這些年的人世滄桑之後，現在的我，即使寫那一類奇情的故事，也必定不會那般決絕！當時，我安排的情節裡，一齣後來未能有所結果的婚外情讓她走出家庭，每個女人牢牢握在手中的東西，她卻輕易放掉了。

相形之下，我不免也想到自己，這些年來，寫作脫不開肥皂劇的範疇，生活則在家的窠臼裡載浮載沉。有時想想，甚至是惰性，讓我屈從於屋簷下另一個人的意志。一旦弄清楚自己怯懦的本質，我慚愧的是當我本人都不如我的角色勇敢，憑什麼，由於我的安排（或者是我潛意識裡的衷心期望），我的女主角卻需要走出婚姻，走出原來安適的生活？

想到這裡，我愈發自責起來。

突然一陣衝動，我在這一秒鐘對她說：

「讓我，為你改個情節吧！」

她的面孔發亮，眼裡跳躍著新的希望。

「可是，你要從哪裡改起？」她急急地問。

這時候她雙頰緋紅，居然露出一種屬於少女的興致。而我的記憶也在瞬間清晰無比：記起我曾經照著那個女人的臉型描摹女主角的模樣，還有耳朵下方那顆紅痣，每次撩撥開那女人的頭髮看到，我總要好一陣子神思不屬。

多少年前的事了？而我的女主角，故事剛開始時，也是對感情還懵懂的年歲。那時候，她結婚沒多久，在我迂迴的文字間，對未來發生的事情她一無所覺……

再想下去，我竟然頗為自傷。

吸口菸定定神，坐到螢幕前，點出以我的女主角名字檔案名稱的故事。

I家：YES？NO？

電腦檔案裡，故事情節分解成流程圖的形狀，箭頭指處，我找到樹枝狀歧路的源頭。

我說：「由第一次作選擇的地方，改，我們改。改成那個家庭裡從來沒有出現第三者。換句話說，你的婚姻始終無疵無瑕——」

我沒說完，我的女主角露出了驚悸的顏色。這熟悉的眼神，猛地勾起我的記憶，當年，在我故事的尾聲，她男朋友決意離開她的時候，她也是這樣反應激烈。之前幾章，寫到她與丈夫簽離婚書，她一逕咬著指甲，臉上倒只是無可無不可的一派淡然。

「不，不，」這一刻她在我面前一字一句地說，「不改，我不改……」就像當年一樣，她毅然地搖頭。她說，她從來沒有後悔過；她又說，她寧可離幸福家庭的畫面愈來愈遠，也不願意把她一生最動心的愛情剝奪了去。

啊，剝奪，我的女主角用的就是這樣的詞彙，她臉上表情讓我想到撲火的飛蛾：「不如年少化芳塵，蛾眉千載尚如斯」，我記起了些纏綿的聯句，難道？當年我是以自己的閱讀經驗來建構女主角的內心世界？……自從他們初見的一霎，一切似乎已注定了不能更改。記得她日後曾經問過他，什麼時候開始喜歡上她的？他總說，第一次看見就決定了。這麼地浪漫、這麼地一往無回——是我當時從文藝小說中讀到的情節？還是我本身想出來的畫面？

是的，第一次看見她，她已經是別人的妻子了。可是他不管，他要定了她，因為他從未看見她身旁還站著別人——對這一類純情的敘述，我簡直熟極而流。

依照我現在的心境，不要說不再相信世間有這樣絕對的感情，即使有，我也不希望讓我的女主角真的遇見！

II 家：YES？NO？

我按下快速前進的鍵，調轉螢幕上的畫面，想要找出另一項補救的辦法。

「下面的岔路口，如果你的男朋友沒有走掉，他娶了你，建立家庭，倒也是為你重寫後半生的好機會。」我殷切地說。

我的女主角遲疑了，分秒間，她臉上彷彿盪漾著幸福的憧憬，我還沒來得及看清楚，這樣的想像已經落空。

她眨巴著眼睛輕輕地說：「如果我與他真的在一起了，以我們的心性，有一日也會吵翻的。」

我頓時陷入回憶，往事如煙，當時，他們實際相處情形到底怎麼樣……是我記憶力愈來愈差？還是當時作品還青澀的我完全沒有想到要在生活層面上著墨？……他們兩人把對方看得重於一切，患得患失的情緒中，像我的女主角說的，相處不一定是容易的事。

「倒寧可像現在一樣，雖然沒有結果，總是最美好的。」她又說。

而我惘惘地想著，看起來，這些年裡，女主角竟把那段不被命運之神所垂憐的感情當成快樂的源頭，所以，一旦要將她的夢境落實，對她來說，意味著就此失去了想像力的迴旋空間。身為她的作者，這種心意我不難了解。事實上，臆測書裡人物未實現的各種可能，幻想主角們離開我之後各自的境遇，正是我自身的樂趣所在。

亦因此，我必須承認，當時我與我的女主角可能有同樣的問題，在我筆下，她眼神飄忽，體型纖巧，看上去就不是務實那一型；如果是目前，我拿手的已經是幹練的女主角，她們一個比一個會算計，因此，對人生的重大抉擇絕不至於貿然行事。然而問題是，我自己都不會被感動的角色，當年，對寫作懷有熱忱的我，為什麼去為那些擅於經營的角色編織故事？

III 家：YES？NO？

螢幕前，看著我的女主角愈來愈認命的模樣，我不死心地再出主意：「後來，讓你丈夫回來找你，原諒你，你們重修舊好。」

我的女主角再度搖頭，臉上是很斷然的神色。

她說，她可以想像，那條回頭路必定不好走。她咬著嘴唇道，原諒什麼呢？如果她老覺得矮人家一截，她可不是忍氣吞聲的那種人。畢竟，破鏡重圓只在電視劇裡才有可能，她淡淡地說。

她有意無意又觸著了我的痛處，目前，為了生活，我寫了不少大團圓結局的電視劇，我的女主角如果碰巧看到，一定大為不屑。但反過來說，我頗可以自我解嘲的是，大團圓貌似喜劇，敞開來看，呈現的倒是鬧劇的本質。鬧哄哄一場，其實空洞得很。這一點，比起她閉鎖在回憶中的日子，恐怕更接近人生的真實面貌。

在她面前，我本來要替自己的編劇行業辯白幾句。想想，也就算了。說什麼呢？情感上，她比我執著，我的女主角始終活在過去的遺憾裡，看起來，我應該佩服她的痴心才是。

哎，她倔脾氣一點沒改，多年下來，她依然孤傲、有稜有角、看不慣便冷冷地消遣別人幾句，這些特徵，我都能夠從她當年由我所塑造的個性中辨識出來。可是她眉目之間，卻也多了點我所不熟悉的東西，像她眼角細細碎碎的裂紋就是。望著她經過滄桑的那張臉，我簡直心疼：心疼她這條路是怎麼樣走過來的？——而她那段經歷，我身為作者，在過去的年月裡居然愛莫能助！

再下去，故事的情節裡，我能夠為她移動的積木就很少了。

我靈機一動，想出一個無傷大雅的解決辦法：「你的丈夫沒有發現，他自始至終蒙在鼓裡。」我很熱心地說：「你與那男人情意固然深，丈夫還未發覺，已經成為往事——」

她點頭，臉上看不出什麼表情，對這個方案，她大概覺得尚且可以接受。

我愈想這項設計愈得意起來：她已然經歷了所謂驚濤駭浪的感情，應該可以安穩地過以後的日子。對丈夫，因為她始終用情不深，遇上這件插曲，又添了些抱愧的意思，反而好相處些。

「直到一天，」

她解事的眼睛望著我，知道我編故事的毛病又發作了。

「直到一天，」我對她說：「聽到電話鈴響，女人打來的電話是你接的，電話那頭沒有說話。半晌，『請問』，『請問，姚先生在嗎？』小小的聲音，透著緊張，卻又有種刻意裝出來的平常。」

「你看了丈夫一眼，把話筒遞過去。然後，你走開，從洗衣機裡把容易褶皺的幾件棉質衣服取出來，晾在浴室架子上，讓衣服滴水。」

「隔著一層毛玻璃，聲音還是低低地傳了過來，顯然經過壓抑，卻又沒有壓得太低而啟人疑竇。『唔，我看看』，『那就說好了』，丈夫聲音裡透著張皇，你聽得到，你想，男人額角上正冒冷汗吧！急出來的，擔心對方老不掛電話吧。你聽見丈夫匆匆地又說：『就這樣』，然後是輕極了的、親暱的、足以透露出所有祕密的一聲『再見』。」

「然後，丈夫掛上話筒，你不必抬頭，就知道丈夫踱了過來，挨著浴室門站著，正在悄悄地覷你臉色。看你臉色很和緩，男人似乎鬆了一口氣，卻又有些慚愧，屋子裡晃了幾步，乾咳一聲，討好地想要與你說說話，但是，一時還真想不起該說些什麼——」

聽到這裡，我看見我的女主角昂起頭，彷彿還在望著浴室晾衣架上正要墜落的水滴，又彷彿望著站立一旁欲言又止的丈夫，男人眉角上方……有顆汗珠正由髮根往下一路滑溜。

下一刻，我的女主角低下頭，她了解，她其實都能夠了解，她只是像她丈夫一樣，不知道該說什麼。事實上，她與丈夫之間想要說的話，許久以前，都說得差不多了。但她偏偏不是粗枝大葉的女人，她很容易體察別人心意的變化，看著丈夫有些窘迫的面容，她甚至覺得悵惘——她也都經過的……

那她究竟應該怎麼做？丈夫與電話另一端的女人相愛嗎？像她自己與另一個男人當時一樣。她又該怎麼樣反應？成全他們嗎？她當然尊重丈夫的這一份感情。還是說，只要她若無其事，等一陣子也就都過去了，她不這樣過了許多年？不知道是寬容是妥協還是無動於衷地過了下去，對她來說，或許這就是「家」的定義，其實，也最接近多數人的現實處境。問題是，她要不要這樣走下去？迷津般的人生道路上，彷彿有一扇奇異的門，進去？還是出來？進不去？還是出不來？究竟哪一種結果更圓滿？對當事人更為公平？

怎麼做？又是一幅新的流程圖，每個岔路上的抉擇指著截然不同的方向，卻也牽扯出新的煩惱與虧欠。那麼，許多年後，一旦再見到我的小說人物，我對她同樣會充滿歉疚。

這般想著，我決計要闔起這個故事，無論如何，人生的抉擇原本不容許輕易更改。

這篇小說中有一句話：「再下去，我能夠為她移動的積木就很少了。」

有時在某個場合，聽見別人的故事，主人翁困守在婚姻中，無路可出，現狀是一潭死水，我聽得心裡發急，恨不得幫她移動一塊積木，或者，為她改寫一個結局。

在現實世界，能夠從頭來過的機會很少；可嘆的是，在小說裡，身為作者，同樣也無計可施，同樣也幫不上忙。

（此刻突然想到，歲月中我這個人變得寬容，說不定，正因為在寫作過程中更意識到自己限度的緣故。）

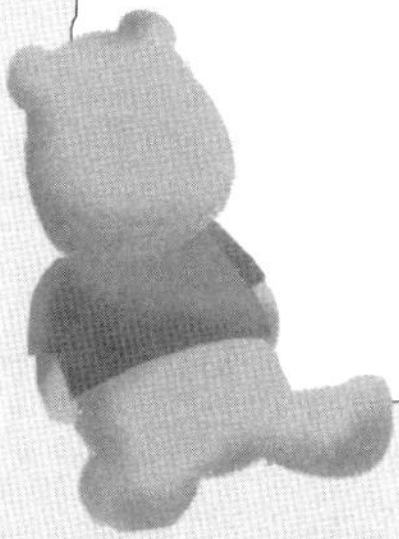

紅塵五注

一、五行

「依你的五行來看，你是土質的人，土要黑而肥。」盲眼的卜者翻動眼白，「你啊，最好是一個黑胖子，嗯，愈胖愈好。」

她低下頭，望向自己青白的手指。十隻手指，瘦得像雞爪，懸在骨稜稜的腕關節上。

「嗨，你的命裡宜遲婚，才有久長的夫星……」卜者念叨著。

果然——她心裡在想。當年剛滿十八歲，她就嫁給了後來勞燕分飛的男人。

「你這人絕對不能學文，你應該做生意，學文就會破財、遭災。你適宜坐在櫃臺上收銀，每天點數鈔票。最好，你啊——連書都少碰。」卜者道。

哎，她在心裡悄悄嘆了一口氣，這半輩子，除了書架上的書，除了跟文字有關的生涯，哎，難道說，到了這個年紀，還要刻意再找別的歸宿？

「你看你的命宮，」卜者突然激動起來，「就是充滿沖剋，」颼的一聲，卜者舉起手杖，向天空指指點點。

她依著卜者的指示看上去。黑漆漆的夜色中，星辰在軌道上交相碰撞：水與火、木與土……五行中對沖的種種，彷彿正在她的命盤上打一場混仗。

「所以，講也是免講了，」卜者冷哼一聲，「你這種沖剋的命，聽懂了——也會硬朝相反的做去！」盲眼的卜者揮舞手杖，氣呼呼地丟下她走開。

二、八字

婦人接過那張批上流年與大運的紅紙時，她想到順便也替丈夫求一張。卻又暗罵自己糊塗，出門前竟然忘記問清楚丈夫的生時。

「他出世的年、月、日倒是都有，」面對那位掛著一副老花眼鏡的命理師，婦人熱切地說。

命理師點點頭，道：「六親連運。」由婦人的八字，命理師聲稱將準確地推算出來她丈夫的生時。

婦人慌忙再遞上一封紅包。

命理師掐指推敲。半晌，扶正眼鏡的圓框。「太太，」命理師神情肅穆，「由這個男人的八字看來，他一定會離開你。」

「為什麼？」婦人大驚。

「你們倆八字不合，照他的八字，太太，他絕不該是你的丈夫。」

「可是，」婦人急不過地，「你，你這是依我的命，推算出來我丈夫的八字，」望著命理師在暗影中發出瑩彩的眼相框，婦人哀懇著。幾乎哭出來的聲調說：「怎麼會嘛？你說他不該是我丈夫……」

「太太，就命論命，」命理師平靜地接下去，「根據這個男人的八字，他分明不是你丈夫，」命理師瞥了婦人一眼，又說：「換句話，用他的八字推斷，他的妻室，不會有你的八字，」頓了頓，命理師垂下眉毛道：「他是另一位——有另一副八字女人——的丈夫。」

聽著，婦人霎時迷茫起來。另一個女人？有另一副八字的女人？如果……丈夫都不是她丈夫，那麼，婦人想，眼前的她自己，究竟是不是她自己呢？

望著手裡那張已批上她命運的紅紙，婦人不知道那是她？或者，流轉在墨色中的，那張命紙上原本寫著另一個女人的運道？

三、桃花

「今年，你，桃花坐運！」一拍驚堂木，算命的老者指著正從廊檐下經過的她說道。

她應聲停下腳步，繡著「羅大仙」的布招底下，這一刻，她閉上眼睛，想起繾綣的前夜。

喔……一陣甜絲絲的感覺拂過她心頭，到她這個年紀，還有異性對她有興趣，不止發生興趣，更加意地愛憐她，她心窩裡……是由衷感激那個大男孩的。

她努力屏退臉上的紅潮，「有沒有結果？」那麼，還要請高人洩露天機——她悄聲道。

「如果春天裡頭開始的就有。是株正桃花。」算命的老者敞開喉嚨說。

而她想著男孩鼓突突的肌腱，像是碩壯的枝枒……老者語音稍頓，這一瞬在她眼前，紛紅駭綠的花蔭裡，便現出一株結實纍纍的桃樹……

她臉上又燙熱起來，卻顧忌著這廊檐下過往的同事，想到無聊的風言風語，

「可惜，我沒有那樣的機緣哩！」她偷眼望望四周，便矢口否認著。

「所謂桃花，倒不一定是男女間的桃花，」老者殷勤地說：「可以指中彩、得獎、升官、發財、人望等等，總之，是件幸運的事情。」

她咬住嘴唇，用心聽著。

「但是，如果走的是男女間的桃花，特別又是『牆外桃花』，上面我舉的那些好事都一筆勾銷，」老者繼續，「說不定還會帶來災厄……」

她懍然了，想著是否值得，為了他，一個心性還未定的男孩子，她放棄了中獎、發財、甚至在股票上大發利市的機會。而她這個年齡，錢產對她，毋寧是更必要的保障。

「所以，」老者無睹於她蒼白的面色，接下去說：「就是為什麼……又叫做『桃花劫』的原因……」

話還沒有聽完，她已掩著臉慘叫起來，「不，不，」撫著自己在分秒間生出褶皺的臉皮，這一霎，她真不知道是否該怪罪那個讓她平白失掉許多好運道的大男孩。

四、天眼

婦人兩片細薄的嘴脣，因驚懼過度而微張著。這時候，在神壇之前，我正為她預言婚姻的結局。

她拜謝我，呈上一枚更大的紅包。婦人要我再多透露些天機。

「大師，」她稱呼我，「請指點迷津。」婦人惶恐地垂下脖頸。

「所謂未來，不過是嘛，層層幻象，」我和煦的說：「像一幅現代畫，端看每個人的解釋如何。」

「可是，大師，你是天眼，」婦人嚶嚶哭了，「你看到那樣的敗相，你看到他終於成為一名負心的男人——」她索性嚎啕起來。

我拍拍婦人肩膀，「未來，那只是一個可能的未來，許多可能中間的一個。」我說。把紅包收進腰袋，我轉過臉去，開始閉目養神。

吐納之際，我看見的未來是一片混沌，清晰的只是目前她心底的恐懼，我讀出婦人心裡所恐懼的未來。

正像我告訴婦人的，那是一個可能的未來，其實是許多可能之中的一個可能。

「大師，」她謙卑地雙手合十，「經由您的天眼，我知道自己未來……聽了好怕！」她哽咽地道。

「不，」我更正她：「您怕是言重了，是我，」我一面步下神壇，一面繼續說：「是我透過你，我讀出你自己想像的未來，當然，那也是一個，可能在未來發生的未來！」我一字一句地說。

而未來，那一個可能的未來，在我的指點下，會不會……終將成為婦人唯一的未來？

五、變數

當卜者依照她降生的年、月、日以及時辰，推算她的八字，接著準確地道出她身世與命運，夕陽正在她臉上淡淡地飛金。一時，她陷入迷茫。

受過多年數學訓練的她，面對眼色空茫的卜者，她想著這是一道預測未來的算式：所謂八字，其中兩個字一對，共有四對干支。也就是一串用四枚變數涵蓋所有人生際遇的數學公式。

斗室的牆壁上，流動著彷彿是尼羅河的水光。「半點不由人啊！」卜者披下魔咒似的黑髮，說道。

繼續聽著，在卜者權威的聲調底下，在往過去一路回溯的推算——與她曾經遇到的橫逆之間，她卻聽出了小小的隙裂。

由此可見，卜者的公式並不完整，或許漏掉了什麼重要的變數。私底裡她竊喜起來。

同時，愈發熾烈的好奇心驅使下，她幫卜者增補資料：除了年、月、日、時辰四個變數，她告訴卜者她的姓名筆畫、住宅的方位、祖先的廬墓地點，以及她降生的地理環境等等。果然，變數愈多，命盤上的推斷愈趨細密，只可惜，一旦觀照起過去的經驗，某些鉅細靡遺的時刻，公式總有失算的地方。

她在心裡一步步邏輯推演，根據歸納的結果：增加變數並不能涵蓋人生的所有經驗；換句話說，輸入了更多變數之後，仍沒有一則公式能夠完整地把她的際遇推算出來；或者，在所有的變數以外，她還是漏掉了某個最重要的變數，她沉沉思索著……

而多年來數學系的專業訓練，那無從解釋的、永遠比可以解釋的，令她產生更大的興趣——是的，答案可能就在那裡！換言之，命理中卜算出卻未曾發生的，或者不該實現而竟然實現的，在她心裡，正是完整公式的缺陷所在。

一天天坐在夕陽底下，她臉色泛金。她那愈來愈長的黑髮漸漸由頸間無止境地瀉下，遠望去，彷彿一尊尼羅河的女神。這一日，當數學與命卜終於合流，她終於從變數繼續增長的公式中驗算出來：自己也身為卜者的命運。

有一段時間，我曾經鑽研過命卜。

八字、紫微、星象，某個角度去看，都代表統計學的結果。

無論用什麼工具論命，卜者號稱手上有涵蓋一切的公式，而問題在於，公式不夠完整，其中總是缺（至少）一枚重要的變數。

當年，我把自己體悟的這個道理放進〈紅塵五注〉：「沒有一則公式能夠完整地推算出來，……那無從解釋的、永遠比可以解釋的代表更大的意義，是的，答案可能就在那裡！」

缺乏一枚重要的變數，說不定，那也是榮格「共時性」（Synchronizität）的真義，少了那奇妙的「觸機」，儘管人們期待答案，事前，都有些不準度。

榮格的朋友愛因斯坦曾經說：「共時性，是上帝隱姓埋名的方式。」

在我心中，小說作者也是，她偶開天眼，如果說出什麼玄機，那也屬於「上帝隱姓埋名的方式」。

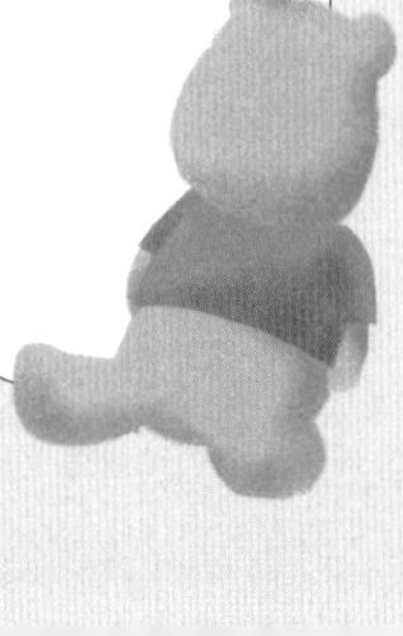

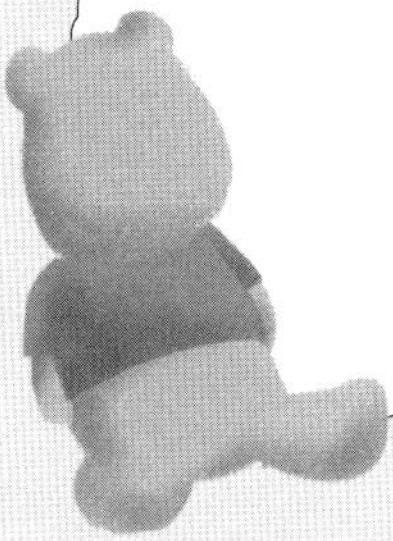

午夢五闋

午夢一

夏日午夜，倚著紗窗，我做了一場夢。

夢中，我小說中描述的人物一一站了起來，他們（她們）每一位，都是部分的我，都是我某一角度的投影。只有在他們偶然重疊的夢裡，只有那瞬間的我，才是完整的。

這一刻，我夢見自己正焦灼地望著他們；望著他們努力……努力拼湊我的形象（從他們夢中他們揣摹我）。而我在夢中已然明瞭，他們這樣的企圖竟是惘然。正像身為作者的我無能勾畫他們的全面，他們所掌握的也只是我的一些側影……

身為作者，而我隱隱地知曉，他們所忽視的永遠比捕捉到的更為重要；恰似在我的夢中，唯有將遺失的部分一一尋回，填補起來，那重疊之後的交集才是我追求的完整。

於是，我夢見自己把破碎的夢拾起來，在夢中，我努力——卻是徒然地——繼續拼湊這個注定是殘缺的世界……

午夢二

後來，我醒了，推開枕下的書，我發覺自己仍在寫那篇未完成的小說。我一頁頁地翻著：「過去」無法更動；「現在」正繼續進行；至於我的「將來」，早已經印在書上。而寫作的過程中，身為作者的我，竟不覺進入情節，成為小說人物。這一霎間，我瞪視「我」這本小說的作者，我駭然地想——怎麼樣，才能夠逃脫他無所不在的掌握？

從我的角度看過去，我的那位作者緊皺眉頭，他憂心的樣子原來那麼像我。原來，他也早就知道，他的命運已經寫在書上。……醒與睡之間，驀然覺悟的一剎那，他推開枕下的小說，駭然地想：怎麼樣，才能夠掙脫「他」那一本書的作者？

午夢三

我的噩夢，都是從那個午後開始。那日午後，有人指認出我作品中某一句是由前人的小說內剽竊而來：繼之一整段，繼之一整篇，我所有的創作都是自別人心血中剪輯下來的。

我慌亂地翻著桌上羅列的證據：似曾相識，彷彿讀過這類仿冒的故事，接著，擬似的情節就在我的小說裡出現……。我彎下腰，扒著地上的字紙，可有一句話——甚或一個字——是我自己的專利？

之後，更發現我的筆名是抄襲來的；接下去，又找到新的佐證，原來我的生平也是別人的一則故事；而我見到的那個世界，分毫不差——乃是從別人眼中的世界照搬下來；至於這個宇宙，就是一本別人寫過的書。

午夢四

夢醒的那一刻，我已處於極大的危險中；我從床上翻到地下；豎起耳朵，我聽見屋頂颼颼飛過的子彈！

報上刊載了那個故事——Y無意間洩漏給我的故事，於是，Y立刻揣測出那位未署名的作者是誰，我就陷入這一場浴血追緝中；至於Y為什麼這樣氣憤填膺？而故事的主人翁就是Y本身？或者，那原是Y從另一位Z口中打聽來的二手見聞？我不得而知。

此刻在夾克口袋裡，我也預藏著一把烏亮的手槍。天涯海角，我發誓要找到X。X是我欽慕的作家，可是，在性命攸關的時候，我必須先扳倒他。一定就是X，讓我揹上這口黑鍋：X寫出了我無意中透露給他的——Y告訴我的那個故事。

繼續追緝，我終於迫近我的目標X。同時，我也聽見背後Y一寸寸貼近的腳步聲。當我從夾克內袋裡緩緩掏出槍，我看到X握槍的手正瞄準前方。X斜眼瞥見追上來的我，他悄聲道：「看，前面端著槍的那個傢伙W，準是他小子沒有道義，寫出了我無意間說漏嘴的、你告訴我的那個故事！」

究竟是誰的故事？誰寫下的故事？

而即將展開的這場血戰，是關於隱私權的械鬥？還是，我糊裡糊塗進入的，本是一場版權誰屬的爭奪？

如今夾在X與Y之間，陷於重重誤會中的我，再也沒有機會搞清楚了……

午夢五

伏在閣樓裡爬格子，除了瞌睡蟲，還要抵擋脊梁骨兩側一陣陣地痠痛。閣樓是白鐵皮搭的；街市的噪音、各種飛行物的吵嚷、鄰舍的洗牌聲、馬達隆隆地抽水、周圍鴿子籠的臭氣……加上日頭照曬，那天，我又在午後的溽暑裡趕稿子。

就在那個午後，就在我凝神苦思的一霎，突然間，我的背部停止了痠痛，更正確地說，應該是停止了感覺。

原來，唔，極專心的情況下，竟可以將干擾我的那一部分感覺從經驗世界中剷除。而有趣的是一旦失去，就再也喚不回來。呵呵，感謝天，我可不要那份痠痛的感覺再回來。

從此，陸續自我的感官中消失的有酷暑、惡臭、噪音、飢餓……身為一名作者，寫作是我唯一的志向，我乘機把可能影響我創作的各種因素一一掃除。

而壯士斷腕的決心下，當上回靈感來時，我終於將妻子的嘮叨以及小女兒的啼笑聲也一併從自己的聽覺裡刪掉了。

早晨我打開窗戶，我看見水藍藍的天——刺目的陽光已經從我眼界中抹去，這是一個沒有陰霾、沒有噪音、沒有紛亂、沒有汙染……的世界，對著一疊無色無味的稿紙，我可以平靜地寫下去。

就在晴空底下，說的也巧，這時候過來了一隊送葬的行列，他們正無聲地挪著腳步。看那表情，我知道有人在哀哭，或許已經悲傷了許多時候，我的喉頭抽搐了一陣，我的情緒竟隨著別人的心境蕩漾起來。

不，不，趕緊拉起窗簾，將這無助於我創作的感覺過濾乾淨。記住自己將是一名重要的作者，我應該珍惜本身敏銳的觸鬚，把它圈限於最偉大的主題上。我更應該寶愛自己易感的心靈，不讓它墜入無謂的傷耗中。

於是，我如釋重負：從那一秒鐘，我不再試圖分擔——別人的重擔。我也不再試圖感覺——別人心裡的感覺。

屏絕了所有的干擾，我坐在空無一物的閣樓裡面，不懈怠地寫下去。

不知道寫了幾日幾夜，直到我夢醒的時刻，竟發現——那一大疊寫成的稿紙上並無丁點墨跡！

〈午夢五闋〉如果有起源，靈感起源應該是《暴風雨》劇本中的句子：

We are such stuff as dreams are made on,
and our little life is rounded with a sleep.

〈午夢五闋〉中五個極短篇，寫的都是夢。我們的人生，反過來看，僅僅是夢的素材而已。小說中，包含對寫作這件事的反思，怎麼樣苦心經營，很可能都是枉然，如同〈午夢五闋〉結尾：「夢醒的時刻，竟發現那一大疊寫成的稿紙上並無丁點墨跡！」

自嘲嗎？如同飲一小杯 Ristretto，這篇極度濃縮的文字裡，蘊藏著一點又甘又苦的後味。

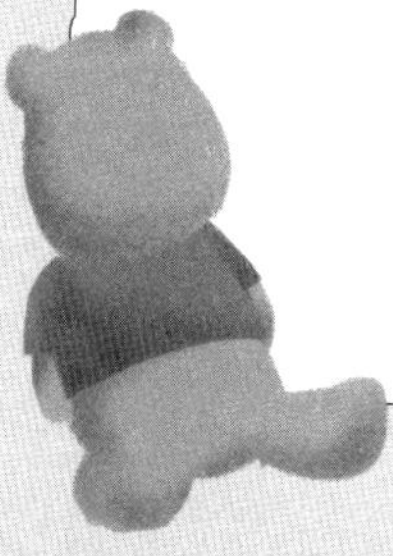

愛情二重奏

一、愛情vs.時間

自從茫茫人海裡遇見他，相戀了起來，她驀然覺得時光愈來愈慢，令她十分不悅的是，她因此老得更快了。

無論在情人不來的等待中延遲了分秒；或者，他們的愛戀裡充滿了必須細數、必須慢慢琢磨的細節，而這般細思量的工夫，竟成為展延時間的過程；三個月，她的感覺上像三個季節，或者，對一名步入中年的女人而言，她認識了他三年。三年，多麼關鍵性的三年，這三年或許就搭建在她從中年到盛年，更殘酷地，從盛年到老年的那道分水嶺上。

坐在分水嶺另一岸的她，經過這一次愛戀，她就老了。這樣想的時候，她悄悄撫向自己的顏面，感覺中生出了許多溝迴，她突然驚覺到：其實還站在這一岸的她，這瞬間所預見的已是愛戀的結局；而她這樣凝想，以為自己坐在另一岸上，原是什麼都結束之後的回顧。看著鏡子，她的眉間在此刻擠出些細小的豎紋，她悵惘地想著時間的縱軸綿延不斷，而她最珍視的愛戀竟然終止在一個點上。她不情願，但她知道那代表什麼，代表時間的前行比他們愛情的增長更迅速，以致愛情慢下去，彷彿停駐了，看起來竟成為軸上的一個定點。愈積愈多的時間不斷前行，那是愈形洶湧的一道水流，他們的愛情因為追趕不上，像小小的一枚泡沫，終於在洶湧而至的時間裡被吞噬掉了。

想著，她眼中浮現出一層懼色，對著鏡子她搖搖頭。不，她可不要一個結束，好不好讓愛情加速？掉轉與時光相應的速度？在被時光拋到後面之前，他們愛戀的增長將快過時間、超越時間的速度，反而把時間遠遠地甩在後面。可是，她低下頭又謹慎地提醒自己，到底什麼甩脫了什麼呢？萬一是時光拋落了他們而他們不再自知？或者，愛戀超越過時間的結果將陷入座標以外的空無一物？那麼他們竟是一對失去方位——注定也失去了愛戀的——在空無裡迷失了彼此的人。

這樣與時間追逐的臆想裡，她暗呼一聲不妙，她覺得自己正在更快速地老去。她驚覺到必須替自己、或者替他們的愛戀決定一種速度，最好是折衷的速度：不太快也不太慢——她聰明地想著最好與時間的激增同步，他們的愛情便在時間軸上來去自如，足以追溯或攀附時間，便也確保於歲月裡永遠如斯。可是，在無始無終的時間裡一逕前行，她幽幽地想到無論他們前行了多久，相對於時間來說，恆常是他們搭上列車的時刻，他們始終都在原點上！她極目朝前望去，必然看到與他相遇的一霎：他們沉默地坐在那裡，桌上的玻璃杯外緣凝結了一些細細的霧珠，包圍他們的是薄暮的氤氳。儘管相逢，她並不認識他，就像他——到了今天——即使在將來——仍不認識她一樣。

想著，她益發戒懼了，一旦把他們的愛戀擺進時間裡評估，她不但以他們的將來，還以他們相知的過去，甚至他們初晤的那一瞬作為賭注。細想之下，時間與她的愛戀存在著種種扯不清的關係，而她的愛戀，她最珍視的這份愛戀也是由過去的、一去再不回頭的時間所組成。若是走出了原已逝去的時間，未來的時間中再也不包括她的愛情。換句話說，她的愛情中只有過去而沒有未來。啊，她閉起眼睛不願意再想下去。啊不，不不，她必須要找出一套打破過去與未來的方法，可以把過去翻轉成未來（那麼，她的愛戀就悉數地存在於未來），也可以把未來看成為過去。這樣追溯之下，未來的時間無論急行或是緩步，都將迴映為可驗明的現在與可存證的過去。而這樣逕自追溯下去，她的愛戀在未來的時光裡一路往回走，那麼，回到的竟是她的童年？她性別的伊始？甚至性別尚未開始的時候？

而她皺著眉更加不解了，她豈是要重溫她的童年往事？她所關注的只是她的現在，或者更實際地，將這一份她所珍視的愛戀從現在綿亙到未來。但是她顯然也混淆了起來，她這麼苦苦地思索，為的究竟是肯定愛戀？還是疑問時間？她為了肯定愛情才來思索時間的破綻，那麼，她必須要盡速找出一枚破綻，才可以讓愛情免於時間的威脅。但，她在這一刻咬著指甲想道，會不會她的算計將與實際的結果相反？當愛情一旦逃脫時間的限制，她反而無以挽回地——永遠失去了她的愛情？

在時間軸上她不知道如何舉步（加速或減速呢？有一個正確的速度嗎？），正像她面對愛情不知道怎樣處理。兩件事的相關象徵地乃是她這半生的挫敗！她追不回在戀愛裡一去不返的時間，恰似她趕不上在時間中離她而去的愛戀。無論她採取什麼速度，她走向同一的目的地，在過去的 Big Bang 與未來的 Big Crunch 之間，時光有時候膨脹有時候收縮，而她的結局總是一模一樣：在擴張的時間裡她的愛情被擠榨為可忽略的一點；而時間向中心壓縮的時刻，她的愛情從振盪裡被反彈出去，終於失落在無邊無際的宇宙中。

於是，讓她想些更有效的方法，更有效地對付她所懼怕的時間吧！

她在臉上鋪一層敷面乳液：蛋清、黃瓜片，加上美乃滋。此刻她手指在臉上順時鐘地、等速度地畫著均勻的圈圈，她想到在時間中鞏固愛情的不二法門，就是將真正的愛情——不斷地、一次次、像她手指的動作這樣反覆循環地——投入時間的考驗。

二、愛情vs.死亡

「如果我死了——」與情人嘔氣的時刻，她憋著一口氣說。想到這代表將與情人長此訣別，瞥瞥靠在枕頭上的情人，她忍不住落下淚來。

抽抽搐搐地，她繼續說：「——你一定覺得輕鬆。」而這樣牽腸掛肚地牽扯著，這般的……不捨，她溼著眼睛想，又怎麼能夠叫做「死」？感覺到輕鬆，對於戀慕著情人的她，就是最困難的；那麼，死在她而言，也一樣不容易吧！她閉上眼睛哀切地想著。

儘管是虛擬的死亡，對陷入這份情中無法釋懷的她來說，重要性僅在於對方的反應。「如果我死了……」，這項假設的意義只在情人會不會由於她的死反而如釋重負？對方的反應——她想著竟然是她的死，或者說她假想的死亡——最重大的意義！

即使她死了，關心的還是他們之間的愛情是否長存下去（而這份死生縈懷，焉知不是她愛情所以致命的原因？），問題是她又怎麼知道？怎麼知道情人將如何看待她的死？或許從開始這樣的假設就做錯了？她惘惘地想著自己做的是不可能的摹擬，人不可能假想自己已經死去的事實，「死」只有對死者以外的生者才顯出意義，以她的情況作例子，她的死對於她的情人或許有意義，究竟有多麼重大的意義呢？而遺憾的是，這份意義恰是已經死去的她無法知曉的。

實際上，「死」代表斷絕了的音訊：幽與明的阻隔原是不能夠逾越的分際。情人將如何反應，或者更殘酷地，對方根本不做什麼反應，她永遠難以察覺。而對生者來說，即使當時呼天搶地了一陣，死者的逝去只是生者繼續下去生命中的一件事，是連續軸上的一點。像她的情人，只要繼續活著，先前的事蹟注定被後來的境遇所定義。這樣想著，啊啊，她突然暗自驚心起來，她再不知道此後情人將碰到誰？什麼樣的邂逅？又是怎樣一番地老天荒的情緣？而她心裡酸澀地想，他們往日種種，可能只是情人下一場戀愛的暖身運動，日後當情人與愛侶細訴衷腸的時刻，她所如此珍惜的——竟被標籤為過往的一樁錯誤，目的是提醒情人不再犯下同樣的錯誤……

妒忌地掩住臉，她想到不包括自己在內的未來於情人面前次第展開，而他們的愛戀卻在情人記憶中被扭曲與翻轉，甚至重新排列組合，賦予一份未經她認可的意義。將來看現在，猶如現在看過去，她想著人類的大歷史都不免淪為一齣齣的鬧劇，那麼，他們兩人細瑣的悲歡又怎麼樣倖存下去？她怔忡地想著，又怎麼會免於被修刪的命運？

這時刻，她不甘心地嘆了一口氣，想到兩人中間更值得信賴的本是她自己，可惜在假想中她已經死了。對她這名死者而言，以往的經驗都是不再添加也不再減少的終結，而她由經驗裡得知，一段經驗若無法在連續的事物中顯出意義，那麼，就是孤懸在歷史裡的一個偶然，終將被歷史忘得乾乾淨淨。為了珍惜她的愛戀，她想著自己絕不能死！但是……不死的話，儘管她可以保證活著的自己也像死去一樣堅貞，對方仍然可能有情變的一日。這麼說，或者是她的情人應該死！像那位寫出《先知》的詩哲說過：「你對他最愛的深處，在他的離去更加明晰。」只有死亡將對方擄獲，當情人缺席的時刻，方顯出這份愛戀最動人的意義。

於是，她設想著自己站在情人與情人的死亡之間，而這與她曾經以為的位置不同，原本她自認站在情人與情人的世界中間：彷彿折射的稜鏡，她誤以為世界經由她的存在才對情人展現出意義。現在她知道恰恰相反，死亡的投影下是她站立的地方，又由於她處身的位置，她面對的竟是一面倒的頹勢。死亡在這個時分，像她跛扈的情敵，而她的情人正一往無回地奔向死亡。她幾乎可以感覺死亡的陰影愈來愈濃重，即使在卿卿我我的恩愛當中，如果細心傾聽，仍可以聽見死神鍥而不捨的召喚，死神向她的情人嫵媚地笑著……近了，一步步近了，今天比昨天要近，今年又比去年要近，她知道有一天那纏綿的手臂終於席捲過她的情人。死亡，在吞噬掉一切的時候，也不會放走她的摯愛。

機伶伶打了個冷顫，這一回，她感覺從背脊逐漸向上升的寒意。原來，她想要做的只是護衛住最寶貴的這份情愛，讓時間迷途，死神找不到他們！而她也於頃刻間豁然明瞭：這否定了一切意義的死亡，又何嘗不是她心底最深層的恐懼？那麼，她是在愛戀中——逃避所害怕的死亡？或者正好相反，她本來就要在死亡當中——逃避這番對於她太過沉重的愛戀？想想她益發昏亂了起來，那場競賽到底誰輸誰贏？是死亡終於超過了愛戀？還是唯有凌越死亡的才可以稱之為愛戀？而她究竟又在驗證什麼？她是要逃避死亡？抑或她所做的，原在迴避這一份難以割捨的愛戀？

臉色益發蒼白的她，感覺自己站在一大片終於消失的茫然裡，圍繞她的是諸般不確定，而死亡正是流動的生命中唯一確切的意義；肯定的是她將會死去。但她畢竟曾經愛過，那麼，眾多不確定當中，愛情又是她唯一所能夠掌握住的確定。而她究竟是確定還是不確定？她頗為狐疑地繼續想，在擦拭掉一切的死亡終將來臨之前，她曾經確定的一切終將變為諸般的不確定……

「如果我死了。」她嬌嗔地說。然後將手指揑向自己柔滑的咽喉，而她知覺到唯有臆想著死亡的時刻，她心裡的愛情才燦爛到極致。這一瞬，在確定與不確定的交接點，她的愛戀依稀有了成為永恆的指望。

她益發嬌憨地嚷著：「我死了，你說，你會怎麼樣嘛？」她的情人嫌煩地瞪她一眼，然後將床頭的音響開到最大聲——

「送你一把泥土！」費玉清真情地唱著。

時間與愛情的關係，我曾經寫成一道簡單的數學公式，放在篇名叫做〈時間與愛情〉的散文裡（《平路精選集》輯一，九歌出版，二〇〇五年）。

對於我曾經專志研讀的數學，那算是回眸一瞥。回眸的是往日時光，一九七五至一九七九，愛荷華大學數學系博士班。當年經常終日苦思，偶爾解出一道難題，就是心滿意足的片刻。

公式是這樣的：

$$L \alpha \frac{1}{t} \Rightarrow \lim_{t \to 0} L \to \infty$$

L＝愛情　t＝時間　α＝正比於　∞＝無窮大

時間趨於極短，浪漫愛的可能性趨於極大。

意味著在死亡陰影下，極大化了浪漫愛的濃烈感覺。

多年後，在《間隙：寫給受折磨的你》中（時報出版，二〇二〇年），我在

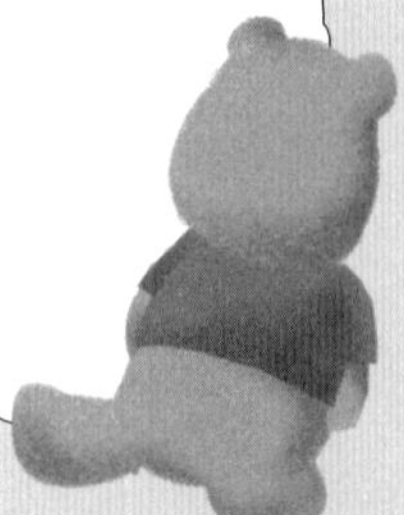

〈美與無常〉那一章寫道：「但凡主題是浪漫愛的藝術作品，無一不服膺於這數學公式。感情受到外界百般阻撓，兩人相守的時間趨近於零，浪漫的感覺愈發熾烈，激情也順勢衝到高峰；死亡的威脅下，這份浪漫愛趨近於無限大，或說趨近於永恆。」「浪漫愛的強度反比於相守的時間，它是個時間函數！」

〈愛情二重奏〉小說，也可以看成由這個公式繼續推演（主旋律反覆出現）趣味亦在其中的二重奏。

附錄　經典是越渡時間而永存的意義和趣味

——平路談《蒙妮卡日記》

採訪、撰文／徐禎苓

趣味多元，而且千錘百鍊

Q：《蒙妮卡日記》選錄過去作品，別於有些作家悔其少作，您重讀舊作的感受為何？會動念修改嗎？

A：小說有預言的成分，書寫的當下雖然成為過去，寫的卻是未來，當時的未來成為現在，而有的還繼續發生著。我看待自己的作品還算客觀，書裡十五篇小說都是千錘百鍊過，在任何時空閱讀都能獲得趣味，具有經典價值。身為作者，我相信小說的意義會永存。這本書對我來說非常特別。

這次重新校訂《蒙妮卡日記》，字句仍有微調，希望能更充分表達意思，故事緊湊連貫，總是希望可以更好一點點。

Q：《蒙妮卡日記》收錄的作品主要發表於二十世紀末，二〇二二年重新出版，這幾年臺灣歷經太陽花運動、疫情、股市大跌、中美貿易戰等等，這些作品如何和此刻臺灣進行對話？

A：在我的認知裡，一個好的短篇小說是作者把想要說的故事找到一個最適合的形式乘載，形式與內容互相烘托，形式可以前衛、實驗、充滿趣味，作者將明碼、暗碼放進小說，期待讀者解碼（decipher）。我相信密碼、意義放得精巧，解碼過程不會因為時間變遷而顯得無趣，趣味是經過時間淘洗仍存在的。

我的寫作總是隔著一個時空，不是寫給鄰居、或發生同樣事情的人。因為小說有個最重要的元素，就是人性、感情。也許十年前、二十年前的世界與現在有所改變，可是人性裡，寂寞還是寂寞，慾望還是慾望，仍有無法滿足的需求，那些深切感覺並沒有本質上的不同。

我相信即使隔了好多年，今天讀《蒙妮卡日記》，小說的趣味仍在，甚至還可能富有新的意涵。如果小說好看，是無視於時間，甚至超越時間。

Q：您重複強調有趣是小說的重要條件，這是您選篇的標準？從過往累積的五十篇左右的小說中，最後選出十五篇，重新組織成書，其實也像一種重寫，目錄編排如重新梳理的敘事框架，想問編目想法？會與另一本短篇小說精選《禁書啟示錄》有不同的敘事思考嗎？

A：趣味對我來說很重要。所謂有趣，最好能涵蓋多重面向，讓讀者能讀出裡頭各種提問、密碼，那些答案不會立刻、直接出現，畢竟太直接的多少欠缺趣味，小說趣味是一層一層，當中有蘊藉、內斂，你讀得越多，故事就越豐富。而我會反覆閱讀的作品一定是因為有趣，它黏住我的手指。這也成為我的選擇標準，希望這本書能篇篇好看、充滿趣味，總希望是精釀的。

在編選《禁書啟示錄》時，比較有清楚的主題和形式，譬如〈禁書啟示錄〉透過辭典去探討那些顛撲不破的定義，那內在的許多對撞、矛盾。這本書的小說多少都有後設形式，頭腦體操性強，適合思考型或專業讀者。

到了《蒙妮卡日記》，希望能適合各類型讀者，不管是喜歡時尚、歷史或其他，無論他們從哪篇小說進入，都可以找到趣味。如果那篇小說又可以黏住你的手指往下讀，開啟其他類型或小說形式的閱讀，就更好了。比如第一篇〈凱莉與我〉很適合放在時尚雜誌，倘若讀者感到興趣，繼續讀下去，讀到帶有歷史感的〈百齡箋〉，那也許是平常不會讀的類型，卻在這本精選集裡偶然看見，趣味不期而至。所以，如果真有小小心機的話，這本書選出趣味多元的篇章，開出各種入口，期待讀者在任何情況下拿起來，都可以黏住他們手指讀完。

重寫作為一種說故事的方法

Q：您似乎對重寫、改寫頗具意識，不管是小說〈愛情屋〉衍生〈婚期〉，或重寫變成一種後設小說的實驗手法，〈歧路家園〉提到女主角回來找作者，商討重寫結局；或〈虛擬臺灣〉的起頭如此寫：要重寫過去寫過的小說；甚至透過重寫與經典致敬。想請您談談對文學重寫的思考。

A：常有一些主題抓著我不放，讓我反覆推演到極點。譬如我很喜歡的〈愛情二重奏〉，來回推敲愛情時間與死亡。這篇原本是散文，後來發展成小說，但我相信它還能演繹出其他故事。

我一直想把〈歧路家園〉改成影視劇本，可是改了好多次，始終沒有達到我自己預設的多重趣味。它有潛能，等待哪天我想到適合、聰明的形式表現，也許有機會把這篇小說換新的面貌。

Q：您曾看過前陣子上映的科幻電影《媽的多重宇宙》（***Everything Everywhere All at Once***）嗎？這部片與您的作品有些相似，回到多重宇宙，尋找主角不同版本的結局。若有看過這部電影，也希望可以聽聽您的觀影想法？

A：這部片很有趣，問出很多問題，我們能用很多角度思索這部電影。雖然電影有搞笑、無厘頭之處，背後能感受到導演的企圖心。好比它向過去的電影《臥虎藏龍》、《花樣年華》……好多經典影片致敬，但那不會讓人感覺老掉牙，而是導演精挑細選自己鍾愛的片段，深情款款地重寫經典，向經典致敬。那些場景有古典的地方，也安放許多密碼，比很多科幻作品來得有趣。我相信這樣的敘事把故事說得那麼精彩，並非一蹴可幾。

對我而言，文字也是，一環扣一環，一層包藏另一層，有牽連的趣味。當鏡頭顯影，那些經典讓我想起當年看的時候有多麼震撼、深情、歡喜，情感共鳴，也就是為什麼好作品，可以歷久彌新，超越時空的關係。趣味不是表面、當下情景而已。

Q：讀《蒙妮卡日記》可以感受到除了故事、題材的拓展，您也不斷突破小說的形式。您覺得所謂「好」的短篇小說有什麼要求？您自己是否還想過可以做怎樣的嘗試，去打破目前小說書寫的框架和格式？

A：我非常喜歡短篇形式。珍視《蒙妮卡日記》的原因之一是，我已經好些年沒寫短篇，都寫長篇。我很喜歡在長篇裡面過日子，將幾年時間放在同樣一個主題上，日日夜夜帶著沒有完成的書，就像追劇。

我希望一本比一本要求更高，如果要重複寫同個主題、形式，那不有趣，一定要夠困難，讓我竭盡所有心力。

我對「女性」十分著迷

Q：許多評論者常說您的作品讀來不像女性作家，開出非常多元的題材。您自己怎麼思考「女作家」？

A：性別當然是很重要的。任何時刻我都很樂意承認自己是一個女性主義者，我珍視、珍重、珍愛女性，這個性別本身有趣，一定會影響到寫作。至於性別怎麼樣與書寫產生關聯，我覺得是在我之上的造物主在主導，不是「我」這個層次可以回答的。

Q：您筆下創造的女性，或重思家庭、婚姻、愛情的迷思，或在男性史觀的大歷史敘事裡，找尋女性聲音等等。我想到法國女性主義者西蘇曾提出陰性書寫，由女性書寫，解構二元、階級對立式的框架，試圖打破性別刻板。性別書寫對您而言的意義為何？也帶有叛逆、破壞既定結構的意圖嗎？

A：我從自身經驗、體會與觀察，深刻感覺當女性決定一件事情後，會非常強韌，就像《行道天涯》的宋慶齡比孫文來得堅貞勇敢。女性擁有精緻的靈魂，不是一個刻板印象可以涵蓋，生命力強盛。

在刻板印象中，女性通常被區分成兩種：一種是像傳統母親無私付出，謳歌母愛的神聖性；一種是填補男性欲望。但真實裡，沒有一個女人可以這樣分，欲望也不是男性想的那樣，愛情裡有很多面向是男性所不能覺察的，幾乎沒有一個愛情、愛情故事可以滿足任何一個女性。〈歧路家園〉裡的「家」看似安定，雙方為了家而妥協，其實是男性幻想愛情帶來的力量和結果，但女性內在的計算程式不是那樣，我對此非常著迷。

從佛洛伊德提問「女人是什麼」，他認為是心理的黑暗大陸開始，西蘇的論述很新奇，受到很多人注意。由女性說或寫出來自己的故事，沒有被男性書寫污染，不是「他的故事」（his story）所能涵蓋。這也是〈歧路家園〉女性角色為何與自己的男性作者呈現截然不同的性格，連男性作者都無法真正理解他創造出的女主角。〈婚期〉裡的女主角，她要的不是愛情，是什麼呢？那是有趣的問題。〈百齡箋〉裡蔣介石、宋美齡的關係跟我們被教導的傳統愛情不同。〈蒙妮卡日記〉裡也不是傳統母親。女生很聰明，很快就知道男性框架裡的「以為」其實是「誤以為」。

當代名家

蒙妮卡日記

2022年9月二版　　定價：新臺幣400元

著者	平路
叢書編輯	杜芳琪
內文排版	張靜怡
封面設計	初雨有限公司

出版者	聯經出版事業股份有限公司	副總編輯	陳逸華
地址	新北市汐止區大同路一段369號1樓	總編輯	涂豐恩
叢書編輯電話	(02)86925588轉5394	總經理	陳芝宇
台北聯經書房	台北市新生南路三段94號	社長	羅國俊
電話	(02)23620308	發行人	林載爵
台中辦事處	(04)22312023		
台中電子信箱	e-mail：linking2@ms42.hinet.net		
郵政劃撥帳戶第0100559-3號			
郵撥電話	(02)23620308		
印刷者	文聯彩色製版印刷有限公司		
總經銷	聯合發行股份有限公司		
發行所	新北市新店區寶橋路235巷6弄6號2樓		
電話	(02)29178022		

行政院新聞局出版事業登記證局版臺業字第0130號

本書如有缺頁，破損，倒裝請寄回台北聯經書房更換。　　ISBN 978-957-08-6436-6 (平裝)
聯經網址：www.linkingbooks.com.tw
電子信箱：linking@udngroup.com

國家圖書館出版品預行編目資料

蒙妮卡日記/平路著．二版．新北市．聯經．
2022年9月．424面．14.8×21公分（當代名家）
ISBN 978-957-08-6436-6（平裝）

863.57　　111010815